漫画：罗雪村

苏北作品精品集

呼吸的墨迹

时代出版传媒股份有限公司
安 徽 文 艺 出 版 社

苏北，安徽天长人，著名散文家，多年致力于汪曾祺研究，毕业于北京大学。中国作家协会会员，安徽大学兼职教授。先后在《人民文学》《上海文学》《十月》《大家》《散文》《文汇报》和香港《大公报》、台湾《联合报》等发表作品一百五十多万字。作品入选多种选本。著有小说集《秘密花园》、散文集《城市的气味》《植点青绿在心田：苏北海外散文 71 篇》，随笔集《书犹如此》；回忆性著述《一汪情深：回忆汪曾祺先生》《忆·读汪曾祺》和《汪曾祺闲话》等。主编《汪曾祺早期逸文》《四时佳兴：汪曾祺书画集》《我们的汪曾祺》《汪曾祺草木虫鱼散文》和《汪曾祺少儿阅读丛书》等。曾获安徽文学奖（政府奖）、第三届汪曾祺文学奖金奖、《小说月报》第 12 届百花奖入围作品等多种奖项。

苏北作品精品集

呼吸的墨迹

HUXI DE MOJI

苏 北◎著

时代出版传媒股份有限公司
安 徽 文 艺 出 版 社

图书在版编目（CIP）数据

呼吸的墨迹/苏北著. —合肥：安徽文艺出版社,2020.1
ISBN 978-7-5396-6190-2

Ⅰ. ①呼… Ⅱ. ①苏… Ⅲ. ①散文集—中国—当代
Ⅳ. ①I267

中国版本图书馆 CIP 数据核字(2017)第 224198 号

出 版 人：段晓静
责任编辑：宋晓津　　　　装帧设计：徐　睿

出版发行：时代出版传媒股份有限公司　www.press-mart.com
　　　　　安徽文艺出版社　www.awpub.com
地　　址：合肥市翡翠路 1118 号　邮政编码：230071
营 销 部：(0551)63533889
印　　制：安徽新华印刷股份有限公司 (0551)65859551

开本：710×1010　1/16　印张：24.25　字数：350 千字
版次：2020 年 1 月第 1 版　2020 年 1 月第 1 次印刷
定价：52.00 元(精装)

目 录

辑三

辑四

辑五

附录:

自　序

这个集子里的散文，有很大一部分是新作，没有收入过其他的集子。我写散文有近三十年了，写了几百篇，近百万字，但我从来没有回头打量过自己的这些文字。我写了这么多的散文，我的散文有什么特点呢？我又有什么散文观呢？我都从来没有考虑过。倒是去年在鲁迅文学院进修，我的一个同学看了我的散文，非常惊奇，对我说："你的散文，就感觉跟别人不一样，你写得好怪，我非常喜欢。"

可是怎么个怪法，他也说不出来。

前不久，与湖北大学周新民教授对谈，参加他的60后作家系列访谈。在谈到我的散文时，周教授问："你的散文，意韵较强，语言也比较有特点。你的散文观怎样？"

我考虑了一下，是这么回答他的：我以小说家的视角写散文，少不了要有一些小说笔法。我的散文绝少抒情。要说有什么特点，就是态度诚恳、文字诚实。总体说来，我的文字是通俗易懂的。通俗易懂不是简单，它是一种文字风格，也是要经过训练的。其实说穿了，写活了生活才是根本。生活是零碎的、片断的、杂乱无章的。但你写出一篇文章，就像一棵树长成了。这棵树是你完全虚构的，或者是你内心感受了的。你种下这棵树之后，必须使它血脉流通，它就活了。你嫁接了生活，它活了，开花，结果。它就是另一个生命，文学的生命。

汉语是自带神灵的，它自有一种美。就像中国书法和绘画讲究气息一样，好的字画是有气息之美的。书法有些术语，比如“屋漏痕”和“锥画沙”，想想这些，都觉着美。不好的字，也有一种说法：死蛇挂树。你想想吧，想想就想出那个样子了。

我希望我的这些文字能有些生气，能有一点儿所谓的中国气派。不要都是死气沉沉的，“死疙瘩”一堆，“死墨”一团，让人读后能感受到一点“气息均匀”和“墨迹的呼吸”，让人“舒服”。这就是我最大的愿望了。

是为序。

2019 年 5 月 11 日

辑一

童年 眼镜 下午茶

乡下

1962年秋天的一个黎明前的黑夜，我迈出母亲的大门，来到这个纷繁的尘世上。那个秋天苏北的农村还极端贫困，母亲用她寡淡的奶水喂养这个满身泥土气味的丑陋孩子。孩子竟然慢慢、慢慢地长大了。

我对10岁前的事体只有些许模糊的印象。只记得在乡下，乡下在县城的北乡一个叫余庄的平静地方。那地方水很多。庄前有一个叫寡湖的大塘。塘埂东南角的高坡上长一片由刺槐树、苦楝树、乌柏树、水杨柳和老柳树组成的杂树林。我那时同邻庄一个叫大海的同龄孩子经常光顾那杂树林子，我们的主要任务是捉鸟。夏天的雨后则拾“地大皮”——一种雨后即发的菌。拾了即和韭菜一起炒着吃。童年时的地大皮非常好吃，记忆中的鸟则一只也没能捉到。鸟是有的——灰喜鹊和斑鸠。

灰喜鹊叫：“喳——喳喳，喳——”

斑鸠叫:“鹁鸪鸪——咕!”

如今想来极为亲切。

寡湖的埂上长满了巴根草。寡湖的5月一湖荷叶,7月缀满荷花,8月莲蓬满湖。寡湖里也有成群的鸭子,麻鸭和白鸭最多,童年时的鸭子在寡湖叫:“呱,呱呱呱呱——”就仿佛满湖荷花、莲蓬在湖的深处叫。

幼儿园与我辈乡下孩子无缘。我小学的五分之三是在乡下一个复式班完成的。我至今还记得那个美丽的女老师。她似乎是个下放知青。她叫王得好。她的名字和她的人一样美丽。这大约是我童年世界里出现的第一个女性的名字。我至今还奇怪:有许多名字我都忘记了,对这个名字却刻骨铭心。我们教室是用的一个张姓大户人家的旁厢。那是一间土砌草顶有洞的旧屋。我记得仰望屋顶还见光线。光线中尘粒翻飞旋转,极为辉煌,极有秩序。这种景象极为壮观。

教室的地为白土,坑坑洼洼,有调皮的孩子将尿撒在凹洼处能洇湿半天。我的同学我只记得小虎子和张玉田。小虎子是张家老五。在我童年记忆中张家的孩子特别多,似乎有八九头十个,小虎子的姐姐那时似乎已很大了,帮母亲做事,并不读书。张玉田是个独子,他家住在小虎子家的隔壁。张玉田长得白白净净,白果脸,男孩身后却拖一挂漆黑的长辫。张玉田的母亲也很年轻漂亮,也是白果脸。张玉田爸爸我一次没见过,不知是没了还是一直在外。张玉田家很干净,比小虎子家不知要清爽多少倍。张玉田家院子里有一棵枣子树。树不大,可夏天木枣子结得特别多。我的同学似乎都吃过张玉田家的木枣子。

我记得这两位的原因主要还是我们仨孩子合伙干了一件恶作剧。那时的小虎子家养了许多小鸡,有四五十只吧,整天由老母鸡带着,在院里叽叽喳喳。有一回下课,不知谁先起的头,仨孩子捉了一只小绒鸡。掰开鸡嘴,掏出小鸡鸡用尿灌小鸡。究竟谁灌的现在印象全然模糊,但小鸡确乎是给我们灌死了。我记得小虎子妈妈回来后,大吵着骂我们,并顺手"刷"了小虎子一个耳刮子。我也被吓得噤住声。张玉田大哭了起来,引出了他白果子脸的娘。

倒有一件事令我难忘。一次我和邻庄的大海一起打猪草。猪草是一种叫土萁苗的多浆的藤草,长在五六月的麦棵里。我们打猪草就蹚着五六月的即将收割的焦黄的麦棵去找。找到一棵,即弓下腰连藤拔起,放入猪草篮。我记得我的个子都还没有麦子高。有时打半天,踮脚一看,已不知人在何处。打猪草的时候,我们还玩一种用小镰刀扔的姿势定输赢的赌博游戏来分配猪草。我记得镰刀落地的姿势有"∧""Γ""∨",还有一种睡倒列为最次。有一次我们在寡湖东面杂树林子的埂畈子下的一块麦田里打土萁苗。我在麦田里蹚着蹚着忽然发现一丛倒伏的麦子,竟是一个鸡窝。一只芦花鸡正蹲在窝里下蛋。鸡见到人即刻飞扑了起来逃走,窝里竟是几十个鸡蛋!我见了鸡蛋也立即伏倒扑过去,就往篮里捡。大海也同时发现,也要来拾。我们便扭打谩骂起来。我说我先发现,他说他先发现,最后以均分言和。

除却以上记忆,我在那个学校里还知道了天安门和南京长江大桥。

童年零碎

一年夏天,那时我还在乡下,邻居表婶后院栽有一棵蟠桃树,正是果子压枝的季节。

一日中午，我趁大人都在午睡，悄悄溜进表婶家的后院，爬上桃树就将熟透了的桃子往怀里塞，因汗衫扎在短裤内，装得下十几个，正在这时，比我大五六岁的表哥不知何时出现在树下。我翻身下树，拔腿就跑。可当时只顾逃跑，没想到桃子都从裤腰滚入短裤，通过下裆，从裤脚滚落。待我溜回家，汗衫内的果子一个不剩。

可周身奇痒，桃子上的茸毛落了一身。

我上小学二年级时已顽皮得不行，一日与一个女同学吵嘴，趁她不备，我猛揪了一把她的长辫扭头便跑。这女同学肯定被我这一把扯痛了，回头死命追我。我因长得矮胖，哪里跑得过她那两条长腿，眼看就要被追上。我就听后面一位同学大喊：“褪下裤子！”

我情急之下，拨过头来，一下将裤子褪到脚踝，绊着两脚迎面向她走去。那女同学见状，唰地一下脸通红，双手掩面扭头就跑。我哈哈大笑。那个快乐！

仍是夏天，一天晚上，我同大海潜入南乡的蚕豆园里。我与大海睡在蚕豆棵里，摘下蚕豆，剥去壳，将蚕豆粒用针线穿上，摘呀穿呀，从天刚擦黑到星星满天，每人穿了整整三大挂。于是我们便像和尚一样，将穿好的蚕豆粒挂在胸前，正悄悄地离开，恰被看园的麻二爷撞见，还没等我们反应过来，两只大手已将我们捉牢。于是我们只得乖乖地被他提溜着来到生产队，不知怎的一下子围上来那么多人。我们歪着头噘着嘴，一副不在乎的模样。

在一片训斥和责问声中，我和大海嘤嘤地哭了起来。麻二爷反笑了起来，拍拍我们的屁股，大吼一声：“滚——”

我们每人挂了一串蚕豆串，拍着屁股飞“滚”。

进城上学

在大队小学混了两年之后，我跟着父亲到了县城。在县城北小学插入三年级读书。

至今我还记得，那次上县城是父亲用自行车驮着我的。到县城北门大桥时，我简直惊呆了。这桥这么长！那时我已从课本上晓得南京长江大桥。当时凭着一个乡下少年的幻想，觉得南京长江大桥大概也不过如此。

第一天到县小学上学时的情形我终生难忘，一个乡下孩子，个子极矬，长得又极胖，穿了一件无袖的棉夹袄，戴一顶母亲亲手做的瓜皮帽。刚进到教室，便引来一阵哄堂大笑。我惶悚之际，又听到刺耳的怪声："乡巴佬！"我偷偷寻住那怪声瞄了一眼，见一个长得奇丑的家伙正站在桌上挓挲着两手狂笑。

童年的天空真的是蔚蓝无比。那是从孩童眼睛里望出去的天空。我整日无所事事，在县城的大街小巷瞎转。特别是夏日的中午，大人们都睡觉的时候，我经常来到县城公园（其实是一个杂草丛生的大废园）里白土地的球场上玩耍。一日中午，正巧撞见麻子和歪嘴打架。他们已打了一会，因为周围已挤了一些人。我见有人打架，立马兴奋了起来，立即趔趄着脚——脚下的凉鞋鞋襻断了——跑过去朝人缝里钻。我见所有的人脸上都带着无所事事的笑容饶有兴趣地观看。麻子和歪嘴正打到高潮。歪嘴因发育不全，比麻子矮了许多，似乎已经吃了亏。可歪嘴的勇气是麻子无法相比的。忽见歪嘴倏地冲出人群，低着头在地上寻摸着，边跑边找。他是在找砖头。终于歪嘴手里提着一物又斜刺着回来，人群嗡地一下全都散开。麻子一下孤立在原地,也开始低头去找。我斜站在麻子身后,正挓着手激动无比,晒得通红的脸此时因兴奋而更加红润,像一只熟透的苹果挂在半空。我单听得歪嘴边斜刺过来边吼:“狗日的们都给我让开……砸到头赔卵子……”我想为这卵子和脑袋怎么可以同日而语去笑,却感到头顶一热,赶紧用手去摸,可是热血已经从指缝中蚯蚓般地爬了出来。我挓挲着手一看,满手是血。我一下子哭了起来。歪嘴也被吓住了。麻子一愣,赶紧拔腿飞跑。从此我知道了县城孩子浑蛋透顶。

我也成了县城的孩子。进得中学,正是七十年代初期,全国一片混乱,家长和老师都在忙“革命”,我们则忙着“学工学农”,县一中有一个校办农场,我们经常到那里去“学农”。有一次修大堤,要家里带锹,我骑着一部“永久”自行车,将锹用绳子拴在车后拖着玩,听那叮叮当当的响声。当骑过北门大桥(即我心目中的南京长江大桥)时,我昏了头,使劲猛踩,一不小心锹头打着了一个老太太的脚。老太太找到我家,我家赔了 20 个鸡蛋。

我记得那时“学”的是挑土。我个子矮,可我肯“玩命”,一整天就见我在那大堤上奔跑。那时有火线加入红卫兵一说。不知怎的,我便被作为后进生转化的典型,“火线”入了红卫兵。我记得大广播里说我,挑土肛门都磨破了,拉出了血。大广播说得我热血沸腾。

即使如此,我依然极其顽劣。“革命”越来越红火,大人根本无空顾我们。我们也落得好不快活,上学要去就去,不去就到街上野玩。那时我已学会了钓鱼。县城的四乡八镇都给我跑遍了。我们早晨四点就起床,之后跑到乡下人家的塘沟里钓鱼。那时的鲫鱼特别多,童年的乡下池塘边真是美妙无比。我记得有一回我同一个姓蒋的同学去钓鱼,鱼没钓到,我们便跳到塘里去崴藕。崴着崴着我的屁眼有点痒酥酥的。我伸手去抓，一只蚂蟥已经拱进去一半。我用了好大的力气才将这个“孽物”拔出。好险呀，这个家伙要是钻到我的肚子里我可要受大难了。

久而久之，我也染上了一些不良习气。经常伙了一些一般大的狐朋狗友，打闹着到街上小摊小贩处偷桃、偷梨、偷西瓜。我们偷钓鱼钩的办法真是奇了又奇。县药材公司旁，有一个卖鱼钩的老头，六七十岁的样子，精瘦、秃顶，脸上有个大红记。他戴了一个断了腿的老花镜，那断了的腿用白色活血止痛膏绑住。我们走过去，跟老头还客气一番，之后便开始挑选鱼钩。我们拿着几只大号的鱼钩在装模作样地选着，将鱼钩贴到眼睛跟前，却拿眼睛的余光瞟着老头。老头眼力差，他一分神，我们即将鱼钩丢到嘴里。再佯装挑选一番，之后便溜开，窜到巷子里去，嘴一张，有时竟能吐出十几枚钓鱼钩！

从小偷小摸的“浑顽”，之后发展到进工厂偷些废铜烂铁到废品收购站换些小钱，买零食吃。有些玩法，已近犯法，只是因为年少，因为那个特殊的年代，也无人操这份闲心。并且，我还学会了“滚铜板”，赌些镍币，非常入迷。

至于家庭，母亲整日忙着上班，到砖瓦厂去掼砖坯，父亲倒是威严，要我好好读书，可他整日忙于工作，又有许多年调到公社去当书记，更无暇管束我了。父亲长得极为清癯，抽烟特凶，终日默默无言。有他在家，家里终是死气沉沉，我们便如老鼠一般大气不敢喘一口，终是活泼不得（可一出家门，我便又活泛起来）。可父亲在家的时候毕竟很少，母亲又终日忙于生计，且不认识字，也谈不上教导我。我便撒开手脚，野疯野玩，也没人敢管，竟成了一个自由自在的人了。

挣钱买靴

我曾经拥有一双漂亮的胶靴。这是我童年记忆中最难忘的。为那双胶靴,一个十几岁的孩子,付出了令我今天想来仍难以置信的巨大劳动。

那时候,胶靴非常流行。一个少年能拥有一双漂亮的胶靴,那是很值得骄傲的事情。我那时读初三,我们班有几个家庭富裕的同学,他们的父母为他们托人从上海带回了胶靴,他们穿在脚上,仿佛那脚立马生辉,显出尊贵来。真叫我们羡慕得不得了。

我非常想拥有一双漂亮的胶靴。可那时候,像我们这样收入的家庭,怎么能舍得在一个孩子身上一下子花上七八块钱呢?于是我同母亲商量,能否利用暑假到她工作的砖瓦厂去做工,挣了钱给自己买一双胶靴。母亲欣然同意,说她到厂里说说看。没想一说,还真成了,同意我去做。厂里的生产调度捎来话说,只是活儿太重,是削砖坯的苦活,怕我吃不消,不知我愿不愿意。母亲也担心我干不下来。可我想胶靴想疯了,一定要去。母亲见我执着,而且那时孩子也不娇惯,于是就同意我去削那砖坯了。

那时削一块坯似乎是几毫钱,削百块坯才见分,千块才见角。快手一天能削两排长龙似的坯,挣的钱也达不到元。第一天上工地,管调度的老马见我长得单薄,说:“小地(我的小名),你行吗?”当时我还犟嘴,一挺胸,说:“行!”可真干起来,我的妈呀!这无边无际的长龙要干到何年何月才能干完啊!可为了那双胶靴,我拼了命也得挺着干。一天下来,我腰酸背痛,手上也磨起了好几个大血泡,一碰就痛得钻心。这样咬着牙挺了几天,也就过来了,手上的血泡变成了茧子，腰腿也不酸了，可我干得太慢了。老马训斥我："怎么这么磨蹭！你别误了我们的生产。"我那时小，什么也不怕，狠狠顶了老马一句："我是知识青年，来锻炼的！你少给我来这一套！"但我心中暗暗使劲：一定要赶上他们！因此我每天六点多钟即上工地，掀起顶盖，把自己埋在砖堆里，一块接一块地削。因为暑期，天热得很，一天下来，我的衣裳不知要湿几回。还有几次，我早晨就将中午饭（鸡蛋猪油炒饭）带着，别人回去吃饭，我在那悄悄地加班。中午太阳毒，我就在头上顶一条湿毛巾。一趟下来，淌的汗有二三斤。

干了有十天半月，我挣了有八九块钱。我将钱领了回来交给母亲。母亲仔细看看我，见我人黑得像个驴蛋，也瘦了一大圈，有些心疼。可在那时候，家里的钱太紧张了呀！

没过多久，母亲便托人从上海给我带回了一双"劳动"牌的墨蓝色胶靴。那双胶靴我穿了许多年，也是我童年的骄傲。

一副眼镜

我小时候眼睛特别好。高一下学期，不知何故，视力开始下降，也不是很厉害，只是坐在后排看黑板有些模糊。那时正是恢复高考的第二年，大家都在为高考发奋，我也不甘落后，夜以继日地"人生几何，恋爱三角"。可看不清老师的板书，问题严重，于是我便向父母提出想配一副眼镜。这个提议首先遭到我母亲的强烈反对，因为配一副眼镜要十多块钱。那时家里还是很困难的。水路不通走旱路。于是我又找到父亲，父亲是国家干部，他对我的学习要求还是很严厉的。可是对眼镜的问题，他却很不开明，先是狠狠训斥了我一通，说："书没读出来，倒把眼睛给弄坏了。"之后说，"小小年纪，戴上眼镜，像什么熊样!”我给熊得一愣一愣的,哪里还有争辩回嘴的份?关于眼镜的事,从此我不再提起。

虽不再提起,可我心中不服,明明是眼睛出了毛病,怎么又能怪罪于我?于是,我便暗中另觅新途。先是找到一个已经参加工作的同学,向他提出借十块钱的事。还好,他爽快,很快就借给了我。我便用他的十元钱在温州人的地摊上买了我生平第一副眼镜——一副白色的圆架眼镜。这副眼镜大约100°。之所以“大约”,是因为我根本没去验光。于是一个矮矮的少年就戴着一副白眼镜走进了课堂。记得那时候有一个同学曾作过一篇作文这样写我:“圆圆脸的他,是一个矮胖子。在那小胖脸上戴着一副圆圆的白色眼镜。秋天有雾的早晨,他走进学校的大门,见不到人,只见两个白色的圆点在半空一颤一颤地走进校门。”这副眼镜,于我的家人,还是个秘密。每天快进家门,我就把它取下放进了书包。

这副眼镜我戴了一年多。有一回打篮球给摔坏了一条腿,于是我就用活血止痛膏给贴上。这样一来,样子很难看,只能在课堂上戴。过了一阵,我一个在乡镇企业小厂当大师傅(吹玻璃)的表哥来,他有些钱,于是我就央求他给我重买一副。他答应了,说:“下次到南京给你带个好的。”他还是很守信用的,果然没多久,他从南京给我带回一副,那是一副塑料架子的,在当时还是一种不错的式样。我很喜欢。可是有一点不太好,戴在眼上我头晕得很。虽然戴起来世界很清楚,一切物件都仿佛是崭新的,可走起路来地很高,还是头晕。那时我已懂得了验光,也曾到县东门医院验过,大约250°。于是我便到温州人的小店里将新眼镜测了一下,难怪头晕,原来新眼镜是350°的。按理讲,这样的眼镜是不能戴的,但那时我昏了头,心中暗想:没事的，戴戴就好了。以后不读书，近视在300°左右也不会再提高。于是就架到了脸上，戴了一段时间，确实是习惯了。

可是我的眼睛近视程度，却凭空白涨了100°！

老师邓金迪

邓金迪是我的高一老师。那年夏天，记得是1978年，学校刚刚开始抓教育。我们在“文革”年月疯了七八年，对学习已是毫无兴趣。邓金迪仿佛是被压扁了的皮球，突然得到充气，人像换了一个似的，开始“疯狂”地抓我们的学习。

我那时个子矮，坐在第一排。虽坐第一排，仍无心思认真听课，倒是邓金迪的狐臭随着夏季的热风一阵一阵灌进我的鼻子里。我通过邓金迪的那个夏天对那种“特殊”气味有了具体的概念。邓金迪个子不高，人有点胖，也才三十六七岁。他好像特别喜欢出汗，好像手是最喜欢出汗的汗口。他手上的粉笔总是濡湿的，他显得非常急切。那个劲头，仿佛要使出浑身的解数，把他知道的一切一下子全教给他的学生们。在我印象中，他语气急、速度快的口语，配上他的那个急转身，胖胖的手一挥，那手上的汗水便小雨一般洒向我们第一排的这些倒霉的小个子。我也是通过那个夏天知道“挥汗如雨”这个成语的含义的。

邓金迪教我们数学，好像那个夏天正教因式分解，他找了许多课外的因式分解让我们做，其中有一部分都是大学里的内容。十七岁的我听得稀里糊涂，整个夏天昏昏欲睡，当然也不乏一惊一乍的捣乱和“搞笑”。记得有一次，我不知因为什么，和同桌打了起来，并且酿成一发不可收拾之势。邓老师终于忍无可忍，将我“请”出了教室，我落得轻松,也就一去不返。第二天我把昨天的事忘得一干二净,依然"晃荡"着前来上课,在校门口恰被邓老师撞见,一把拦住我,不让我进校门,非让我将父母请来不可,那时我妈妈在轮窑厂上班,一天三班倒,连饭都在路上吃,哪有闲工夫到学校来?我说完这些就低头向校内钻,他也不敢拽我,只是挓着两手拦着我。我一个小孩子,高起兴来,两边跑来跑去,一不留神从他胳肢窝下窜了过去。他也犯起犟来,非得把我赶出去,我们就这样躲来躲去。他那胖胖的身子就那么来回地挪来挪去。最终以我跑进了教室而告终。

邓老师就这么"固执"地维持着这么一个班级。说"维持",那时真正学习的风气还没有形成。我们那个班也良莠不齐,说到底真正学习的也只有三分之一。记得邓老师叫我们每人自制一个小本,把一些公式、成语等记在本子上,走路时、睡觉前都可以看一看、想一想。有一天他检查小本本,大家都把手中的本本举得高高的,记得我的小本只有两张纸,上面写了几个公式,我还拼命地举到他的面前,他接过去一看,气急败坏地说:这也能算是本子?!说着就将我的本子撕得粉碎,扔出了窗外。可我并不气,反而很高兴,觉得恶作剧终于成功了。

这么过了又一个学期,邓老师仍然"挥汗如雨"带大家没早没晚地干着,那时我们一个上海来的同学写了一篇作文叫《教学楼的灯光》,在全校引起强烈反响,油印了发给大家人手一份。我不知受了谁的感染,开始有点开了窍,十分迷恋起数学来,特别是因式分解。小孩子的精力真是无限,我不分昼夜地做着那有着无穷趣味的试题,真是感到其乐无穷。邓老师发现了我的潜能,不知有多高兴,一有机会就表扬我,把我当作后进生转化的典范拼命鼓励。我是越受表扬越“人来疯”，于是成绩噌噌地往上蹿，那个聪明劲真是没治了，成绩一下子蹿到了班上的十几名。

可是那美好的时光并不长，转眼到了高二，我们开始分班了。将成绩好的全都集中到一个班，号称尖子班，我有幸考入了尖子班。可邓老师无缘带尖子班，而去带了个所谓的差班。我在尖子班并不是尖子，加之依然顽皮，没有邓金迪这样的老师，谁人能管得了我？这样又“晃荡”了一年，大学当然是考不上了。记得有一位老师曾扬扬得意地对我说：“你还用学习？你爸爸是公社书记。”这位老师说这话的口气和音容笑貌我还记得，我记得当时我也是扬扬得意的啊！

我现在真是非常怀念那个夏天。回味那个随夏日的凉风一阵一阵吹来的特殊的气味，那小雨一般挥洒在我们脸上的汗水，真的是非常亲切。

求学记

18 岁受我考上大学的同学的刺激，我开始发奋读书。当时也不知是怎么想的，反正那时少年冲动，便想去当作家，写出一部《红楼梦》来，把我那些考上大学的同学都给盖了。现在想来，少年时说的大话真是吓死人的。

我当时受刺激的情形是难以想象的。

有两个刻骨铭心的场景我至今不能忘怀：是 1980 年夏天吧，太阳当头。我背着书包去补习，走我每天必须经过的球场，那正是我的 1979 届同学考上大学第一年的暑假，那些春风得意的少年正用同样青春四溢的身体在球场上汗如雨下地奔跑（那是我第一次见到足球），他们穿着的各自大学的汗衫已经湿透——那些大学坐落在南京、上海、西安。每个人的脸上都红扑扑的，洋溢着快乐和自豪。我当时那个自卑呀，恨不得找个地洞钻进去！

另一个情形更加悲惨。是在我1980年的高考又一次落榜之后，当时我到县外贸公司做工——齑槐树叶（用机器把槐树叶碾碎，说是出口），那是怎样的一种工作！7月高温的夏天，我在一个大房子里，一干就是一整夜，嘴里、鼻孔里，全是那绿色的粉末，连眼睫毛都是绿色的！一天早上我下工骑车回家，在县城东门的大桥上，偏偏撞见我的中学女同学，她原来是我的班长，考上一所中国人民解放军的军事院校，她人长得美丽端庄，扎两个小辫子。你想想看吧！又是女兵，又是大学生，在那年岁，啧啧！我见了她正扭头想走，偏偏给她看见，叫我的名字，我只得停下来同她说话，说的什么我现在一点也记不起来了，但当时我满脸通红一副脏兮兮的滑稽模样肯定吓坏了她。我发现她眼睛里充满同情和怜悯，没说几句话便匆匆走了。我当时窘得肯定像一个傻瓜！

这样的情形，在一个十八九岁的少年的心中永远不可磨灭，我发誓要上大学，可那时要上一个大学是何等艰难啊！在我日后工作之后，我一刻也没有忘记做大学梦。我算算和我擦肩而过的大学就有十几所：武汉大学、西北大学、复旦大学、华中师范大学……最终在我32岁借调北京时，在北京大学圆了我十几年的梦想——之前我已在中央广播电视大学滁州教学点读了三年。

可是这个时候做个老大学生的滋味已不对啦！我曾在一本书的后面记过这样几句话："30多岁的我和一帮风华正茂的青春美少年一起混在北京大学，心里总觉得怪怪的，好像人家才是正经八百的莘莘学子，我则是一个学'混'，是为混一张文凭，混一个金字招牌。我虽也尽力进入角色，和那些青春飞扬一脸稚气的少男少女一同进课堂，一同进食堂，一同去三角地看最新电影，一同到小馆子吃小炒、喝啤酒，可心里始终有些不对味，老婆孩子仿佛影子一样不时在眼前出现。”

苦读记

其实，我的苦读也颇具特色。有些“行状”不在《求学记》之下。

人，真是无知者无畏。那时我脑袋空空，除了记得中学课本中的“苟富贵，勿相忘”几句古文之外，还不知文学为何物，也没有读过一本文学名著。所谓爱好，也仅限于地区小报副刊上的一些蹩脚的散文诗。然一个偶然的机会，我得到一本大学课本：《外国文学名著选读》。我从那本书里知道了《复活》和《茶花女》，我在看了课本中的故事梗概之后，便按图索骥，以几角钱一本的价格从书店捧回了几十本外国文学名著。

可真的拥有了，阅读起来，却是个难事。且不说那些冗长的叙述和描写，单是那拗口的人名，就够我一呛。往往好几页读下来，还不知所云。然我坚持认定一个死理：既然是世界名著，必有它成为名著的道理，否则全世界的人都瞎了眼？于是我咬着牙，想办法使自己读进去。那时年轻好胜，于是便把自己平时练功的一根功带钉在椅子背上，每天晚上定好时间，坐下来之后，便把功带扎在腰上，规定自己必须看到 50 页才能站起来（中途上厕所和喝水不算）。这样每天 50 页，一本 500 页的名著，10 天也就拿下来了。我至今还记得我用这种方法读的头两本书：屠格涅夫的《父与子》和《前夜》。“1853 年夏天一个酷热的日子，在离昆卓沃不远的莫斯科河畔，一株高大的菩提树下,有两个青年人在草地上躺着。"(这两个人便是舒宾和伯尔森涅夫)——我至今还记得《前夜》的开头。初尝到此法的甜头之后,我便日夜兼程,用这种方式读了大量的名著:霍桑的《红字》、哈代的《德伯家的苔丝》、福楼拜的《包法利夫人》、莫泊桑的《俊友》、果戈理的《死魂灵》和托尔斯泰的《安娜·卡列尼娜》等。

在我试验了"捆读法"之后,我又发明了"抄读法"。记得好像有位名人说过:"读书有妙法,抄书是一招。"程千帆老先生在《詹詹录》一书中论抄书时说:"……这种方法,似笨拙,实巧妙,它可以使作品中的形象、意境、风格、节奏等都铭刻在自己的脑海中,一辈子也忘不掉。"我先在一个大本子上抄了《复活》的一些章节,之后便开始抄《红楼梦》。我一下买回两套《红楼梦》,将一套拆开,撕成一页页的装在兜里。那时我正在上电大,听那些录音已经把耳朵听出了茧子,正无聊至极。于是我便把裁开的《红楼梦》压在课本下面,一页页地去抄。三年电大下来,我把一本书生生地给抄了一遍。

随着年龄的增长,我不能例外地成家、生子、过日子。有了家庭的人,时间就不是自己的了。我不能像小青年的时候那么随心所欲了。我的"捆读"和"抄读"的习惯在油瓶和奶瓶的碰撞声中渐去渐远。然十几年来,不管我的日子漂泊多远,我读书的习惯从没有丢。之后的岁月我又"发明"了一种"诵读法":将一些好的短文,裁开一页页贴在墙上,闲暇的时候,便立于墙的一隅,双手挓挲于胸,摇头晃脑地先诵两页,忽地老婆一吼,便赶紧去淘米洗菜。然边淘洗边回味,心中乐滋滋的。这也算是人生一大快事吧!

走进都市

1993 年,我从我的家乡南方小县借调到北京,来到中国这座最伟大的城市,走进了都市。都市给我的第一印象是人多。有好多我不认识的人,不像我在南方小县,县上的人,大人小孩我大都认识。县里来了外地人,全县很快就传遍了。而北京不,北京有许多我不认识的人,大人小孩,男人女人,特别是一些打扮俏丽的都市女人,我基本不认识;她们在都市中涂着口红,和男人说话,打的,在大街上走来走去。所以我觉得都市的第一个特征,是有许多陌生人。陌生产生神秘,神秘令人向往,向往就设法进城。

都市给我的第二个印象是车多楼多。我们县有一辆轿车,全县都知道是谁家的。而都市不,都市中有许多车我不认识。这些车整天跑,于是形成都市车流,日夜不停,来往穿梭。都市的高楼也是,我们县有一两座高楼,我们都知道是某某单位的,而都市不,都市楼靠楼,楼挤楼,楼多得很。我基本不知道是哪哪哪单位的,更不知道楼上住的人在忙些什么。他们在不断打电话,呼机在街上此起彼伏地乱叫,大家都低头看自己的腰间;有人还把电话拿到街上来打,穿名牌衬衫,系金利来领带,拿着电话在街上喂喂喂。

我刚来到都市时很慌张,觉得都市不是我的,我是偷偷跑进都市来的,也许哪一天被管都市的人发现,将我提溜出来赶出都市,也说不定。

我在都市居住了一段时间之后,显得冷静沉着了些,于是我发现了都市的许多丑陋。那些丑陋同我们县的丑陋没什么两样。这时我才记起一位朋友说的北京是中国最大的一座县城。县城我去过,我去过许多县城,我忽然发现北京有许多地方酷似县城,从环境到人的意识,都有酷似之处。

都市除和我的南方的小镇有许多相似的丑陋外,它还有个致命的弱点，即缺乏乡土中的人情味，人情的冷漠，人的心灵空前孤独。

我在北京的几年中，深深地品尝到了孤独的滋味。记得刚来那年，在某个礼拜天的黄昏，我百无聊赖极了，于是在日记中写道——

一个成熟的男人，孤独地生活在京城一隅；这繁华的都市，这来来往往的人群，与这个男人没有任何联系。他的妻子和女儿远在南方的一个县城。这个成熟的男人，被寂寞和性困扰着，他有一种被这个世界（城市）抛弃的感觉。

下午，男人被饥饿折磨得万分不安，除了贫穷之外，更有一人在街上吃饭的百无聊赖。他于是准备上街走走，换换空气，他来到西单，这是这个男人经常光顾的地方。他先到西单邮局书报亭，购得一份他光顾这里必购的《文学报》，急切地翻阅了起来，希望找到有关朋友的文字，或者自己感兴趣的东西。他翻了半天，除了一篇关于张炜的有点意思外，余皆索然。他走到一家饭馆，里面又是嗡嗡的人群，他感到不安，于是退出。他又来到西单电影院，这是一家北京城最好的电影院，这个男人也是经常光顾这里的，他见有美国的投影电视。

他知道看了有时比没看更寂寞更空虚，可他还是花了 15 元买了一张票，又购得虾条一袋。他实在是饿极了。到得内里，见看电影的都是成双成对的，只有这个男人是孤独的，他坐在那里，很投入地看完电影。片子是不错的，美国人没有中国人的拖沓。

看完电影，男人出来，站在夜空下；他极目街市，长安街上华灯如盖，车马如流，可他茫然四顾，无处可去。

这是我当时的真实感觉。这是我在南方县里所没有过的,那里有我的亲人和朋友、同学。正如一篇写我的文章所说:“所有的快乐是在天高皇帝远的散淡和迟缓之中,上班不必守时,更无挤公共汽车之苦。抽烟、喝茶、聊天,一帮玩熟的哥们都在跟前。”

然而,我还是喜欢都市的,特别是北京。在北京毕竟见识广,机会也多。

与蟑螂开战

我在北京几年,居无定所,其间搬了三次家,都与蟑螂无缘,最后一次搬到海淀公主坟桥西北角的警卫一师院内,住在一幢三层的筒子楼内。由于是一层,又靠近厕所与水房,特别潮湿,不知怎么就进了蟑螂。

起先是偶尔的一两只,在放杂物的抽屉的拐角。我将它们捏死,并没有引起我太大的注意。不知不觉间,我慢慢发现从一两只到三四只,之后竟发展到七八九十只。有时一开抽屉,它们四分五裂地奔跑,一时弄得我眼花缭乱,不知先打哪只是好。

我的妻子和女儿历来是惧怕小虫子的。起先她们发现,不是去打,而是哇哇乱叫,赶紧躲开;要么就向我求救:“爸爸,爸爸,这里一只蟑螂!”“老公,老公,赶紧过来!”有时因她们夸张的号吼而延误了战机;偶尔被我赶上,我仇恨地一掌拍下,一只臭蟑螂便惨死在我的掌下。她们又赶紧号叫:“快去洗手,快去用香皂洗手!”一副目不忍视的表情。

此时,我已意识到问题的严重性了。我找一些同事、朋友询问消灭蟑螂的办法。有的这样说,也有的那样说,莫衷一是。总之是没有好的办法。于是我找来一本《现代汉语词典》,翻到“蟑螂”一条目来研究蟑螂的习性。《现代汉语词典》云:“蟑螂,昆虫,身体扁平,黑褐色,能发出臭味。常咬坏衣物,污染食物,并能传染伤寒、霍乱等疾病,是害虫。种类很多。也叫蜚蠊。”

还能传染伤寒和霍乱!这一句吓了我们全家一跳!于是加紧研究对策,想办法消灭它们。向蟑螂开战!我紧锣密鼓地找朋友咨询灭蟑方案,妻女则在家开展清洁运动,将所有的抽屉衣柜整理一遍,将碗筷杯盏用沸水重新煮上一遍。

我给一个农科院的朋友打电话,朋友告诉我要用一种杀虫剂。可这种杀虫剂是国外生产的,一时半会还搞不到,暂时无甚妙招。我在走投无路的情况下,径直到商场购得一瓶“敌杀死”,打开家里的所有抽屉,在抽屉,在桌下,在床肚,一通乱喷。敌杀死气味极其浓烈。正值酷热夏季,刺鼻的气味弄得妻儿在家无法待下去,于是赶她们上街。可晚上回来,气味依然弥漫室内,久不离去。挨到晚上八九点钟,还是相当呛人,没有办法,卷着一床凉席,一家来到院子里的水泥地上,席地而睡。可吸了一天热量的地面正于夜中释放地热,弄得孩子困到极点,仍无法入睡,咯吱咯吱。妻子于是不满了,一面抱怨我粗鲁莽撞,一面严禁我再使用敌杀死,免得没能杀死蟑螂,反倒使一家人中毒云云。

蟑螂的繁衍速度是令人无法想象的。家里的蟑螂在敌杀死的猛烈炮火下非但没死,反而日益繁荣起来。我此时已无法估计家里究竟有多少只蟑螂。我想大概几千只吧。一打开抽屉,好几十只。一次,我深夜(蟑螂的习性多在夜间活动,由于我家太多,白天见到三五成群地来去已不足为奇）从朋友家回来，洗漱完毕，正准备上床睡觉，一掀枕头，枕头下十来只（蟑螂是成群活动的）！还有一次，我打开一只不用的电击手电，发现竟有上百只小蟑螂在里面做窝！是可忍，孰不可忍？我家的蟑螂已经泛滥成灾，人已毫无办法与之匹敌。

此时我的妻儿对蟑螂的惧怕由于极度的仇恨已消失殆尽了。孩子从先前的一惊一乍到敢只手捏死蟑螂，且捏且咬牙切齿，恨之入骨。妻子也敢一掌拍下，全然一副无所谓的样子。之后又听朋友介绍，有一种叫"绝灭王"的灭蟑药特别灵。我辗转几家商场，终于购得一盒，于是便按"用法"投放十几个蟑螂经常出没和过路的"点"，供蟑螂"享用"。刚开始一段时间，确实白天见到一些蟑螂死尸，可没过多久，这些蟑螂便发现其中有诈，不再食之。于是绝灭王是绝灭王，蟑螂依然是蟑螂，丝毫没有减少的迹象。蟑螂仿佛在说："绝灭王！也奈何不了'小哥哥'我也！"

至此，我们全家对蟑螂已非常稔熟。恨虽恨，可已是一副司空见惯的态度。于是我们一面依然与蟑螂开战，一面仍然与之共居一室。

鼻子吃面条

孩子妈妈出差多日，父子俩都很思念。

叫爸爸的说："虽然你妈妈不在家，但我们把什么都记下来，好像妈妈在家一样。"

孩子说："假如这凳子是我妈妈吧。"孩子指着一张小杌子说，"妈妈，妈妈。"爸爸假装答道："哎，哎——"

玩了一会，孩子说："爸爸，咱们做一个游戏，怎么样？"

爸爸心不在焉，然还是回答："什么游戏？"

孩子于是介绍："就是孙悟空、妖精和唐僧。不许说话，只能这样。"于是孩子开始比画：反手遮眼上望远处的是孙悟空；双手合十于颌下为唐僧；两手食指置脸部颧骨之上双眼之下，扒拉眼皮，做怪相，即为妖怪。以双手连拍两下为节奏，之后随便出三者之一。孙悟空打妖怪，妖怪吃唐僧，唐僧管孙悟空，正好循环。

"明白了吧？"孩子说完追问。爸爸明白了规则，亦觉有趣。于是父子拍起了巴掌。谁输了羞一个小鼻头。

"啪——啪——妖怪！孙悟空！"爸爸输了。于是被孩儿羞了一鼻。

"啪——啪——唐僧！妖怪！"孩子输了。于是老老实实伸出小鼻头，给爸爸羞。做爸爸的轻轻一磕。孩子说："不算不算，太轻了，重来。"非要爸爸羞一个重的。爸爸于是又假装重重地羞了一鼻。

如此反复了无数次，最后孩子多赢了一个小羞鼻才罢休。

孩子下午放学，爸爸去接。见孩子哭丧着脸，爸爸问："怎么啦?!"孩子说："爸爸，我犯错误了。"爸爸问："什么错误？"孩子说："爸爸，我数学考倒数第三，79 分，不及格。"

做爸爸的心一下子沉了下去，立即一点情绪也没有了。父子俩默默推车往前走，孩子低着头，小声说要坐着走，被做父亲的搡了把："考试不及格，还想坐车？告诉你，今晚不吃晚饭了。我不吃，你也不要想吃。我陪着你饿。"走了一气，到一僻静处。父亲将自行车架好，说："将卷子拿出来给我看看。"孩子依然小鸟一样，顺着眼，将卷子递来。这个父亲就坐在路边马路牙子上，看起了卷子。看完父亲有些释然，孩子是算对了，可就是除数和被除数不理解，全算反了。看看老师扣的分，又怨老师扣得太狠了些。又回想起自己在北京混了好几年，除脸上多了几道抬头纹外，又没混出个人样，自己借调，老婆又丢了工作，来带孩子烧饭。孩子上学，交了几千块，还弄了个借读。每年开学，都有些诚惶诚恐，仿佛孩子也是偷着进城。这样想来想去，又怨孩子不争气，这样的成绩，给人家学校拖腿。你是借读，长此下去，还不让人家学校给退了？你到时还有什么书可读？可转念又想，孩子才8岁，学习压力又这么大，做父亲的，拿这个小小生命做赌注，把所有希望压在她身上，这小小的生命，又如何承受得了？这样思来想去，这个父亲又自感惭愧，内疚起来。自个坐在那里暗自伤悲。晚上吃喝收拾完毕，已经七点多钟，孩子要听评书《水浒》，父亲说："考试不及格！还听《水浒》？不许听！给我复习。"于是父亲就推开一切工作全副心思来辅导孩子。父亲拿来10个蒜头，又取来5个小碗，说："10个蒜头，放5只碗里，每只碗里是几个？"孩子答："2个。"父亲又问："算式怎么列？"孩子于是在纸上写道：10÷5=2。那谁是除数谁是商呢？孩子答：5是除数，2是商。爸爸又重新实验："10个蒜头，每个碗里放2只，共需要多少个碗？"孩子答："5个碗。""算式如何列？"孩子写道：10÷2=5。谁是除数？谁又是商？这样反反复复，不断实验，孩子终于弄明白了。做父亲的这才松下心思。

这时孩子又支吾："爸爸，陪我玩会儿吧？"

爸爸松了心思，心情也好了起来："玩什么？"

孩子说："唱个儿歌吧。"

于是父亲和孩儿面对面左一下右一下互拍手心，唱了起来：

金苹果，银苹果，

上下左右，好孩子好孩子夸夸夸，

坏孩子坏孩子打嘴巴,看谁就倒霉。

炒萝卜炒萝卜,切切切,
包饺子包饺子,捏捏捏。

一二三,切三段,
四五六,按电钮。

于是,父亲和孩子的手同时向对方的肚脐眼戳去,两人又开心地哈哈大笑。

九点左右,父亲一帮玩熟了的朋友,来约去玩一会儿麻将。爸爸不想去玩,可朋友再三相邀,左右推托不过。于是叫孩子自己洗自己睡。孩子不干。于是父亲只有假装不去,让孩子赶紧洗脸洗脚睡觉。

孩子上床之后,眼睛已迷糊了起来,可还不断睁开眼望一眼爸爸在与不在。做爸爸的赶紧说:“睡吧,睡吧,孩子,爸爸不去玩。”

孩子于是说:“爸爸,今天晚上不许去玩牌,要去你就不是中国人。”

孩子过一会又说:“今天晚上你要去玩牌了,就不是好爸爸。”想一会又说,“你要是去玩了,就拿鼻子吃面条,好不好?”

爸爸说:“好。”又过了一会,孩子终于睡熟了。

爸爸定下神来,忽然回想起刚才孩子说的话:鼻子吃面条是什么感觉呢?孩子怎么会有这样一个奇怪的念头?

又想:如若真用鼻子吃面条,感觉肯定是非常难受的。

风雨五载

我借调北京风雨五载,从实习编辑干到部门主任,其中吃的辛苦,也只有我自己心知肚明。我从县里借调上去时,根本也没想过要调到北京去。那时以一个文学青年天真的想法,北京毕竟是文化人最集中的地方,到那去干一段时间,多认识一些朋友,为自己以后写作多一些帮助。如此而已。

刚上班的时候,总编找我谈了一次话。我们这总编是个好老头。他说的其他话我记不清了,但有几句我刻骨铭心:“别着急,慢慢来。你先蔫着,待大家给你起了个绰号什么的,就算是接纳你了。”“蔫”,北京话,也就是蔫不拉叽的。意为不精神,不活泼。老总此话的意思是,先夹着尾巴,别太出头太招人了。

都说我们这个老总是个高人。这几句话——真应该收到名人名言录里去——在我以后的几年里管了大用了。你没在北京工作过吧,告诉你吧,凡是在北京大机关打过工的,没一个不是苦大仇深的。说真的,工作累一点苦一点倒不可怕,最可恶的是在人格上受到的歧视让人受不了,有时真是把肺给气炸了。我刚去时在二版当编辑,我们编辑室有个副主任,整天横鼻子竖眼的,那个霸道劲,就别提了。他梳着一个油油的头,说话呛呛的。有一回他和几个人在研究版式,我出于好学,就站在边上看。怎么着他不满意了,忽然用手指着我说:“你在这干什么？给我出去!”我一下给弄得莫名其妙,一时蒙了,赶紧后退了出去。可我回到自己的办公室,气得心口都疼。我在县里何时受过这等窝囊气,没办法,谁又能理解你呢？忍着吧。之后转到一版,主任是个老处女。她这人本来心理就有病,跟单位的同事十有八九处不好。我一个男人,长得又“没什么创意”,又不会花言巧语。刚过去我就发怵。果然没多久,毛病出来了,不知怎么对我不满意了。每天上班,脸沉着,走过来,往我这扔一堆稿子,之后说:“十点钟给我。”再没有下文。我压抑着自己,可是不行,跟她在一起干活,就仿佛待在一个阴冷潮湿的房子里,心情总是灰暗的。终于有一天,为了一件什么事,我忍无可忍,爆发了,大吵了起来。她在走廊里大吼:“马上跟老总讲,让他回去!让他回去!”我气得眼泪就不住地往外涌。领导欺负人就算了,可是,就连那些微机室、校对室的小姑娘,那些北京的“胡同串子”,她们也知道你是乡下来的,也欺负你,用京片子说出的话能把你噎死。

这样熬了两年多,老总对我也不错了,开始酝酿我的调动。我工作开始顺手。大家也接纳我了。我等于已融在了他们这个集体中。几年中真给我起了好几个绰号:我记得有“山东秦皇岛”(有一次我编稿把河北的秦皇岛误弄成山东的了)和“提提动动”(有一回打麻将,我自摸和牌,北京自摸叫“自提”。可下家已把牌抓走,我一着急,将“别动”,说成了“提提动动”)。

虽说融到了那个集体中,可我心里清楚,一天不调去,一天就不是他们那个集体中的人,也是“说滚蛋就滚蛋的”。我的心总是“提”着。

有一回到江西出差。其间在石钟山游玩时,我便在禅窟寺一个老和尚处抽了一签。签文是:“记得当年问事因,许尔百计定前程;直待时逢寅午成,欣然一旦功立勋。”解曰:你有期望,神佑仙助,吉时一到,建功立业。记得当时还叫我许了个愿,我默想了一会,我有何事相求呢?调动大概是我最大的愿望吧。

抽到这个签文我还是很高兴的。“直待时逢寅午成，欣然一旦功立勋。”我当时觉得就是说的我调动的事。有神佑仙助，吉时一到，立马就调。一高兴，我给了那位僧人50块钱。(多少年过去了，我有时想想，人啊，在一种期待和无助的状态下，往往会生出一些妄想。祈求于神灵，便是一种。)

可是谁发明的借调呢？借调真是一个奇怪的东西，很折磨人的。

变故

没想到一个突然的变故，一切“移民”计划在朝夕之间破产，我的那个可以信赖的领导被调走了。

在经历了短暂的“狂悲”之后，我开始酝酿我的“求其次”方案——我拟在家乡的省城安家。在又一番狂奔之后，我“悬空”的一家终于有了落脚之处，我顺利地调到省城(感谢所有帮助过我的人)。我终于完成了我为之狂奔的迁徙计划。

我在北京工作五年，眼看就要做一个真正的北京人了。可一切在一瞬间便化为泡影。我曾在日记中写道：

> 我成人之后立志要完成我们家族第二个移民计划。第一个计划由父亲完成，他把我们兄弟姊妹及我母亲从农村迁徙到县城。即农转非。
>
> 我在县城生活了十八年。十八年里我没有进过一次真正的公园，我没有见过一次火车、轮船，我没有坐过一次城里人厌透了的公共汽车。还有县城的图书馆太小，无法满足我的求知欲望。于是我计划进军都市。

我进军都市的首选方案是考大学，可我命运不济，屡屡失败，但我还是瞄准机会向都市狂奔。

第一回狂奔在1989年，我得到一次到北京进修的机会。

北京令我兴奋。她补偿了我童年里梦寐以求的所有愿望。我在北大校园里狂奔，找我唯一认识的朋友——一位中学同学；我在地铁里狂奔，去结交我的新朋友；我在电梯里狂奔，上上下下，去感受一张张陌生的都市人的脸，所有的“陌生”都令我新奇，所有的“陌生”都使我怦然心动。可惜，那个春天的时光太匆忙，短短四个月在我的“狂奔”中一闪而过。在仲夏的季节，我又回到我所居住的南方县城。

我在南方县城“猫”了两年，第二套进军方案业已酝酿成熟。我顺利地通过了借调，来到了湖北的一家刊物，从文学青年到期刊编辑，每天处理一摞摞来稿，阅读一封封热切的来信，在岁月的一遍遍磨洗、在作者的一声声“老师”的热情呼喊声中，我做文做人亦日趋平静。那一年，因为有了几个月北京生活的沉淀，我业已完成了都市虚荣的仪式，加之一些小小的坎坷和贫穷，使我咂巴出一点人生的滋味。我平静多了。

第三套进军方案是我始料不及的。我被别人的一套方案编辑了进去。因为北京要人干活，我突然得到上级通知，让我到北京工作，借调。

这是1993年春天，我背着一点简单的行囊，告别了妻儿，离开了我的南方小城，第二次来到了北京。这一次不是办刊，而是编报。

报社在翠微路，与我四年前读书的朝阳区恰是都市两极，令我感到非常陌生。这陌生又使我兴奋不已，我于是又在地铁、电梯、校园狂奔。不过这一次是为了工作狂奔，我采访、组稿、约稿、写稿、编稿、划版，一系列的采编程序我烂熟于心。四年的不算出色的工作，终于赢得了同事们的认可，领导开始酝酿我的调动计划。我的爱人借调来了，我的孩子借读来了。我摊上了一个可依赖的领导，我飘着的一颗心日趋平静。都市带来的种种兴奋亦于琐碎的居家过日子中逐步销蚀，我们住着筒子楼，烧罐装煤气，老鼠也在走廊里狂奔，蟑螂在你意料不到的地方出没，还有一间拥挤的房。这些，我们都能忍受，北京嘛，不是你南方小镇。熬着吧。熬到调来的那一天，该解决的自然都会解决。总之一句话，小米粥——慢慢熬着。

没想到这个突然的变故，我的“移民”计划在朝夕之间破产。

今天，我将要离开北京，说实在的，我真的喜欢北京。可调不来，我不能到“奔四张”的年龄还“漂着”。我别无选择，我只有离开。不过话说回来，我还是很感激北京的。她使我完成了三年的北大学业，她使我走遍了祖国的大江南北，她使我掌握了许多都市文化，使我明白了许多以前不明白的道理。我不再狂奔。我不再兴奋不已。如今我面对都市，已能心静如水。我经受过，我感受过，我拥有过。我怀揣着这一份感受，我感到踏实。

最让我从心底油然生出感激的是，我的孩子在北京受了两年的教育，她不但增长了知识，而且开阔了眼界，增长了见识。她没有了小城孩子的胆怯，两年来她大气多了。特别是孩子有了特长，她能把《良宵》《平原竞马》拉得流畅且有味，她的二胡将通过四级考试。她学会了游泳，知道游泳有四种姿势——仰泳、自由泳、蛙泳、蝶泳。且，还有一点最最重要的，她学会了说北京话，一口纯正的“京片子”，我把写好的这篇文章拿给她看，她说：“爸，你写得什么呀？——‘巨面’！”

感叹“下午茶”

有时，我常有些妄想。

比如，将人的生命以年来计算是很能迷惑人的，其实一年只有365天，是很短暂的。以一个人平均寿命70岁计，其实也只有25550天。这个数字恐怕还不及你们家存折上的数字。若化成小时，也只有61万个小时，这个数字恐怕不及你们单位的一笔转账的额度大。若再细算，剔除三分之一的睡眠，其实也就17033天，也只剩下40万个小时了，如果再剔除，不能再算了，再算你就会失去生活的信心了。

再比如，有时读书看报，经常读到一些令人触目惊心的消息，什么地方大火，死了多少多少人；什么地方车祸，什么地方飞机失事，让人读了觉得生命的无常和脆弱。于是便想，人其实不是动物界最强大的生命。论速度，跑不过兔子；论力量，敌不过豹狼；论相貌，就别提了，连鸟类一身漂亮的羽毛都没有，更不论貂鼠的皮毛了。如此想下去，竟发现人的体形也有问题，从脐下凭空长出两条伶仃的细腿，很不雅观。试想，若从脐下如鱼一般长出一条美丽的尾巴，托着空气在空中游来游去，岂不省事多了？若三五女孩聚到一起，就浮在空气中，头对头叽叽喳喳，不亦乐乎？这样也省得造出那么多叫汽车的劳什子来污染空气，也就省去许多这癌那癌了。

我这是不是有毛病？心理出问题了？神经兮兮的。哪来的这些古怪的念头？这样简单的小学算术，谁不懂得？要你去饶舌？

可是，你千万别误会了我的意思。

其实，这些古怪的念头，也只是近年来才有的，是过了 30 岁之后的事，准确地说，是过了 35 岁以后，眼看到了 40 岁的门槛才有的强烈感受。

这也许确实是一种不健康的想法。不过，人类不正是依靠想象的翅膀腾飞的吗？话说回来，这一点小小的想象力又算得了什么？西方神话中有长着两只翅膀的小天使，童话世界里有美人鱼哩。

我曾仔细分析过产生这些离奇念头的原因。为什么 30 岁以前只想自己奔前程？是因为那时候精力旺盛，觉得“老”离自己还是猴年马月的事，远着呢！没想到 30 岁以后日子是逮也逮不住。近年把明显感到体力比 30 岁以前下降，精力明显不如以前，有时偶尔晚上熬个小夜，第二天就没精打采。说明自己对生命有了一种危机感。

说个人的一点小经历是很无聊的。可经历过的种种，总是让人有些感慨的。谁不珍惜自己的旧鞋？我这人小时候死不开化，顽石一块。20 岁后稍懂点事，开始发奋，可七折腾八折腾的，就到了结婚的年龄。其实我也不晓得要结婚的，可那时在父母身边，父母叫结婚，结婚又是大好事，你说能不结？结了婚也不晓得要孩子，就这么无师自通有了孩子，你说有了自己的孩子能不高兴？孩子一出生，那可不是布娃娃，她要吃要喝不算，还有精神需求，小小的人什么都不能少了她的。可把人给烦的。七折腾八折腾，孩子稍大了些。再一回头，人已快奔 30 了。

30 岁以后倒是发奋了。先是苦读，之后只身到湖北编刊物，再到北京办报纸。因一人只身在外（老婆孩子后到的北京），倒也快活自在，早忘了自己有妻儿老小。跑到北大同一帮小自己一圈的青年一同上学。七折腾八折腾又是四五年，终于一日调回家乡省城，待一切都弄妥帖了，飘浮着的心落下了。静下来回头一看，人已快奔40了。

有人说中年是人生的“下午茶”，这下午茶可不是好喝的。虽不敢说“去日苦多”，但已感到生命的压力。往后是平淡的多，炽热的少。这样想来，人啊，最重要的还是能做一点事情，给生命留一点东西。

其实，做到这些又谈何容易呢？

（1997～2002年）

家事八题

父亲

父亲手中夹着一支普通的烟卷，依然保持着自己固执的姿态。他坐在自家阴冷的、潮湿的堂屋里，吸着烟，用力向水泥地面上啐着痰，之后用脚踏净。

父亲烟瘾极大。从我记事时，父亲就是一个忠实的香烟爱好者。高峰时期一天可能要抽掉两包烟，家里总像失了火，以至于我参加工作以后，别人只要谈起我父亲，总是从抽烟开始，之后再说别的事情。

父亲能让别人谈起，也是一件令子女自豪的事情。父亲在我们那个县城还是有些名气的。许多老同志都叫父亲为“老陈营”。父亲其实在他们中间并不算老，可一个“老”字，却道出了人们对他为人的敬重。

父亲有资本让人敬重吗？父亲一没财富，二没学问，三不居高位，一生清贫如洗，唯一让人敬重的只有两个字：骨气。烟和骨气，是我父亲的两大资本。

在我童年的印象里，父亲极其威严，总是昂着头走路，在大街上见到我们，从不会主动同我们说话，陌生人似的。父亲学历不高，只读到高小毕业，可一个农民的儿子，从农村到城里，参加革命工作吃上商品粮不说，30 多岁就当上了科局长。不敢说光宗耀祖，但也是一方名人了。

父亲脾气不好，这是我们做子女的最头疼的事，他有时发无名的火，让人摸不着头脑。记得有一年我奶奶去世，那时我还只有十来岁，不知为什么，父亲来了脾气，将许多稻草撒在院子里（那时乡下的院子是烂泥地）用脚去踏，别人拽也拽不住。每当家里有了大事，比如来了客人或者春节来临，父亲忙着忙着，就忙出对我们子女的不顺眼来，不是对我们乱发一通火，就是巴掌侍候，弄得我们做子女的莫名其妙，也特委屈。现在想来，若从心理学分析，父亲姊妹七个，他是唯一的男孩。在农村，你想想看吧，从小惯出一身脾气，虽然参加革命工作，受党教育多年 ，但脾气总是有的。再一个就是工作不顺心，在外面又发作不得，在家见我们做子女的不懂事，难免借我们撒气。

如今我这样写父亲，并没有任何对父亲的大不敬。人非圣贤，岂能无过？说这些也无对父亲的求全责备。父亲毕竟受文化和时代的局限（我的女儿也说我脾气不好，遗传？），我们不会过于苛求。倒是我更感到自己对二老不住，我对他们的关爱太少了。（人实在是个奇特的动物，总是将爱一味地倾注在下一代身上，而对长辈则多有忽略。）

其实我的父亲还是蛮优秀的。你若理解了他，就能发现他的许多妙处来。父亲言语不多，为人倔强任性，宁折不弯，特别勤于思考。他当了多年的领导干部，工作非常敬业，可以说两袖清风，一身正气。

他对人的帮助和关心，非常含蓄，从来不放在言语上（这一点同我母亲形成鲜明对比），他所做的一切，都要让你自己去观察、去体会。你观察到了、体味到了，才会感到他这个人有点味道。

父亲的一生总体来说是充实而忙碌的，只是到了50岁之后有些不顺，这也是如常人讲的“吃了脾气的亏”，也即如我女儿所说：死脑筋。他的传统与正直，根本跟不上这个时代，在50岁后，他换的单位一年不如一年，终有一回，他同县委书记大吵一架 ，这下好了，虽说仍有岗位，但基本是赋闲在家。刚开始的几年，老生闷气、抽闷烟，发些无名的火，但闲着闲着，气慢慢顺了，人也想通了。人事沧桑，世事如烟。这一点小挫折，对于生命的大境界又算得了什么?!

其实，父亲的经历并不复杂，几年的农林局局长，几年的公社书记，再回到县城，乡镇企业局、农经委、能源办，就这么几年几年，人的一生就差不多了。看看父亲的一生，回头再看看已近四十的我，生命实在是太匆匆了。

如今的父亲没有了过去的牛脾气，看起来又慈祥又随和——事物实在是物极必反。父亲的倔强与贫穷，虽没有给我们留下多少财富，但给我们家族带来了一个好风气，留下了一个好名声。“老陈营”，成了一方品牌。

67岁的父亲现已将烟戒掉。每天早睡早起，侍弄一些草花，过着俭朴的生活。生命到了这个份上已是炉火纯青了。

母亲进城

在外漂来漂去漂了多年，一日终于定居下来。母亲从县里打来电话说，多少年没能到我的小家住过一宿，如今定在了省城，离老家不过五百来里，秋天季节好，母亲准备来住些时日。做儿子的当然高兴。

出发的前夜，母亲夜里一点多钟就起了床，杀了两只老母鸡，褪光了毛，洗得干干净净，母亲说城里住高楼，杀鸡不方便，鸡毛杂碎别糟蹋了邻里，母亲想得倒周到。母亲边唠叨着边从黑色网兜里往外拿东西：一瓶她自己做的辣椒酱，还为孙女劈了一堆菱角米。

我嗔怪母亲："你也真是，城里人就不吃鸡？现在买鸡都现买现杀，拿回来就下锅，你真是想得周到：'鸡毛往哪丢呀？'告您买来就是没有毛的鸡！你看，又是辣椒酱又是菱角米，都是烦人的营生，你倒是有这个细致！"

母亲被儿子这一说，倒不吱声了，可面上有明显不悦之色。

妻子用脚踢我。我说："妈，是儿子心疼您老人家，60多了，夜里一点起床，五点坐车，看看，都快中午一点了。坐了六七个小时的车，您能吃得消吗?!"

母亲嗫嚅道："反正腰疼，也是睡不着的……"

说着坐下来吃饭。为迎接母亲，我们特地做了几道菜：炸猪排、小青豆烧小鸡、香菇炒菜心、豆腐拌蕨菜和排骨青菜汤。饭桌上，孩子兴奋，一会问奶奶家里的宝宝（一只狗）好吗？一会问八哥会说话吗？我们这个孩子，就是人来疯，劝了半天叫快吃饭，可就是一口吃半年的主！我不由得生气，说："快吃，我揍你！"

孩子有了奶奶，仗势似的："你干吗骂人？不是好爸爸！"

我一气，上去一筷头子打在孩子脑门上，孩子哇一声大哭起来。奶奶心疼了："没有你们这样打孩子的，真是！"

我一时性起："你这个不知好歹的东西！我们过去不得吃，你们现在不肯吃！奶奶在这，我们小时候，家里来了客人，孩子不允许上桌的，即使上桌，如果筷子伸到待客的菜里，你奶奶就是一筷头子……”

我话还没说完，母亲将筷子一丢，说：“不吃了。”说着说着眼泪就在眼眶里打转转。

我这下慌了，才觉自己说漏了嘴，赶紧给老娘赔罪：“妈，说着玩的，您老当真，好，不说了不说了。”

母亲这才破涕为笑。母亲说：“那时穷，你爸一月才几十块钱，家里场面大，不是你妈不让你们吃，而是……你现在成人了，给你妈算老账了，真是儿子有用了……”

哭笑之间，我们上班时间已到。母亲一人收拾碗筷。晚饭无事。饭后睡觉，因我们家只有两张在一个房间的床，于是母亲妻子女儿睡大床，我一人睡小床。早早躺下，无甚睡意。孩子闹着奶奶讲故事。奶奶随口诌诌：“你爸爸小时候啊，像个饿死鬼投胎，整天喊肚子饿。那时我们家住在农村，你爷爷在县里工作，你爸爸整天坐在墙头上晃荡着两条腿，伸着脖子望你爷爷回来，爷爷回家就有好吃的啦……”

说着说着，孩子睡着了。

我倒是一点睡意也没有，母亲更是睡不着，于是我们母子俩就讲古。我说妈，你锁着的小柜子经常被我偷偷打开，偷了桂圆上学路上吃。妈妈说儿子，你有一回不知在哪摸了许多小毛蟹，你吃呀吃呀，夜里闹着肚子疼，可把我和你爸吓死嘞……

成长

几年前的北京街头，有这么一幕：一个父亲同一个女孩子在公主坟环岛一块绿地上卖过一次艺，父亲头戴礼帽扮演小丑，女孩子拉着二胡表演《剑舞》《良宵》等曲子。一节演完，父亲便摘下礼帽向围观的人讨钱。一场下来竟讨了八块“大洋”。那个父亲便是本人，而那女孩子就是本人当年8岁的千金陈浅。

这个故事听起来像天方夜谭，其实多半是可信的。

那时女儿小，还有点傻乎乎的，我把她骗上街头很容易，一顿麦当劳便把她给打倒了。现如今再请她上街就不是那么方便了。前天练完琴回来，路过博物馆门口，我又同她开玩笑，咱们再上一次街吧，挣一点零花钱。女儿从鼻子里不屑地嗤了一声，说出一句只有孩子能说出的大话：“休想！给我一百万我也不拉。丢人现眼！”多年来我一直有一个非常天真的想法，想尽量把孩子锻炼得“皮实”一点。“皮实”是北京土话，意思是经拉经扯，经摔经打。

现在都是独生子女，四个大人甚至六个大人宠着一个，弄得小孩都认不得自己，娇气得很，遇事特别脆弱，一点小委屈就哭哭啼啼，让为人父母的很是担心。我于是把学到的一点心理学知识试验到这个孩子身上，看能不能出现一点奇迹。没想几年下来，竟然取得了不小的成绩。

孩子不但身心健康，而且遇事老练得很。有时在有些事情上反训起我来，弄得做老子的反被拘束住了手脚。真应了一句文化术语——“异化”。那一次中午下班，基层单位来人，于是我就带她一起到饭店吃饭。

席间她俨然一位老食客，该吃的吃，该喝的喝，没有一点谦让和客套的意思。结账时，我因几块钱的事，同服务员不真不假讨价还价起来，她在一旁不干了，一脸严肃地训起我来：“丢人现眼。”过一会儿又补充,“真丢我的脸!”话虽不多,可分量不轻,弄得我当时又惭愧又心服又有点小小的得意。惭愧的是老大的爷们儿被一个十几岁的毛孩子家训了一顿;心服的是孩子说得有理,我为人是有点不太自重,不分场合,不注意自己的尊严;得意的是女儿终于有了点小大人的样子,不仅自己要面子,你做她父亲的,也要有点分量,不能因父亲的档次不高、举止不雅而丢了她的面子。

可孩子终不是大人,社会再进步,科技再发达,童心是无法泯灭的。我从孩子身上看到我自己的童年。她虽有了自尊心,可毕竟还非常懵懂,比如有时洗完澡了就那样从浴缸里飞快地跑回房间,我们笑她羞,她则嘻嘻哈哈一副毫不在乎的模样;比如在家里,她有时会爬到我的肩膀上,让我背着她满地乱跑,她则在我肩头快活得大笑。喜欢看童话、神话、言情、武打电视,喜欢读《格林童话》《安徒生童话》和《西游记》,喜欢布娃娃、小动物、小玩意,喜欢皮卡丘、机器猫、一休哥。一切孩子的特征和女孩的真性情在她身上都表现得淋漓尽致。

有书上说,人的记忆力从 3 岁到 12 岁为最佳时期,这也是人童年的黄金时期。时光过得飞快,再过两三年,孩子身心都会出现质的变化,那时她就不是现在这个样子了。她从一个小女孩长成一个大女孩,会有许多心思。这样的天真是再也留不住的。

这不免使人有些惆怅,但也是没有办法的事情。为满足自己的一点私欲,而不希望孩子快些长大,是不是有点太自私了?可话说回来,不管你主观愿望如何,孩子终是要成长的,这是谁的意志也阻挡不了的。上帝也不例外。

虚惊

去年冬天，一日妻子觉得肚子疼。我颇不以为然，说，还不是紫萝卜吃多了。又过几日，还是觉疼。我说，到医院查查吧。她自己去了，回来将报告单给我一看：后腹腔肿块，实质性。我不懂医，但这几个字我还是能看懂的，隐隐约约感到有些不妙，于是将医院结论带给本单位医务室马医生看看。马医生看后对我说："我写给你个条子，你到一〇五医院找连主任，让她再给仔细做个 B 超，以免误诊。"

晚上回家，我没敢将情况告诉妻子，只是用一种特别的眼神看住她。她炒菜，我夺下她的铲子，让她歇着。妻子有些纳闷。女人天性敏感，她似乎感到了什么。我们相对无言，默默过了一夜。

第二天一早，我们揉着惺忪的眼早早"打的"来到一〇五医院排队。挨了近一个小时，终于等到上班时间。

妻子磨磨蹭蹭跟了过去，我同许多在此等候的人被关在了门外。终于等到妻子出现在门口，我赶紧拉她出来，接过她手里的报告单一看：左侧卵巢肿瘤。"肿瘤"这个词，对于我们一家，是从未经历过的。所以仅一眼，我的脑袋就先大了起来……

回来的路上，妻子说："起先做黑白超，之后又让做彩超。一遍一遍，我知道你在外面等急了。"我说："既然有了这个事实，我们就面对事实吧，联系医院开刀。"

几经周折，终于联系在安医附院住下。执刀的是一位很有名的教授。她见我紧张得很，反复安慰我说："别紧张，只是比割阑尾大一点的手术，依我看，不像什么坏东西。"

妻子住进之后，不断地抽血化验，化验抽血，过了三天，一切例行的身体检查完成之后,医院让我在一份单子上签字:同意手术。

手术那天早晨,我六点四十分刚赶到病房,就见护士已经给妻子打针了。我还没来得及说上话,妻子就被带走做妇科检查。本想待检查完毕,同妻说上几句,安慰安慰,可妻尚未出来就听妇科走廊大门被轰的一声撞开,接着四位穿蓝大褂的妇人推着一个小床(后来知道叫担架床)哐啷哐啷过来,边推边高声大喊:“19床! 19床!”我知道19床是我的妻,于是心便提了起来。同室的病友也紧张了起来。因为大家都明白:这个现在看起来还挺好的人,术后是凶是吉就不知道了。

就这样,妻没来得及同我说一句话,便被她们拉走了。我被挡在了外面。外面有许多同我一样焦急等待的人。

此时我的紧张是没经历过的人无法想象的。我满脑子是一些不连贯的意识的流动……如果没了怎么办呢……孩子怎么办呢……一个家庭必须有一个女人……一个欢乐的家庭整日被悲伤笼罩着……

我站不是坐不是,五脏六腑被煎熬得烦躁不安。终于,熬到了,熬到了,十点三十分,出来了。我赶紧挤了过去,见一个托盘里放着一个鸭蛋大的发白的肉瘤子。“良性! 畸胎瘤!”那位穿白大褂的年轻助手对我说。

啊! 我长长吁了一口气。紧张得快炸裂的脑袋立刻放松了下来,马上便掏出电话,拨通岳母家。我对岳母说:“没事,好的,你的女儿身体好着呢,能活九十九!”一旁同我一样等待的人们都禁不住笑出声来。

一场虚惊转眼过去,虽是一次小小的惊吓,可它却让我明白了人生的许多道理。人生在世,身体的灾难是免不了的。面对疾病,我们别无选择,只有勇敢地同它抗争。如果现在有人问我:什么是福?我会脱口而出:无病即福。

让我欢喜让我忧

前年,我刚调到合肥,单位不错,分了一套小两室的居室给我,我非常满足。于是我便请来装修工,想拾掇拾掇。也没有什么大想法,无非是打两个吊橱,好放些杂物;把卫生间改造一下,能把洗衣机放进去;把厨房的墙给打掉,多几个平方米,能摆一张桌子供三口人圈着凑合一顿饭。这本是很小的一个工程,原本设想十几天完工。于是人也没搬出去,就住着这么搞了起来。

也活该像我这样没经验的人倒霉,没想到一开工,弄得人死去活来。电锯喳喳声,几乎是割人的心,打砂纸,又把两间房的旮旮旯旯弄得全是灰,特别是最后一道工序油漆,更是弄得满屋三间都是刺鼻的气味。入夜后一家三口无法入睡,孩子困极了,可又睡不好,咯吱咯吱,弄得大人心情糟糕透顶。心想,这辈子再也不装修了。

去年夏天,没承想机会又来了,赶上国家最后一次福利分房。调了个两室一厅的新房,虽说是一楼有些潮湿,可是孩子十岁了,终于能有一个自己的房间。何况卫生间、厨房都是大的。妻子兴奋得满脸通红,边走边说,这一回一定要好好装修一下,这辈子还真就这一次了,活了半辈子,也该有个像样的家了。妻子表现出从未有过的慷慨,取出所有的积蓄,说:“找人装修吧!这一回怎么搞,听我的。”

我的任务主外,找工程队、买材料等活我负总责。四处打听,挑来挑去,终于选定了一个。这一次因人不住在里面,可撒开手来干,妻子怕装修的人偷工减料,整天派我盯在那里,为了省些钱,什么材料都要我亲自去买。我见妻子高兴，我也高兴。虽忙得晕头转向，也没牢骚。我小心眼，怕装修的小工蒙我这个睁眼瞎，便采取精神感化法。主动给他们洗衣服，让他们集中精力干活，因工期较长，过个十天八天，我还让他们骑车回去一趟，见见老婆，好更快乐地回来干活。随着工期的延伸，我的钱也嚓嚓地往下蚀，可见到房子一天天亮起来，也不再去心疼了。

可是人算不如天算，叫我哭笑不得的事又来了，单位研究决定，把最后留的十几套房再一次拿出来分，以改善大家的住房条件，单位不能说不是好心，可这样一来我装修了一半的钱由谁来认？再一轮打分张榜，我又有幸忝列其中，可调一个两室半一厅的房子，而且在楼上，你说我要不要？要吧，我已花去了万元装修，按规矩，下一个住户不会贴我很多钱的，好则罢，不好，人家一句话：把你装好的全拆走，还我原样，我还不喜欢你这风格呢！一分钱没有！这还不把你的肺气炸?！不要吧，城市寸土寸金，人家为一个平方米打破头，你多半间房还不要，你傻不傻？我们一家左不是右不是，为难坏了。好在这回妻子没话说，虽心疼钱，可是她积极要求装修的，也不好拿我出气。

研究来研究去，最后还是一咬牙，调！于是又重新去调，那装到一半的房，也只好同下一位接任者说好话弄回几个小钱算了。当我再一次拿到新房钥匙时，还装修不装修这个问题又摆到了面前。我再也没劲去装修了，妻子也没了那份热情。搬进去之前我们只用石灰把墙刷巴刷巴，铺了地砖，打扫打扫，这样住着也挺好，显得很朴实，很随意。

唉！调房，装修，真正是让我欢喜让我忧。可不管怎样，房子还是越住越大了。

快乐

因为一件事，妻子这两天心情奇好。

上星期六，我们刚起床，妻的同事便打来电话，告诉职称考试分数已下来，可以打 168 查询。妻子是去年 11 月参加中级考试的。那天考完最后一门回来放下包就说“完了，完了，这下砸了，明年再考吧”。

忽然说分数下来了，不查又不甘心。我就怂恿妻子去查，妻子害怕，说：“肯定考不好。”

我于是说，我来替你查吧，看过查询号码和准考证号拨 16887733。我按要求依次输入号码，一会便听到逐项报的分数，报完分之后，话机里便传来“您已合格”的声音。我打电话时，妻子一直竖着耳朵听，听到最后一句话，脸上立马露出欣喜之色，可又一时不敢相信，便夺了我的电话又亲自查了一遍，仍是“您已合格”。再静下心仔细一听，“专业知识”只比合格线多几分，真是好悬！这一次她不由得不信了，心情便大好了起来，说 2000 年我要交好运，开头就顺。于是她就开始唠叨：“今天我心情好，你们想吃什么尽管说。”于是我和孩子也跟着高兴了起来，两人便抢着说：“要吃烧小鸡！要吃红烧肉圆！”妻子一一答应，便采购去了。一天下来妻子总是又说又笑，心情不是一般的好。晚上临上床前，妻子对我说：“我是不是有毛病了？”她是说，她是不是兴奋过头了。

第二天，妻子去单位上班，可兴奋之情仍然不减。妻子在银行的一个储蓄所上班，一上就是一整天。生活极为单调。生活中真是没什么好高兴的事。可这个纯粹凭本事考出来的中级职称，真是让她好好兴奋了一回。晚上下班,妻子又买回一大堆东西。放下东西就说开了:“今天我打的去上班了。”我知道妻子平时是从来不打的的,时间再紧也去挤公共汽车。她说:“表上打了 8 元钱,我下车就甩给他 10 块,说不用找了。那个出租车司机很快活,还对我说:‘谢谢,你慢走。’”之后又说,“我们今天特忙,又办业务又做月报,忙得厕所都没时间去。可我不知哪来的劲。不但月报一次完成,而且对顾客又热情又周到。顾客很满意。”说完就进了厨房做晚饭,晚饭也是做得又快又好。吃晚饭时,妻子又说上了,她说:“我们单位小琴没考上,一天都在那里唉声叹气。先说自己脑子不好,之后就说开我了,我早晨没来得及吃早饭,小琴说:‘你心情好,你当然不饿噢。’下午我没穿外套,小琴又说:‘就不一样噢,你心情好,你不冷。’之后又要同我比头大头小,比完后又说:‘你脑子比我大,你脑子好,你聪明,你学什么都能学好。’我真是给她弄得一点办法也没有。”

妻子说:“我考上心里当然高兴,可小琴没考上我也很难受。我还要在小琴面前装出无所谓的样子,以免小琴不高兴。小琴越那样说,我嘴里越谦虚。可我心里还是蛮高兴的,我也不知道为什么。快乐真是个很奇怪的东西,别人的另一种情绪,也可以影响到我快乐的程度。”

妻子说这话时,脸上泛着红光。我听了她的这番高论,真觉得她这辈子应该做个哲学家。我在听她说话的时候,觉得她变得非常可爱,人也比平时美丽。妻子今晚明显有不说够不罢休的倾向,说完又说,“我还是个很骄傲的人,因为平时我没有机会骄傲”。又说,“心情不一样我就不累,这一回我总算体会到小燕子说的一句话:机会到了挡也挡不住”。

这事转眼过去一个星期了，妻子的快乐也在一点点地消失。可我通过这件事发现，快乐是能够调动起人的潜能的，也能够使人变得美丽可爱。

94 岁的外公

日前回家乡办点事，准备办完就回省城自己的家中。早晨起来，母亲悄悄地对我说："你不去看看你的外公？"

几年没去看望外公了。平时也很少想起外公。感觉中并没有外公的存在，而事实上外公依然顽强地生活在乡间的老屋里。外公今年 94 岁。

外公住在乡下的轮窑二厂。我小时候就没有见过外婆，唯一的舅舅也早已离开人间，外公依例同长孙住在一起。我这位老表胖得吓人，可并不阔，他所在的轮窑二厂几近倒闭，表弟媳工作的缫丝厂早已歇业。夫妻俩下岗在家，做一些小东小西聊以生计。

我去时给外公买了一条红梅另带两包中华，同时将准备给他的 100 块钱换成 10 元一张的以备他零花。

偌大的一个轮窑厂里见不到一个人。走近外公住的那排低矮的旧瓦房，推开门，屋里黑漆漆的。外公一人和衣睡在床上，见我们进来，一骨碌坐了起来，连忙穿上鞋下床。精神是出奇地好。

外公端了几张凳子在屋外，又张罗去找水，可既无茶叶又没有茶杯，也只好作罢。我拽住外公把烟给他，母亲大声对着外公的耳朵喊："孙子给你买的，这是中华，高级的。"外公翘着灰白的胡子，脸上笑眯眯的，那个快乐是发自心底的一种甜蜜。我知道，外公是见不到这样高级的烟的，就这两包中华他不一定舍得抽呢！

冬日午后的太阳苍白无力。母亲翻开外公的衣服看穿得暖和不暖和,又问春节给他买的新棉鞋怎么没穿。说着邻居过来一个男人,我站起来递上一支烟,他便开口了:“老人家精神好得很!夜里睡觉我听不到他的咳声。一点不咳。”邻居又说,“老人家饭量大得很,走路劲杠杠的,那么仄的小木桥,他每天走来走去的。”外公并不开口,也许他根本听不见。他只把我递给他的烟一个劲地吸着,一直吸到过滤嘴还在那里啪啪地嘬着,一副怡然自得的样子。

又坐了一会,母亲说:“到南庄去看一下。”母亲说的南庄是我老表一家住的新房。我老表并不忤逆,相反,还挺孝顺,每日三餐都是他过来给爷爷烧好。外公之所以不住过去,也是因为老人图自己方便。外公自己觉得,一个人住着挺好。

老表住的南庄一里地不到,由外公带路,到老表家去要过一个臭水沟,上面架着一座两个扁担宽的小木桥。邻居所说的外公在小桥上走来走去就指的这个。外公手背在身后,腰有点弯,可两条腿走起来还是很稳当的。走到小桥上时,外公第一步先试了一下,很快走了上去,紧走几步便跨过去了。倒是母亲颤颤地不敢过。妻子一惊一乍过去了。女儿几步蹦了过去。

外公始终没有一句话。只是一个劲地在土埂上向前走。土埂两边是冬日里一片连一片的油菜地。到了门口,外公仍然不说话,只是使劲拍打铁门。开门的是表弟媳,她身后的一条小狗边摇尾巴边吠个不停。老表迎了出来,依然是胖胖的,一脸憨厚。他正和几个人在玩麻将。说了几句话,老表给我递一支烟,便又去玩牌,我知道他们带点彩,别人在等着,丢不开的。老表住得还是挺不错的,楼上楼下有好几间,只是收入来源少。表弟媳给我沏上茶,我们便坐在那里晒太阳,孩子和小狗在那里跑来跑去。坐了一会,我把钱拿出来给外公,外公又笑眯眯的,小胡子一翘一翘,母亲在一旁说:“放好了,别掉了。”外公不说话,用手帕将钱一层一层包好,掖在了腰里。

太阳开始往西沉了。母亲说:“回去吧。”我站起来看看老表牌来得怎样。老表回过头来说:“在这吃了晚饭再走。”我知道老表说的是实话,我还是说:“你们玩,我们走了。”说着给他们每人散一支烟。

往回走的路上,外公依然走在前面,他不说一句话。我们说,先送外公回去。可外公自管走,一直走到马路边,在那为我们拦车。等半天没有车来,我让外公先回去。外公站在那,母亲大声喊:“你先回去!”外公开始往回走,走几步,又站了一下,望着我们,又走几步,我们挥挥手让他走,他慢慢地走了。

我看着外公的背影,心中涌起一股说不出的滋味。外公能活到这样的高寿,实在是件很不简单的事情。像他这样的老人,生活质量可以说是很差的。他既没有医疗保险,也不会像城里人那样每天一杯牛奶,但他活得非常平静。他既不怨天也不尤人,他恬淡地活着。日复一日,年复一年。

我忽然想起汪曾祺先生的一篇散文:《闹民闲民》。我的外公不生在闹民,但,是“闲民”。

汪先生写的那个人,就活像我的外公。

—— 一个活着的庄子。

挑着棉衣上北京

这个冬天,父亲和母亲挑着一担棉衣,登上了前往北京的火车。棉衣是用商家进货的蛇皮袋装着的,两个中号的蛇皮袋鼓鼓的,由父亲挑着。

早在两个月前,我母亲忽然从县里打来电话说:“你爸爸要到北京去,参加毛泽东110周年诞辰书画大展开幕式,要交会议费2000元。”我妈担心被骗,同时我爸身体不好,血压高,她不放心。我妈还说:“我讲他根本不听,现在他不在家,我才给你打的电话。”我妈让我打电话劝劝父亲。我听完电话,心想,现在北京以各种名堂挣钱的多了去了。这个活动究竟如何,我也把握不准。我心想,父亲真想到北京玩玩,我在北京工作多年,完全可以让我朋友给安排一下。于是晚上我便给父亲去了电话,没想电话那头的父亲非常倔强,给我丢了一句:“北京我也不是没去过,旅游有什么旅游头?我要去就去开会!”父亲还说,“这辈子去北京,也就这最后一回了!”这样我还有什么话可说呢?本来老人去北京也就是一个兴致,我若破坏了兴致,那便无趣得很。于是我便转回来支持父亲,去做母亲的工作。没想母亲看大势已去,便也顺水推舟了,说:“那我陪他一起去吧!他一个人去,我不放心。”母亲不认字,这辈子并没去过北京。我于是也高兴,说:“我出差旅费吧。”如此皆大欢喜,他们便开始了旅程的准备。

汇钱,联系接站,撰写开幕式现场朗诵的诗词。父亲不断给我来电话,让我联系好合肥至北京的车票。一切准备就绪,11月中旬,父母来到合肥,带了许多的衣物,用蛇皮袋子挑着。我虽在北京多年,但我不敢说老人究竟在北京要穿多少,今年冬天北京又特别冷,所以我也不敢造次。任他们多带一些,以防万一。同时,在县里父亲还向我一个亲戚借了一部手机,也不太会用,又怕忘了号码,不断念叨着那号。我见他们高兴,又为他们准备了一个傻瓜相机,教给父亲如何使用。那几天父亲俨然是个领导,领导着母亲,母亲也很服气,老头子毕竟见识要多，学东西很快，不一会相机也捣鼓会了。终于一切就绪，12 月 2 日晚，我找了一个车将他们送上北上的列车。父亲挑着他们预备穿的一担棉衣，随着列车的一声长鸣，我年迈的父母怀着一颗对伟大祖国首都的向往和对伟人毛泽东的无限热爱的心，驶向了祖国的心脏——北京。

父母走后，我一直牵挂着，担心他们在北京火车站没人接站，北京那么大，他们毕竟几十年没出过远门，又是 70 多岁的老人，何以能找到开会的驻地？嘿，你别说，晚上父亲来了电话，说一切顺利。我问有无接站。父亲说没有接，他们自己找到了驻地。父亲说，他们从火车站上的地铁，坐到公主坟，下来再打的到在西三环西局南街 15 号华辰饭店的驻地。呵，老爷子行啊，不但自己找去了，而且还知道节省，先坐十几站地铁，再上来打的。好。父亲说："不是。出门在外，也不是为了省两个钱，主要是你妈没坐过地铁，正好这一下给坐了，省得还专门去坐。"这老爷子，还真有他的。如此，我一颗悬着的心便放下了，也不再过问，转眼一个星期过去了，父亲来了电话，说明早回来。

他们依然把棉衣给挑了回来。我们一家对他们这一个星期的生活充满兴趣，仔细询问每一个细节，哪天在哪，又是如何安排的。他们也兴趣盎然。告诉我到了天安门广场，上了天安门城楼，去了故宫，登了长城，都一一加以详述。我母亲虽没文化，可她天生语言能力强，表达得又准确又风趣，成为我们家那几天餐桌上的一道风景。特别说到他们最后一天逛颐和园的情景。因为火车是晚上的，可会议的旅馆上午就得退房，他们还有十几个小时，于是我父亲便决定再带我妈到颐和园玩一玩，条件是我妈得挑着那一堆棉衣（他们带的棉衣一次没有穿,我妈说,北京房子里热死了)。我妈说:"给我挑得内衣都湿透了,我说怎么那么重,你爸把会上发的八宝粥偷偷塞在衣服里(会上几天发的当午餐的听装八宝粥,他们不爱吃,要带回来给孙女吃呢)。"说完我妈快乐地大笑,我爸在一旁抿着嘴笑。

过了几天,我的父亲偕着他不认字的夫人,从合肥返回他所居的县城。他们怀揣着无尽的幸福,会将此次的北京之行,作为近期一个主要话题,在我的几百个亲戚(真是几百个亲戚,不是笔误)中,广为流传。

(2004 年)

一个父亲和一个孩子的夜晚

孩子像春天悄悄开花的紫丁香，不觉间几岁了。

这几年间，她的妈妈一夜没能离开过她，左右呵护在她的身边。虽然这个孩子已在空气阳光中成长，可她的感觉依然同母体相连，晚上非母亲哼唱童谣不能入睡，使得那个做父亲的，也只有在日头下才能得到承认，日头一沉，即刻与那人翻脸，要抱一下，也不能片刻。

终于有一日，她的母亲要出差一天。做父亲的信心十足，信誓旦旦地表示："没事的，没事的，你安心去，妈妈不在，爸爸就第一了。"丈夫怂恿妻子走。

妻子依然放心不下，反复叮嘱："要耐心，一定不能吼她。我去一天就回来。"

妻子走了，白天安然无事，做父亲的去上班，奶奶带着，吃饭，午睡，笑咯咯的。

父亲下班回来，她见了就笑，还跑来要抱。父亲乐了，窃喜："我说的，妈妈不在爸爸第一啰！"

一天行将过去。吃了晚饭，洗了，漱了，她做好了一切。父亲开始哄她入睡，拿出《格林童话》，一字一句地摇头晃脑地念将起来。

开始她还专心，慢慢便烦躁起来，弄出咯吱咯吱的声音，说要妈妈，说着就有了哭腔，慢慢便不认那个叫爸爸的人了。父亲说：“你先睡。妈妈加班，一会就回来。”她确实困了，小眼睛眯盹眯盹的。这个父亲以为她要睡了，可没一会，她又睁开睡眼：“妈妈怎么还不回来呢？”一副令人怜悯的可怜模样，父亲小心着，悄悄说：“睡吧，妈妈一会就回来。”她小眼睛又眯盹起来，没一刻，又睁开了。父亲反复着那句假话，可这孩子就是无法入睡。父亲劝呀劝呀，没用，她开始哼叽。这个父亲平日是最怕听孩子的哭声的，于是强忍着堵在胸口的闷气，强着笑脸：“莫哭，莫哭，她马上就回来。”

孩子开始焦躁：“她怎么还不回来呢？”

这个没经验的父亲，他没想到自己已危机四伏，他开始把成人的谎言运用到孩子身上，孩子已困到极点，他编了一段瞎话，估计恰好入睡：“你妈已到邱家湾了。”孩子开始等待，一会催问：“又到哪了哇？”“已到堂子巷了。”“又到哪了哇？”“已到十字口街了。”“又到哪了哇？”“已到钱爷爷家门口了。”“又到哪了哇？”“已快到了，马上开门了。”

这糟糕的主意，使孩子兴奋了起来，她反复念叨：“怎么还不到哇？怎么还不到哇？”又是一阵嘤嘤的哭声。

时间已近十点，父亲伪装的耐烦已彻底崩溃了，他忽然暴跳起来：“我明告诉你，她回不来了。她明天回来，你赶快睡！给我睡！”

这一挑明，小东西便大哭：“要妈妈，要妈妈，我要妈妈。”这个父亲已将所有的面具撕去，仍大吼：“给我睡！给我睡！快快睡！快睡！”

小东西已彻底失望，她的睡意也消失殆尽，扯了嗓子哭，眼看着嗓子哑了。时间在分秒流过，已午夜。

无能的父亲终于愤怒了，掀起被子，对着孩子的小屁股蛋猛抽了起来："叫你哭，叫你哭……"

这个父亲，同一个无知的孩子动这么大肝火，想让她明白这个世界的道理，用自己的力量使这个小生命屈服。孩子终于被驯服，开始求饶："爸爸，爸爸，我不要妈妈了，别打我了，我不要妈妈了……"

父亲松了手，孩子压抑着小声哼叽，她虽然求了饶，可她始终也睡不着。一个 3 岁的孩子，到凌晨一点还瞪着星星一样的小眼，哼叽着不敢大声哭泣，可怜的小人，哼叽着，哼叽着，终于慢慢睡着了。

孩子睡了，一切都平静了下来。泪痕还挂在小小的嫩脸蛋上，那个父亲望着这嫩小的生命，心里涌动过一阵阵无言的酸楚。一种自责，一种近似于犯罪的感觉涌上心头。

窗外的虫鸣声，树枝杈间的风声，使这个深沉的夜的存在更真实可信。那个做父亲的，枯坐床边，望着床头安静的小人儿，不觉间眼睛湿润，清泪双流。

一个父亲和一个孩子的一天

早晨七点,父亲喊孩子起床。喊了十声也不理,父亲急了要打屁屁,孩子说:“裤子脏了,给我换!”

做父亲的说:“再穿一天。”

孩子驳道:“衣服脏了不换,说明你不爱清洁。”愣了一会又说,“怕劳动。”

做父亲的一时语塞。孩子在床上坐了一会,不知哪根神经通了,说:“好,起来。”自己穿好衣裤鞋袜,起来了。

这个孩子妈妈出差已半个月了。这父女生活一下子乱套了,一日三餐不能保,衣服脏了无人洗。

吃喝完了已近七点半,赶紧骑上车往学校赶。半路上爸爸遇到一个穿军装的漂亮姑娘,自语道:“真是个美人坯子!”孩子问:“你说什么?”叫爸爸的那个人赶紧补充:“我说刘晓庆。”

到校已七点五十分了。

爸爸推开一(2)班的门,班主任老师是一个小个子,一脸稚气的姑娘。她小声对孩子的爸爸说:“以后早点。”孩子随后进门,一弯腰,从小身子里发出一声:“老师好。”——样子既滑稽又可爱。

中午将孩子接回,路上孩子说:“还有作业呢。”爸爸说:“你一定要写认真,否则错了老师罚你抄十遍。”孩子认同:“对,现在认真写等于就占了老师便宜了。对吧?”爸爸忍不住,连连点头:“对,对。”这个荒谬的真理!

回到家里,孩子忽然想起:“啊呀!我做的小鹿丢了,怎么办哪?老师还要判分呢!”书包找,身上找,怎么也找不到。孩子慢慢有了哭腔:“怎么办呢?怎么办呢?”那个父亲左劝右劝,没用!

叫父亲的又生气了。父亲已改变了对付孩子的办法。父亲说:“你哭,你哭,我走!我走!”叫父亲的说着,转脸就关门出去,躲在门外听里面动静。听了一会就见孩子跑了出来,边哭边说:“爸爸,爸爸,我不要哭了,我吃饭。”做父亲的看这个孩子的可怜样子,就软下心来,将自己丢东西的事说给孩子听,说:“人怎么能不受挫折呢?受这么一点小小的挫折就这样,那以后怎么办呢?”

礼拜二的下午照例不上课,做父亲的将孩子带到自己办公室,孩子做作业,他办公。办完了公,孩子作业也做完了。爸爸说:“你画画,爸爸去开会。”孩子点头同意。这个做父亲的,也是荒唐极了,他悄悄地跑去同人打台球去了。这个爱好台球的父亲,一碰到台球他就遗忘了时间,一晃两个小时。等他回到孩子身边,孩子已哭得小泪人似的,正在门房犯愣呢!这个不称职的父亲,忽然有些心紧。孩子小声对他说:“他们说我脏,他们说我脏。”孩子又委屈得略带哭腔。这个父亲一时很是生气,谁个说的这话,在这个小人面前说这样的话,小小的生命何以能承受这样的打击和污辱!这个人!说话间低下头去，果见孩子衣裳和鞋脏兮兮的，这个父亲虽心中惭愧，然口中却说：“我们孩儿不脏，是吧！他们才脏呢！我们只要学习好就行，是吧！”

回到家里，这个父亲立即将孩子的衣服给换了。

晚饭也买了肉，和冬瓜红烧，煮了一锅新饭。孩子也特乖，把床收拾得干干净净。没想吃饭时父女俩又陷入危机。菜一上桌，孩子就不满：“就一个菜呀！”做父亲的说：“这个红烧肉特好吃，比你妈烧得好。”孩子立即反驳：“我妈烧得顶好，比你烧得好！”做父亲的生气了：“一吃饭就同我想对策！不就是为了逃避多吃吗？吃！吃！给我吃！”

莫非那个做母亲的有感应功能，却在这时呼这个暴跳如雷的男人，告给明天到家。这个父亲实无城府，脸上立即溅开了笑：“你妈妈明天回来了！”这个父亲也同孩子一样，思念那个在远方的、明天将回来的人。

孩子立即来了精神，眼睛都放出光来。异常兴奋，一会即将碗中的饭吃完。吃完她就说：“爸爸，我们俩分别做家务，把家里收拾干净，迎接妈妈回来。”说着就开始收拾桌子。

“我还要给妈妈做个贺卡，写上‘妈妈你好’！”

“明天我们四点起来去接妈妈，好吗？”

“爸爸，明天我穿校服去接妈妈。”

那个爸爸再也坐不住了，他站起来去抱那个孩子，孩子心情好气色就好，人乖极了。爸爸说：“大喽，抱不动喽！小时候爸爸就这样抱着你睡觉。”

孩子笑:“真的? 就这样抱着?”

其时暮色四合,一弯新月初升。月色入户,洒于窗台一盆新蒜之上。

(1996 年)

辑二

居京小记

花事

3 月刚来时，正是北京花事最盛的时候。我们院子里的玉兰花先期开放。玉兰有两种：白玉兰和二乔玉兰。白玉兰花洁白，那真是一种圣洁的白。二乔玉兰花一红一白，间次在枝上俏立，二乔之名甚美，让人想起大乔小乔。心态悠闲，便能看出花的成长。只几天的工夫（有时是一夜的工夫），花便从一朵两朵三四朵，变得满头满脸都是，那个极盛的日子，也只几天。

玉兰退场，梅花又开始热闹起来。院子里十多种梅花，都有极美的名字：白蝴蝶梅花、燕杏梅花、人面桃花梅花、丰厚梅花，或者直接就叫美人梅花，都开着细细的花，红的、白的、粉的。开了满满一头一身，不细心分辨，是看不出所以然的。梅花的花期就晚了些，已是 3 月底 4 月初了。见到这些花，才对了林徽因的“人间四月天”的景呢！快到 5 月，那一株大桃花开了。那个花呀，那个美呀，我只有“喷鼻血”了。

我们每天看花，心情极好。好像世界本来就应该是这个样子。可只到了4月底，盛大的舞会就退场了，那些叶子全部冒了出来。它们先前的模样，过几天，几乎辨不出来了。要不是它们还站在那里，谁知道它们是谁呢？

院落与天空

早晨醒来，外面天空灰蒙蒙的，见不到蓝天白云。

早晨，见不到外面的阳光。

又一个早晨，外面阳光极好，只是天仍灰蒙蒙的，一个晴朗的北京。

又一个早晨，外面天气晴好，有小风，不大。

早晨起来，风大，真是风大。

早晨，安静的院落。晨六点半醒，又睡了一会，七时起床，拉开窗帘，一个晴朗的天。阳光透过空气，明亮。窗外的喜鹊偶尔传来喳喳的叫声，抬头望窗外天空。忽有阵阵鸟阵从天空飞过，倏地不见。

今天休息，一个人在房间里，躺在窗口的椅子上抽烟，窗外的天空是灰色的。除了对面楼上的电钻的声音，一切都还是安静的，还是感到生之乐趣。

我无事就望着窗外的院落，那些曾经是花的一株株树，浓绿的叶片满布着，在风中快乐地摇动。它们没有病，也不旱，一株株很健康。风摇着它们，我想它们是快乐的。一棵柳长在一个人工池子边，很像它应该生长的地方，它也很高大了。池子里有些鱼，我估计它们也是蛮快乐的。

书事

不断地逛书店，三联、涵芬楼、库布里克。买了几十本书：《美洲纳粹文学》《一个上午的回忆》《沈从文与我》《中国在梁庄》《贾宝玉论》《秋籁居忆旧》……听说王府井剧院有话剧《阮玲玉》，赶过去，买到一张黑市票。由徐帆和濮存昕主演，不知是我的原因，还是其他什么，不过瘾，总感到没有老一代话剧演员气场足。散场才九点多，便逛到不远的三联书店。这里可是通宵经营的。我在地下一层翻书，翻迷住了，一本王鼎钧的《桃花流水杳然去》翻了几十页，不觉到了半夜。一个女孩见我入迷，偷偷给我画了速写，我从她身边过，低头一看，一张大大的卡纸上，一个男人穿着皱巴巴的牛仔裤大腿跷着二腿坐在书堆上，一副入迷的样子。我对女孩笑："给我吧！"她看了我一下，便递给我。

出了书店，已近午夜。街头清冷，人车稀少。偶尔有车开过，都极快；有几个行人，也缩头缩脑，匆匆而过。我拎着一堆书，冷风灌满了我的全身，我东窜西窜，拦出租车，跑过几条马路，竟不能得。所购之书此时似乎奇重，我心情沉郁，索性一屁股坐在深夜的马路牙子上，掏出其中一本，在空白处，记下以上文字。此后心有所释，继续拦车，等了近十几分钟，终得一辆。

回到院内，心情放松，这时抬头望院内天空。此夜的天空极其干净。天极蓝，满天的棉絮状白云，大块的，也极干净。天空中星星点点，有一颗极大、极亮，在中庭的云层中闪烁。一会儿云层从它身边流过，遮盖了它。看久了，心生恍惚：是云在动，还是星在动？

一个好天。一个极好的晴朗的夜空。

在黄风中陪申霞艳散步

今晚的京城，狂风大作，黄土飞舞。空气中弥漫着一股土的腥味。晚饭后，霞艳提出出去走走，刚至门口，就见院中花树乱颤，半空中黄尘遮天。同行的几位都却步退回，霞艳说："走走，感受一下嘛！我们南方人是难得感受到的嘛！"我陪着她，说："走，吃点土，死不了人！"正好我来北京前，曾对一位北京友人说，我要来北京，友人高兴地说："欢迎欢迎！感谢你到北京来帮我们吸雾霾。"我当时极高兴地答应，还没兑现承诺呢！

我们走了出去，风是极大，眼很难睁开，感到嘴里都是土。我们绕着小花园，在那些交叉的小径中间，一次一次转着。所有的树、花都倒向一边。四周没有一个人，配上这黄风弥天，正像是武侠片中的某个情景：我和霞艳像两只狐仙，行走在桃枝梅林中间，黄风狂卷，似乎要飘飘然而去，上天入地，好不快活。

这也是难得之趣。

一个礼拜五下午晴朗的三点钟

礼拜五下午三点钟的时光，窗外的风吹进来，人很舒服。这是四月的风。我将门窗全部打开，房间里灌满了风。这样流动的空气使人仿佛在野外。走廊上有一个男人粗犷的歌声："我总是问个不休……"他大声地吼，我听出是老藏民的声音，他走过去，去敲一个湖北佬的门，使劲敲，门开了。他大喊："在干什么？"可是声音里是友好。有一个小小的声音回答了，可是我听不真。我坐在房间的风里读书听音乐，听犹太作曲家勋伯格的《华沙幸存者》；读《红楼梦》，读黄永玉，读蒋一谈……我将脚跷得高高的去读。这是一个星期五的下午，一个晴朗的、有风的下午。一个蒲公英的种子飘进了我的房间，很多白色的小伞飘进了我的房间。它们在半空舞蹈了一会儿，不见了。

风吹动着某个人挂在窗口的红色裤衩。

两枝完整的蒲公英的白色的球状的花插在我的一只广口瓶子里。它们一高一低，很有韵致，很有造型感。那是我早晨从楼下花园里采的；在花园里我还吹过几枝，它们伞形的小种子立即飘满了天空。

我在童年没有吹过蒲公英。

四月的风翻动着我的书页，吹动着沉重的窗帘。

四月的风吹进我的心里。

2015 年 4 月 30 日下午

一个院子

一

在北京的某一个院子里，一个人们并不太关心的不起眼的院子里，有许多我心仪的人和物。我在这个院子里住了一些时日，我对它生出一种温暖的爱。

刚来时还未到农历的春分，大地的暖气已升了上来。院子里的白玉兰懂事地开出朵儿，也还娇媚的。我们几个心生无聊，编排了它好些话，有说乖巧的，有说知趣的。我急了眼，编出一句“它还是懂事地、乖巧地、知趣地、应景地、无奈地开出朵儿来了”。也是该打嘴，没几日它就给了我们颜色：满树的洁白，那亭亭玉立的——真是亭亭玉立——花朵便开满了枝头，一朵一朵，灯盏似的，俏立着，有几百朵，并不闹，在微寒的春风中，轻轻地摆动。那种洁白使你惊叹，使你心中升起小小的忧伤，你看久了，仿佛它们开在梦中——洁白的、有质感的、透着明亮的梦。

一树一树，开满了花。这个院中遍植玉兰，除白玉兰外，还有粉红玉兰。真是你方唱罢我登场,一个赛一个,竞相地绽于枝头。

二

院子里有一个小小的花园,傍着花园有一方水池,植了柳,已十分高大。叶片也是近几时才冒出的,先是有一层绿意,这几日鹅黄的枝条已明亮了起来,在风中轻轻晃动。

花园中的梅也热闹了起来。

园子中种了许多梅,品种不一,不下十种。我曾欢天喜地地去数过,有燕杏梅花、美人梅花、垂梅花、丰厚梅花,也有人面桃花梅花、白蝴蝶梅花和复瓣跳枝梅花……名字都十分美丽,可让我细细分辨,并无所得,好在我只是饱眼福。前几天花还是一朵两朵的,一夜过来,全都开了,用怒放吧,用枝头闹闹哄哄吧,都说得过去。我的窗户正对着花园,花园中布着交叉的小径,那些梅花围绕着小径,这里,那里,粉的、红的、白的,一片一片,真是如过节一般。

我总是在花园中散步,期待着它早些开放。昨日黄昏走在园中,已若走在香雪海中了。园中人很少,只一个半大的孩子,在花园中奔跑,他忽然停了下来,大声说一句:“香!”吓我一跳,这个孩子!

三

围绕着园子的,在花和树的丛中,是一些雕像,他们都是我心仪的人:巴金、朱自清、郭沫若、艾青、冰心、曹禺、老舍、叶圣陶……曹、老、叶三人,是做成一组的,一只长椅上,坐着两位站着一位。想必是有这么一张照片存在的。老舍坐在椅子的一侧,一根文明手杖放在腿边,脸上是一贯的那种平和的表情;而曹禺立于椅后,西服的扣子是敞开的，一副洋派的打扮，表情沉默，晚年的曹禺因写不出满意的作品，说死不瞑目，可以想见先生的痛苦；而圣陶老人，则穿着长衫，圆口布鞋，坐在那里，长长的眉毛下是唇上浓密的胡须，我用手摸摸老人的胡子，又拍拍他光光的脑袋，我是愿意亲近他的，他仿佛邻居爷爷。

而在另一侧，在浓浓的树丛中，巴金的一尊雕像隐于其中，一个小小的老人，穿着极其普通的中山装，低着头，他在沉思。冰心的雕像则是洁白的汉白玉的，她坐在一块山石之上，面相上看也只十六七岁，她剪着齐额的短发，一副青年女子的装扮。她右手托着下巴颏，肩披一件薄衫，表情娴静。我们已经习惯了一种表情，都说冰心奶奶，其实冰心是个少女。雕像的腿边，还雕着一只花瓶，里面正插着一束鲜花，不远处还有一块白石，上刻冰心的手迹：

“有了爱就有了一切。”

四

在这个院子住了一些时日，日日与花相处，才明白花的甘苦。我们只欣赏花的美丽，却不知道美丽的短暂。有这个小小的感慨时，是白玉兰开得最好的时候，我们曾齐聚在它的下面，赞它，叹它，用手触摸它有质感的花瓣，一朵一朵数一株树上有多少朵儿。可没过两日，它那洁白的、坚挺的、丰润的花瓣边边即有了些斑点，花的边上已有了一种浅浅的锈色。再过不了几天，地上便落满了花朵。一树繁华即将逝去，那新绿的叶片也早已绽出了枝杈。想必过不了多久，又是一树新绿。这样想来也就释然了，就好似女人生育之后，便是另一番的美丽了。

五

这个院子还是一个吸收知识的殿堂，这里有一群好学的人，他们来自祖国各地，有着一个共同的动力——对文学的爱好和对知识的渴求。穿梭在这个院子里的人，他们大多衣着朴素，步履匆匆。这个院子坐落在北京市朝阳区，这一片地区同样有个好听的名字：芍药居。而这个院子，则叫鲁迅文学院——一个让许多文学爱好者和作家向往的地方。

2015 年 3 月 27 日

徽州纪行

皖南是个大盆景

说实话，我去过无数次徽州，对徽州似乎很熟悉，但如这次这般的行走，对我来说，还是第一次。这次行走使我深得皖南山水的教育，深得徽州文化的熏陶，与其说这是一次恬淡之旅、水墨之旅，还不如说是心灵之旅。

车过江，就是一副烟雨江南的模样。江南正下着雨，时下时停。咱安徽的江南，就是一个大盆景。一个中国的大盆景，一个世界的大盆景。那里的山脉、河流、植被、物产，是那么独特而丰富，而皖南的美景，更是无以言说。它是一个无形的巨大的氧吧，是一个物产、风物和人文的知识的宫殿。读懂了皖南的山水，就学会了对美的认识，就懂得中国传统文化的博大与精深。我是深爱着皖南的。也许是我的偏爱。反正我总是说“咱安徽山水多美丽，皖南山水更妖娆”。

下午四点左右，车到潜口。潜口因村口有一座古塔而闻名。这是一座七层砖塔，叫翼峰塔，也叫下尖塔，建于明代。村口建塔，主要是镇水之用。水,是万物之源,在徽州,水即是财,水绕村流,是基本要求。水,也在人们生活中必不可少,饮用,洗刷,烧煮,浇灌,样样少不了它。俗话说女人离不开水,也是说水的重要。潜口的得名,我看一本书上说,是因东晋大诗人陶潜曾在此隐居(王振忠著《徽州》,三联书店出版)。这种说法,姑妄听之,但对记住一个地名亦不无用处。

这是一座菱形砖塔,我里外望望,反复摩挲。真是精美至极。老东西总是那么多情,那么让人牵挂。这是为什么?

到呈坎。呈坎者,八卦村也。呈,乃“呈现”;坎者,凹也。据说,呈坎,兴起于明代初期,已有六百多年历史。村中现仍居住有七百户人家,二千八百多口人,世代为罗氏居住。进村口,一个空坪,走进村道,一荷塘呈现在眼前,典型徽派的式样:灰墙黑瓦马头墙,倒映在水中。在一处长廊入口,有一座水碓立于眼前。水碓,借水之力,可以舂谷(去谷皮),我们转了转巨大的木轮,仍可转动。

走入街巷,巷仅一人宽,沿墙一边有水渠,清水流动。这也是徽州的特色,四水绕村。在半尺宽的水槽上,隔不远就是一块横石,导游告诉我们,这是“谦让石”。巷窄,只能一人行,如遇长辈或老人,晚辈要让在一边,让长辈先走。这也可见徽州人的精细。在此小小的细节上,体现着细枝末节的徽文化的元素。巷中清寂,没有多少买卖的存在。导游小毕说,呈坎的特色是把商业元素藏起来,文化元素显现出来。这真是高明之举。走了半天,只在一巷中,见一户人家在卖“罗氏石头粿”。塌粿,是徽州特产,味道相当之好。

走进一户大宅,除徽派建筑的一贯建制外,墙上还挂着八卦图,厅堂的两侧,各有神龟和龙头马。墙上的八卦图画有阴阳太极。图案表示,无形生太极,太极生两仪,两仪生四象,四象生八卦:乾、兑、离、震、巽、坎、艮和坤,分别对应着天、泽、火、雷、风、水、山、地。

走过钟英街(喻义“钟灵毓秀、英才辈出”),小街两边高墙斑驳,在一处墙上还依稀印有“打倒英美帝……”的字样。经过一处较高的木质围栏,围栏围在一处灰墙的半腰,比一个人略高些,导游小毕说,这是当铺的柜台。邻里邻居,来当个东西。人,到了当家财的地步,想必有难处,当的人不想见当铺里人,当铺掌柜也不想见当物之人,于是将柜台设得高高的,在柜台里,见不到外面的当物之人,只见一双手递上去的东西,而下面也见不到高高在上的当铺老板,大家都不难堪。徽谚有云:“居高临下好压价,只认东西不认人。”当铺,作为徽州的四大行(茶行、木行、盐行和当行)之一,也现出另一番的景象了。

在这古老的小街的两边,多是一些破败的古民居。这些沉积厚重历史文化的老房子,它们有自己的故事。可这些故事,都沉入历史的缝隙之中,沉入岁月的尘埃了。俗话说:“自来都是人养房,从来没有房养人。”这些经年没人居住的老宅,它们破败得更快,连门头和檐下的精美砖雕,都显出苍老的龙钟面貌了。倒是那些墙边的花草,却依然热烈,不时见到墙边的一串红、野茉莉,开在这9月的黄昏,就连那一丛金铃子(也叫癞葡萄),也在晚风中一副自得的样子。

走过钟英街,来到著名的罗东舒的祠堂,一座巨大的门楼,雕梁画栋,冬瓜梁健硕强劲,显示出当年的荣耀和辉煌。门头一副横匾,上书八个大字:贞靖罗东舒先生祠。匾为罗哲文所书。罗哲文,古建筑专家,梁思成的学生。进入祠堂,一个大大的天井,左右各植一树,右手一株桂花,十分高大,亭亭如盖,据一个老者介绍已有400年的树龄;左手一株紫薇(亦称痒痒树),瘦弱一些,枝头嫩嫩的枝叶婆娑。祠堂在中华人民共和国成立初作为小学的学堂。徽州的祠堂,凡规模大者,中华人民共和国成立后多为学堂也。据老人介绍,罗东舒寿七十有三,元代为躲避出仕,潜回老家,做隐士。祠堂上额另有一匾,题为“彝伦攸叙”,意为论述法度的场所。进入后堂,先人的牌位已不见,院内植天竺子数株,另有一株古柏斜曳。徽州有年节折枝的传统,遇有小孩出生、过周岁或升学等吉利事,折天竺枝和柏枝数株,赠予对方,意为“青青吉吉”,以讨吉利。

黄昏逼近,天色昏暗。古村落即将沉入夜幕之中。一切的景色都模糊了起来,仿佛剪纸一般单薄而凝固,我们在村庄中默默行走,显得伶仃得很。

晚饭后,住唐模七天井乡村旅社。夜晚进入唐模,仿佛进入一个寂静的陌生世界,仿佛前世的感觉。夜色洒在古街巷中,静极了。

全村同在画中游

昨晚在潜口吃饭,一家叫作徽府大院的农家饭馆。我是十分喜欢吃徽州饭的。对于徽菜,我是百吃不厌。晚饭的菜单有:农家小炒、野菇炒肉、鲜笋炖火腿、土鸡汤、楮籽豆腐和潜口菜糕。最喜欢吃徽州的鲜笋,对楮籽豆腐和菜糕也不反感。

住唐模七天井旅馆。建这个旅馆的,真是别出心裁。一切都是旧构件的重组,古色古香,雕花门窗随处可见。住在二层,早起打开木窗,窗轴吱嘎作响,就连听到这样的吱吱嘎嘎的声响,心中都十分惊奇。这是久违的声响。在我们的童年生活中,该有多少这样的声响:蛙的叫声,牛的反刍声,鸡鸣声,虫子吟声,鱼跃出水时的啪啦一声……现在我们离自然声音越来越远了。

窗外,是旅馆前厅的屋顶。屋脊上排列整齐的黑色小砖,屋顶的黑色小瓦，那么密集地层层排列。有一只小鸟在小瓦间跳跃，灵活机敏。小鸟灰色中夹着白点，十分美丽，不时轻轻地振动着翅膀，跳上跳下，轻盈无比。我痴痴地看住小鸟呆想，做一只小鸟，也是十分快乐的。它的活动空间并不小，可以说，它比人更自由，它长着翅膀，说飞就飞。在空中，在树上，在屋顶，自由自在。它虽小，但在高处，可以居高临下，也许让它做人它也不做呢！

晨六时就醒了，睡在这个古色古香的江南小村庄里，睡在那雕花的木质大床上，显得陌生又亲切。我像孩子一样并不立即起床，赖在床上自己跟自己玩了一会儿。我一会儿摸摸大床靠栏上的雕花，猜是什么图案，是一盆兰花，还是一盘荸荠，我翻下身，仔细去看，一会儿又蒙在被窝，透过被面，去看那窗外已明的天空，感到快活极了。

上午进村游览。所谓唐模者，唐朝的模样也。汪、许建村。建于唐，兴于宋元，盛于明清。显在水口，村口的“八角亭”可以做证。八角亭（亭内地砖铺成“回”字，意为回家了），也是“风水亭”也。据说此亭建于明正德年间。村内一株高大的香樟树，已有400多年历史。一条沙堤穿行而过，沙堤，以沙铺其上，即如今之红地毯——年节之间，在外经商的乡人回村，以此迎接。村口最著名的建筑当为“同胞翰林坊”了。坊已300多年，形为“三间三楼”，四柱冲天。雕刻十分精美。为表彰康熙年间进士许承宣和许承家而建。许氏二兄弟，同中进士，分授编修和庶吉士，故为“同胞翰林”。据说，许氏兄弟曾被当时诗坛盟主王士祯誉为“云间洛下齐名士”。牌坊两侧的石狮子，形象逼真，极为生动。导游小吴介绍：“天下牌坊数徽州，徽州牌坊一座半。”所谓“一座半”，一座，乃歙县许国牌坊；半座者，即为此。其实，许国牌坊虽规模较大，但其精美程度，还不抵此“翰林牌坊”。牌坊下的狮子也有讲究：一侧“手”中抱球者，乃为公狮子；另一侧怀抱小狮子的，即为母狮。母狮怀中的小狮子，“手”中也玩个球，说明怀里抱的是“儿子”（不得不敬佩古代劳动人民的智慧之妙）。

沙堤之畔，古树和垂柳相夹，一侧为一窄长的沟渠，渠中水清澈泛光；一侧为一片水面，建有亭舍和长廊。这就是著名的檀干园。据传，檀干园始建于清初，乾隆年间增修，有池亭花木之胜，在清代是歙西的名胜之一。史记：“檀干许氏别业，吾乡一小胜地。”现今的檀干园，规模已小了许多，大约是过去的三分之一。园中古碑楹联甚众，有一长联，内中有这样两句：

四序且凭花事告
全村同在画中游

非常喜欢这两句话。它也道出了唐模人天人合一的梦想。建园相传是清初，一个典当商人，许姓，当时在江南经营三十六爿当铺，席丰履厚。他的老妈想游西湖，可已耄耋，老许就花钱垒坝挖塘，叠石栽花，成一林壑，供老母游玩。湖内仿杭州西湖风景，有白堤、玉带桥、湖心亭等，故称“小西湖”。湖心亭内，药栏花径，亭榭池沼，亭中藏有苏轼、黄庭坚、董其昌、八大山人、查士标、朱熹等人的书法碑刻，真可谓一个小碑林。我于读碑是外行，也只走马看花，一扫而过。

碑亭与一曲折的沙堤相连，有新的一处庭院，内展有大量砚台。歙砚乃四大名砚之首，我看了看，介绍有“老坑龟甲”和“罗纹砚”，价格都不菲,唯欣赏欣赏而已。

回村途中,过比翼亭(亦称“夫妻亭”)、灵官桥,在七天井乡村旅馆的前广场,有许多已毁的建筑的石墩,地上铺着大青石,导游说此为许氏宗祠,毁于太平天国的兵火,原为“三进五架”,可一把火烧了个精光。

进村一盏汪氏天灯,一条溪流穿村而过,小溪两边分列众多徽式建筑,曲曲折折,十分美妙。许、汪两姓,分列小溪两侧而居,门楣之上,皆有额:或曰“彝伦别苑”,或曰“骏惠书屋”,或曰“尚义堂”。

在村口,有一古银杏树,已有1200年的树龄,真是龙盘虬曲。在树身下部的空洞的树洞内,长了一个巨大的树瘤,活似一个倒悬的胎儿,村民和游客都以此为奇。树顶的枝杈之间,挂满银杏果,已近成熟。徽州人喜植银杏,在徽州,现存200年以上的古银杏近百株,印证着徽州曾经的荣耀。

沿溪而行,见一座跨溪而建的桥梁,桥上建有精致的过桥屋,这就是有名的“高阳桥”。据说,许氏来自河南高阳,为不忘祖先,建此“廊桥”,众告子孙。桥屋遮风避雨,许多老人在桥上聊天,成为一处风景。从桥上望去,溪流淙淙,徽式建筑夹溪耸立,若在烟雨迷蒙中,更显别一番之意韵。

溪边建有木质围栏,上有靠背,可以随时休息,俗称“美人靠”,有语云“靠一靠,十年少”。徽州人长寿,大抵与此悠闲生活不无关系。

唐模是我喜欢的。夹溪的徽式建筑令我留念。我总是愿意在徽州能住上一阵。我甚至妄想,徽州人若有见识,可在唐模僻一处楼宇(老构件重建),建一座写作中心,定期请一些名家来此度假创作,经年累月,定能留下传世的写徽州的精美佳作,以此彰显徽州文化之影响,岂不一举两得,美美共和之事?

我实在喜欢得紧,无奈时间匆匆。但愿不久的将来,能来住上一段。

2014 年 9 月 5 ~6 日

在旧县镇的一顿午餐

太和县的旧县镇,原为太和县城旧址。宋大德年间县城迁至二十里外的细阳,此处便成为一集镇,名曰“旧县镇”。太和历史文化悠久,担当得起“太和”之名。前时出差至太和,至旧县镇正是午时,于是便下车吃饭,在一家清真板面馆吃了一顿午餐,心有所感,便要记下来。

菜单如下:

> 羊蝎子(羊龙骨)、卤羊蹄、牛胸骨、蒸羊肉、蒸山药、炒豆饼、拌凉皮(面皮)、蒸菜、粉汤羊肉。最后一道板面。

说吃板面,不仅仅是吃一碗面条,主要还是吃羊龙骨,羊的脊梁骨也,因脊梁骨一节一节,颇似蝎子,亦俗称羊蝎子。羊蝎子一大份上来,其实肉并不多,肉都在骨缝里。骨头缝里的肉要香一些,也更鲜美有味。大家一人一块,用手抓着,不但吃着香,闻起来也香。更何况骨缝里还有骨髓,那是人间至味。卤羊蹄和蒸羊肉才肉多呢,吃两块羊蹄,已近半饱,再喝上一碗羊肉汤,也就可以离席了。卤羊蹄是香,而蒸羊肉则是鲜,肉嫩,则鲜美。炒豆饼主要是同青菜炒,炒豆饼以绿豆饼为妙;而拌面皮关键是芝麻酱、豆芽、青蒜和麻油(香油)。世间的事物,什么都已经搭配好了。就像梅花和漫天雪、长河配落日一样,中国的饮食也是如此。比如韭菜炒豆芽,必须是绿豆芽才行,而且韭菜是主,豆芽是配,绝不能颠倒了。阜阳人还有一好,就是蒸菜,根据季节不同,什么菜都是可以拿来蒸一蒸的。比如笤帚苗子、洋槐花都是可以蒸的,还有一种叫担面条的野菜(因叶子长似面条),也可蒸了吃。蒸菜要裹上面粉,下锅蒸。蒸好凉透才可浇上蒜泥、撒上青蒜,蒜泥要不厌其多。

当然板面还是要吃上一碗的。板面是真的要在板上摔的,这样才有那股劲。吃板面要用大的蓝花瓷碗,面条一指多宽,长可近尺。一海碗板面,若挑起来,也就四五根,因是高汤(羊肉汤),味道鲜美,面十分有咬劲。配以青菜(菠菜也可)、木耳,绿的、黑的、白的,加上蓝花瓷碗,还是相当养眼的。可惜面是最后上的,已吃了十二分饱,再吃面,也就少了滋味。

顺便说一句,也是几年前,在阜阳喝过一次牛肉汤,汤至清,仿佛白水,可喝在口中,鲜极了,真是人间美味。至于宿州的膪汤之流,我也不恶,喝起来也呼呼两碗,心热肺热,一个上午肚子里实实在在,人活活泼泼的。不像我扬州附近的家乡,每天早上两碗稀粥,不到半晌腹中便闹起"饥荒"。两眼发黑,心悸手潮,四肢绵软无力。太和属淮北平原,隶阜阳,近郑州。中原人的彪悍,由此也可见一斑。

2015 年 1 月 13 日

燕子河大峡谷断章

一

人本来源于自然,可都市生活割裂了人和自然的联系,割裂了人与花朵、人与草木、人与庄稼的亲近。人五谷不分、草木不识,人没有性情,人不活泼了。

来到燕子河,先听到山的声音,之后是水的声音、风的声音,虫啊,花朵啊,小鸟啊……的声音。人掉进大山里,慢慢感受到自己像个人了。触角慢慢灵敏了,人也活泛了许多。

早上五点多钟,被窗外的溪声吵醒。这个小溪,也太多情。这么早你吵我干吗!我忽然想起一句成句:一夜溪声入梦清。这倒是真的。很对景。

昨天进山来,先是一场小雨。这算是燕子河为我们演奏的一个小序曲。雨不大不小,正正好好,人可以下去走。在半山腰,一个女文青吵着闹着要下车走。我是多情之人,正好顺水推舟,抢做护花使者。山道逶迤,山色青翠。正是人间四月天。

“我醉了,我醉了。我醉氧了。”女文青接到自然之气了,先灵动了起来,一个劲儿地陶醉。

我见她的文艺范儿很美丽,和这空蒙的山色很搭,脚下于是更欢快,雨中轻步走,仿佛贴地而飞,自比作一只小鸟,又回到了大自然了。虽比女神慢一步,但也不赖。

小雨当然不是为我们而准备的。它装点了山色,也装点着我们。

我们还得说:谢谢你!

二

虽抱怨窗外的小溪吵人,可还是早早走出房间。第一口是空气。啊!好清新的空气!这才叫空气。原来空气是这么好!我怎么已经忘了?我已忘了很久很久。“亲爱的!我竟忘了你的模样。”原来空气是可以吃的。真好吃!我不用呼吸,因为我已经在里面了。第二眼是四围青翠的山,青翠也是叫人看的。眼睛原来也有这么样的一个需求。“美目好色”,原来如此。只是山比昨天的更加清亮。早晨的山,黛色、翠色相叠映,大自然打翻了调色盒,尽情地泼洒吧。小鸟儿也早早起来,和小溪比试着歌喉。女文青也早早起来,她穿着和山色调和的花裙,想和山色试比美。她走在门口的草地上和山崖的小溪边,在找花,找石,找自己。是的,我们丢失自己已很久很久。

我坐在房间的露天阳台上,泡上一杯茶,看那远山,听那水声,情思邈远而清幽。仿佛自己回到前朝,与陶渊明和王摩诘为伍。人,其实一静下来,就会回到自己。我从哪里来?将到哪里去?活着,还是死去,这是一个问题。一个作家说过,人静观自己的时候,自己就是一个世界。清理自己的思绪,就像清理电脑垃圾一样,要到山中来才好。

上午游览大峡谷，进山门是坐滑车，沿着密密的林子滑入，简直是一头“栽”入景区。真是令人惊喜。

沿着雨后湿湿的山道，我们一行人边走边说笑。山道幽静，大多为密密的杂树覆盖，清幽得很。一路走过，经过梦幻园、八卦滩、奇石滩、听瀑石、听愿柳、燕尾瀑，直到天坑仙境，观著名的九天仙瀑。

三

沿途的景色说不得地好，空气清凉极了。使我感兴趣的，是植物、山泉、怪石和幽静的山道。有人说，燕子河大峡谷有“四奇”和“五趣”：奇坑、奇柳、奇瀑和奇洞；趣石、趣潭、趣滩、趣谷和趣峡。我倒是要说，所有置身于这清幽、宁静的自然之怀的人，都会更多地感受到大自然所给予的爱，给予我们的妥帖和安稳。我们这颗多情的心，如何安置，这才真是个问题，让我们放置到自然山水之中，我想，这也许是个最好的去处。

未到九天瀑布，先有哗哗的巨响从天而降。即至近前，举头仰望，一股巨大的水柱倾倒下来，大自然这只巨手，只轻轻地一摔，使洒泉抛珠一般，晶莹的玉柱笔直地垂挂下来，欢腾无比。人在此种大景中，多是快乐而兴奋的。那些女子叫着、跳着，仿佛这景致只是为她们而表演。我倒是见过不少的瀑布，庐山的三叠泉、雁荡山的大龙湫、贵州的黄果树和黄山的一字瀑，而我见到燕子河的这天坑瀑布，依然很是兴奋。咱安徽的山水多美丽，皖西的山水更多情。这天坑瀑布，是其重重的一笔。我举目望着这垂挂的明珠，此时天光乍泄，空气清透,使这山色和水色清亮而丰厚。我不会写诗,也不善于吟唱,否则我会舞之歌之蹈之。那就给自己一个祝愿吧:愿自己能长成一棵树才好,长在燕子河大峡谷,长在九天瀑布下;便是“冬虫夏草”也行,冬天蛰伏于城市,夏日移在山水。

四

返回的途中,我故意迟疑了一下脚步,一人掉队在最后,我要尽可能多地和这清幽做伴。和草说说话,和树说说话,和这清静的山谷说说话。在一处山的弯道处,遇到一个老人,他正在扫山道。湿湿的山道上,随处都是落叶,他一一扫净。我停下和他聊了几句,晓得他是燕子河镇大峡谷村人,姓胡,今年63。可他腰板挺直,一点不符他的年龄。他每天要在这山道上来回扫四公里。我忽然有了一种感觉:我爱这峡谷中的景致,喜欢这山、这水、这石、这一草一木,但我更爱这一群游山的人,爱这一位扫山道的老人。

咦！这怎么有点像杨朔先生的散文了？也罢,谁叫感情到了这呢？随缘吧。爱燕子河,爱燕子河的人。一个理吧？这就叫移情。

2014 年 7 月 29 日

三峡一到

我跨过栅栏,走向长江的护坡的台阶,一路走下去,走到有各色嶙峋巨石的江边。一个渔翁正在用一个三角形的大网在那里捞鱼。他一下子一下子地用力向急流中把三角网插下去,再慢慢地、艰难而有力地移动着。一次一次,捞出水面,可网都是空的。他并不气馁,依然一次一次将三角网插入急流之中,再慢慢地、艰难而有力地移动……他只穿一条小裤衩,上身披着一件塑料雨衣,腰上扎了一根绳子。他身后的背景就是著名的三峡大坝。大坝正开闸冲沙。远处水波冲击下来,发出巨大的轰鸣声。

我用照相机记下了渔翁捞鱼的瞬间。

我是在8月的一天从武汉来到宜昌的。从武汉过来时,朋友给宜昌的一个人打了电话,说给我一些方便。朋友还特别告诉我,是个女的,美女。可我过来后,此美女一直没有出现。我有些生气,给朋友发短信:“没有见到‘美女’啊!”

朋友倒是没心没肺:“宜昌街上都是美女。”

好吧,我就上街看看吧。吃了晚饭,天气还早,于是我便上街瞎逛。街上倒是人很多,马路又不甚宽,各种叫卖的在黄昏时都走上了街头。这是一个普通的地级市,现代感不强,没有太多的高楼。20 世纪七八十年代的旧建筑与现在的楼群夹杂错落,生活味显得十分浓郁,一副老婆孩子热炕头的繁忙和杂乱,虚无的浪漫和不切实际的文学的幻想,在这样的小城似乎显得也不切实际。我沿着西陵一路,走过夷陵广场,天上却飘起了小雨,我顺势拐进一个旧书店。店里没有一个顾客,我静下心来,慢慢去消磨这黄昏小雨中的无聊时光。正专心去翻动一本旧书,一股幽香不经意地飘来。抬头一看,书店的墙角还有一个小门连着一个后院,我探过头去,看小院中花木扶疏,便丢下书,踱了过去。这真是别有洞天。院中植两棵大香樟,几乎遮了半个天空;在右手一角,两棵碗口粗的桂花树正开着花呢,我走近一看,小米粒似的花儿藏在枝叶间,在小雨中发出湿湿的幽香。院子的另一侧还种了两棵石榴树,密密的树丛里正藏着小小的石榴。石榴树下,一石桌,四个石凳。这个小书店的老板(我一直没有见到这个老板),是个雅人。他开这一间小书店,似乎不为谋生,而是遣性。

第二天游三峡,也是在小雨中。不过导游小郑,人美丽大方,增添了不少趣味。郑小姐白白净净,略显丰腴,性格很好,总是开口笑着。车从宜昌上三峡专用公路,右江山势险峻,架了许多桥梁,也看见不少的隧道。

车窗外小雨时断时续,车子沿着长江的右岸来到三峡工程所在的三斗坪。据说整个三峡地区都是清一色的沉积岩,唯独在三斗坪,形成一块长七十公里、宽三十公里的花岗岩体,被水利专家形象地称为“大地母亲为三峡埋下的奠基石”,你还别说,这还实在是人间奇迹。

在坛子岭的顶端远眺三峡大坝，说真的，当时并不感到多么壮观，在一派迷蒙的雨雾中，三峡灰蒙蒙的，卧在一千多米宽的长江之上。我知道，这都是因为视角远的缘故。如若换一个角度，在坝顶，或者坝底去看，你会感到自己是何其渺小。我在三峡截流园里，见到当年截流时所使用过的大型机械，那真是庞然大物，我坐在一个推土机的斗子里照了张相，人坐在斗子里，就像一粒米掉在了大碗中；再看看那巨大的三角形四面体的截流石，一块就达28吨！看看这使用过的工具和材料，就能想象当时大坝截流时，应该是怎么样的一番景象。

告别三峡，为了留住记忆，我买了《神奇的三峡》和《长江三峡全景图》两本书。在回程的路上，我边翻边看，那些新旧三峡变化的照片。真是让我生出无限的感慨，从大足石刻到丰都鬼城，从涪陵白鹤梁到云阳张飞庙，白帝城、古栈道、神农溪、神女峰、大宁河、巫山云雨、荆州古城、瞿塘峡上的古栈道、三峡纤夫的老照片，无不让人心生感慨。千古的三峡啊，人类在与你的相识和争斗中，该有多少传奇的故事？

本文开头的一幕，也是我在临离开大坝时看到的。我仿佛将这个捞鱼的渔人，同画册上的那些赤裸着身体拉纤的纤夫，重叠到了一起。他们才是真正的三峡的主人。

中秋随感

中秋节三天假回了天长，没有见一个朋友。在家待了三天，甚至是“呆”了三天。客厅坐坐，门口晒晒太阳，看了一部分《马尔克斯传》。人啊，中年以后就有点淡了。还记得前几年疯的时候，忽然一下子静了下来，仿佛是从中午到下午，快得很。

我种的丝瓜结了一条，不知为什么不怎么结，长了许多藤蔓，不久前才结了这么一条，真够吃力的。不过这一条长得挺快，几天不见忽然长大了不少，仿佛都可以吃了。刚才下去看了看，中秋的月停在天空，也是刚刚才从云霾中露出头来。我对月亮拜了几拜。在天长倒是买了月饼、鲜藕（全须全尾）和石榴。本准备晚上敬的，从窗子往外看，见天阴得很，估计今晚看不到了。没想近子夜，月亮还是出来了。为什么要拜一下呢？对于大自然，该敬就要敬，少一敬不如多一敬。我娘今早对我说：中秋不敬月，出门遭雨雪。看看！我娘说的！其实是劳动人民在生产生活中总结的，别的话可以不听，劳动人民的话还是要听的。

因此，看来今晚还得将“四样”——月饼、菱角、鲜藕和石榴一一供上，诚心拜一拜月亮（我的一个朋友对我说，他们的家乡是男不拜月，不知何故），以求国泰民安。

可是，话还得说回来，我的丝瓜已蛮大了，是吃了，还是让它老去？——或者给别人顺手偷摘去吃了，也说不得。怎么办？是吃还是留？你说呢？吃，是为了对得起自己的劳动，虽只一条，细心享用，留下记忆，也是一种最好的纪念。留下它，是舍不得，让它自个慢慢老去，之后随风而去，也是对它的一种尊重。见它从生到死，也是亲眼看见了丝瓜的一生，所谓草木一秋，这也是我自己的一“秋”。我曾与一只丝瓜有缘，这一枚种子，它遇到了我，我将它埋入自家的土中，结出了果实，它也不枉做一粒种子，不枉此一生。也是一种缘分。其实它只是一粒普通的种子，和千千万万个种子没有什么区别，它牵动了我的感情，被我记着，只是因为它与我发生了关系，就像一个孩子诞生在了我的家，它便是我的孩子，便会牵动着我的感情，甚至牵动我的一生，这就是生命，这就是不被人知晓的冥冥之中的定数，要说缘分，这就是。推而广之，也有理。

丝瓜，或者月亮，都是我现在心中的牵挂。人，有牵挂，说明自己还有爱。爱其实也是一种牵挂。我曾在一篇文字中说过：人的感情总要不断地被一些东西牵挂着。这样才能充实。又曾说过，感情，被别人牵着，其实也是在回味自己的感情。

我今天对丝瓜和月亮发的这一番感慨，不同样是在回味自己的情感吗？

2011 年 9 月 12 日，中秋节

温暖而寂寞的旅程

人在天地间行走，亲情是十分重要的。这不，随着春节的临近，人们又开始涌动了起来，不管你是天上地下，水上陆地，总之一句话，都是以年为中心，奔向各自的方向。据报载，今年参与春运的人次要达十六亿人次。我作为十六亿分之一，已随着这股潮流涌动了10多年。最早从湖北的一个叫黄冈的小城拥向苏北高邮湖边的一个村庄，之后从北京，之后从合肥。总之方向不变，一直指向着那个高邮湖畔的濡湿的村庄。

那是父母的村庄，是我这个陈姓的窀穸之地，也是衣胞之地。10多年前是父母要求子女回家，10多年后是自己要求自己的子女回家。看着父母日渐老去的背影，一股责任随着这涌动的人流涌动在心头。记得10多年前在黄冈的时候，我还是一个小编辑，经济十分窘迫。每次春节，都是坐武汉至上海的江轮，要在江上行使30多个小时，三等舱。一艘船有上千的人。世上三大慢：坐船，等车，等女人。于是便耐下性子，看书，看落日，看翻飞的江鸥追逐在船尾。有时小雨蒙蒙，江面一派氤氲之气。轮船靠岸，各色小吃，叫卖之声：贵池茶干、胡玉美蚕豆酱、南京板鸭……上船下船，肩扛担挑，卖鱼的、卖毛竹的、卖各种山里货的……有一年在船上，我带了一摞杂志。留则累赘，弃之可惜，于是我灵机一动，在船上摆一地摊，随便拿着看，但要给点钱，多少看着给。许多人围了过来，他们翻翻拣拣。我居然卖了几块钱！那是我唯一一次练摊经验，而且是在船上！我用几块钱，炒了一个小菜，买了一瓶啤酒，喝个微醺！

这样的旅程是温暖而寂寞的。当我扑向湖畔那潮湿而微寒的村庄时，当我看见那熟悉的窗口的灯光时，一切旅途的疲劳顿时逃遁得无影无踪。家乡的一切熟悉的气味，一切声音，一切光，村庄周围的一切植物、动物，我都熟悉得无与伦比。那猪，那狗，那些鸡都认识我。它们知道我的脚步窸窣的琐碎的声音。草木的叹息，竹节的拔节，种种生命的声音，也都是我所熟悉的。

关于旅行与生计，对于一个书生，更多的是去完成一项使命。我的目标与金钱有些联系，但绝不是来往紧密。关于时间，我更多的是用天去计算。对于年，多是责任与义务。因此日子过得糊涂而琐碎。于是去年在上海，差点被困在了这座躁动而充满欲望的城市。因一个广告业务的策划，我于农历腊月二十几赶往上海。忙完业务，又拜访了几位朋友。再扳指一算日子，离三十还差两天，于是赶紧去买返程的票。可这时哪里去买票？汽车、火车、飞机，统统都没有票了。我在上海没有一个亲戚，朋友倒是有一些，可是又不能在朋友家过年啊！更何况绝大多数朋友又都是外地人，他们也要赶回老家去的。我一时急得毫无主张，乱打电话，请朋友帮忙办票。有说有亲戚在机场的，有说有朋友在火车站的。可在那么一个时期，票早已在别人手中，哪里去弄票！当然后来都是抱歉啊遗憾啊。

我困在宾馆，一点闲适的心也没有了。别人都回了家乡团聚了。突然一下，我一个人，孤零零在这茫茫的大上海，周边的繁华与热闹，这些统统都与我无关啊，那是别人的幸福。我怀着侥幸的心理，一个一个民航的售票点去问。我知道这样的询问是徒劳而又滑稽的。可是我无可奈何。我以这种掩耳盗铃的方式来欺骗自己：肯定有退票的，适巧给我撞上了。这种欺骗的苍白和可笑，明眼人是一眼即可戳穿，可这却颇能麻醉我的焦灼的心。哈哈，老天有眼，在第二天，农历二十八，我终于撞到了一张往南京的汽车票。这样我提溜个行李，逃出上海，从南京回到了我的苏北老家，回到了我的温暖而又苍老的父母身边。

这样的惊悚对于我并不多见，可有一次就已经足够。我坐在回乡的大旅行客车上，一股失而复得的感觉充溢着我的内心。我仿佛看见了村庄，看见了我的苍老的父母渴望的眼神。

旅途是寂寞的，而家乡是温暖的。这样奔波，是一种心灵的追逐，是一种家园的归宿。

船老大王道祥

王道祥是我们在响洪甸水库游玩时，为我们开船的。这个 5 月的礼拜天，整整下了一天一夜的雨。住在镇上的招待所，就听窗外一夜雨声。

这个镇子上的简陋招待所，平房，四合院，一副 20 世纪七八十年代的模样，但你却感到非常亲切。简朴生活似乎更接近自然。院子里有两只猫，眼睛非常亮。我想亲近它们，可它们不愿接近人，精健，有野性，一看就不是慵懒的城市里的被主人宠爱的猫。

第二天早晨，天上仍然淅沥地下着小雨，我们去响洪甸水库。王道祥就给我们开了船，一只普通的船。

响洪甸水库为皖西五大水库之首，那水缠绕在山间，绵绵几十公里，水深七八十米，你想想看吧。水波浩渺那样的话就不讲了，就是那个水的清澈，让人心生感激，或者说让人敬畏。其实水本来都是这个样子的，只是我们人类把它搞得不成样子。

船是一条普通得不能再普通的小船，十几个人上去后，齐齐地站着，船已很挤。王道祥在后舵驾船，只是一个舵柄，他需要眼光穿过众人的缝隙看船头的方向，于是他大声说，不要都挤在船头，给他留一条缝。——其实只要一条缝。

王道祥穿着厚厚的、结实的雨衣，是皮的，衣裤分开，是捕鱼的那种。他人精瘦，脸上是一种常年劳动的健康的颜色。他不慌不忙，可以说非常从容。嘴里叼着香烟。让我注意他的是他的眼睛，不大，但特别有神，是那种精亮的眼睛。他人虽不慌不忙，可是他的眼睛却紧紧盯着船头。

外面的雨下着。他的船到了水库的中心，船突突突地响着。忽然他把船给歇了。

他走到船中间来，坐到船帮上。他说，这个下面就是麻埠镇，要是风平浪静，运气好的话，你们可以看到下面麻石的街道。

有人问这水多深？他说有四五十米的样子。

说到当年麻埠镇的繁荣。老王说，过去货物运输主要依靠水路。哪里水系发达，哪里就热闹繁华，就有集市。麻埠镇过去就是一个热闹的市镇，商家船只，来往穿梭。山里的毛竹、药材等山货往外运，山外的盐巴、布匹和香胰子（肥皂）往里运。可以说，是商贾云集，酒肆林立，光是妓院等声色场所，就有几十家！

王道祥滔滔不绝，边说边接过别人递过去的香烟。他嘴里抽着，手中又接过一支，于是他更加快速地讲。只可惜他说得太快，有些我根本听不清楚，也没法完全记住。倒是他说的一个顺口溜，在别人的反复吟诵中我记住了，所说也是为佐证这里曾经的繁荣。说外面的商人来到这个镇，被这里的繁华所迷惑，花天酒地，声色犬马，很快把身上的银子花光。于是就有：

来时衣冠堂堂，

走时✕蛋精光。

走到桃花岭上，

还得回头望望，

啥时有钱还来逛逛。

桃花岭，是出山口的一座山头。走到山头，还有点依依不舍：何时有钱还回来逛逛呢？这里的销魂和浪漫，还是让外乡人心存留念。

现在这里已没有一点当年繁华的痕迹。那个繁华一时的麻埠镇已没入水中。倒是一座让人惊叹的巨大的水库，昼夜不歇地滋润着清澈的山水。有说是水绕青山，在这里，可以说，是青山绕水。水也养育了王道祥这一辈人。当年建水库时，还是他的父辈在劳作。现在的他，已是这一片水域上的老把式了。我们下船时，他将早晨刚打的鱼虾兑给我们。以垛卖。一垛四十块钱，真是靠山吃山，靠水吃水了。

皖西大别山实在是个天然的大山水。应该将之名为皖西大别山生态公园。它就是一个大山水。一个叫人无以言说的大风景。

真的要感谢船老大王道祥为我们做的一切。他朴实而机敏，靠着山水的养育，他虽面上黑红精瘦，可是结实有力，目光如猿。他实在也是风景的一部分了。

2011 年 12 月 11 日

到袁姐家去

诸位,知道吗?——撮镇团结村袁后庄是谁家?

这是我袁姐家。

我袁姐总是笑眯眯的,不怎么说话。她瘦瘦小小的,不引人注目。你若仔细去看,她其实还蛮清秀的。她不怎么说话,总是笑眯眯的。

我们喜欢到袁姐家。已经连着去好几年了,总是在春天,说是去挖荠菜。

我一到袁姐家,便神气活现了起来。仿佛童年时回到了乡下的姥姥家。可能是我童年没怎么有这样的经历,于是便靠想象回到童年的世界。袁姐家的门口好像特别亮堂,堂屋、后院,连一侧的厢房,都那么亮堂。袁姐家的阳光总是那么好。阳光洒在袁姐家的堂前屋后,洒在门前的田野里,洒在油菜花黄色的碎碎的花瓣上。洒在院子里绿油油的一畦青蒜上。洒在门口的鸡、狗和人的身上。阳光好像也很快乐。

到离袁姐家不远处的一块空地上去挖荠菜。田野上,大埂上,到处都是青青绿绿的，还有各色不知名的小花，你必须蹲下来看，才能发现它们的美丽。它们长得那么精致。有一个大大的池塘，一池的水十分清亮。水波在阳光下晃着晃着，你看久了，眼睛里全是波光。波光印在了你的脑子里，脑子里也一晃一晃的。最迷人的是那长长的塘埂，它覆满了一个秋天一个冬天杨树的落叶。杨树的落叶总是大大咧咧，它那么铺张，铺了厚厚的一大埂。那些春天的各种植物，可不管不顾，照旧从那些厚厚的落叶中钻出来，各自忙着自己的营生。杨树笔直地指向天空，它们好像很正直、魁伟。可是它们也十分落寞和孤独，在这空旷的田野上。它们的伙伴就是天空和池塘。我们来了，才稍显出一点儿生气。平日里这些笔直的大树，都是默默地站着，仿佛是大地的侍者。

天空是蓝得不能再蓝，不时有小风从田野上刮过。袁姐家的风也很好。风其实有好多种：飓风、暴风、狂风、微风、轻风、小风、寒风……袁姐家的风是另一种风，我叫它“初春的清寒的微风”。在风中，这大约是最好的风。风中的空气是清凉的。只有这种清凉的风，你吸一口，才称得上是清新的感觉。人们总是说“踏青”，踏青在我看来就是享受这初春“清凉的微风”，当然也捎带着把眼睛用青绿染染，听听那万物苏醒的声音。

地上就是一场盛宴。大地上的花花草草渐次返青，狗尾草、看麦娘、播娘蒿、猫儿眼、猪殃殃、野燕麦、扫帚苗、婆婆纳……它们生出各色各样的玲珑的叶片，开出千奇百怪的小花。荠菜长得清俊，这一丛，那一撮。一群男女嘻嘻哈哈，前呼后应。女人们在风中穿红戴绿，这这这，那那那，没半天工夫，已挖了满满的一箩筐。在风中挎着竹篮的女人，就这么走在野地上，走在风中。

最美的是大锅饭。那真是大锅饭。袁姐家东厢房的灶台还是过去那种,有人在锅后烧柴烧草。煮出的饭在其次,那锅巴可是久违的,铲了用手拿着吃。每次都是一顿绝美的午餐:清蒸鱼、土鸡汤、笋片烧肉、干炒菜薹……男男女女都忙碌着,井边洗菜,锅后烧火。女人们坐在锅膛后,就是一幅好图画,仿佛小媳妇刚进门。她们快乐着,忙碌着,也羞涩地自我开放着(像花一样儿)。

袁姐笑眯眯地忙着,她话不多,就招呼大家:“吃饭了吃饭了吃饭了。”

袁姐自己还没有上桌。

于是我们就站着,沿着大桌子站成一圈,都站着吃。

袁姐招呼:“坐下吃坐下吃坐下吃。”

可是没人理她。还是站着,呼呼啦啦,拣自己喜欢的吃。吃得差不多了,有人刚发现似的招呼:“袁姐快来吃袁姐快来吃袁姐快来吃。”

袁姐端着碗,也站过来,大家一起吃。这时有人已经吃饱了。站到门口,晒太阳了。袁姐家的太阳也好,比风还好。大家于是就在太阳下玩,一直能玩到暮色四合,远处的田野上生出一层朦胧的蓝色薄雾。有人说,天快晚了,回去吧。

于是有人喊:“袁姐袁姐,我们走啦我们走啦我们走啦!”

这些好吃好色(春色)者谁?许辉、董静、木槿、叶子、老天、木桐、阿兰、吴玲、政屏、若齐、墨娘……

还有敝人苏北也。

2016 年 3 月 15 日

鱼不言，茶不语

——皖南行

宣城我是去过多次的。

我是喜欢江南的。小的时候，家乡在扬州边上的一个县。江南似乎和柳是纠缠在一起的。瘦西湖的“长堤春柳”，我是知道的。少时春游，去得多的，也是苏杭。江南园林和西湖秀色，也留在了我的记忆中。

后来在合肥工作，皖南去得多了，日久生情，便觉得皖南的山水更美。有一年去泾县，住在一个叫东园的小村子里，村口就是一条大河，名曰“清溪”。那样的美，仿佛人在梦中。绩溪也是让我心痛的地方。第一次去绩溪，是在一个雨季。小城一派烟雨迷蒙。过绩溪，要走一段很长的山路，两边大山相迎。一边山岩陡峭，一边山涧缭绕。涧中溪水清冽，十分撩人。坐在车中，眼望四围景色，真有一种大好河山在胸中的豪迈。

而对于宣城呢？印象深的，是一次夜游了谢朓楼，作家书同生于江南，清秀儒雅，一路给我介绍这位南齐太守谢朓。登楼一望，四周灯火点点。“一生低首谢宣城”，李白如此说，我们则只有“低首”，无话可说了。又一次清晨,与书同同登敬亭山。山林空气清新,山道干净。有三五晨练者同行,心中生出“做一个宣城人是幸运”的感觉。城中有山,城便平添灵性。诗仙李白七上宣城,留下诗篇近百首,其《独坐敬亭山》,使此山美名远播,更有“江南诗山”之美誉。这样的一座山,不仅仅是山石和树木了,漫步山中,仿佛与谢、李同行,自添一股诗书之气。

小的总是美丽的。小鲫鱼让我更加爱上了宣城。到春天的敬亭山出游,使我在春天,在江南,浪漫了几日。气候是那么好,正是谷雨后三日,“谷雨前后,种瓜点豆”,一切都显得生机勃勃。我们一群男女,走在江南的春天里,走进江南的茶园里。在绿雪山庄,我们品着敬亭绿雪。那正是走得口渴腿乏之时,用当地水泡当地茶。郑板桥有诗句:“湖上买鱼鱼最美,煮鱼便是湖中水。”套用此诗:“茶场喝茶茶最美,泡茶便是山中水。”十分惬意。中午也顺便在绿雪山庄吃饭,那是一顿美妙的午餐。各色菜肴极为可口,其中一道红烧小鲫鱼,让我销魂。香,鲜,细嫩,我一条一条,像一只小猫一样,吃了有十几条。连鱼头都被我吃得十分干净。和我争食的,是一位江南才女,文字妖冶动荡,人却安静无语。可吃起鱼来,极为灵活,绝不在我之下。我们你拖一条我拖一条,在别人频频举杯喝酒之时,将一盘小鱼拖个精光;之后又潜入锅台,将伙房师傅自己留的一份,也抢了过来,终是吃得面前鱼骨堆成小山,嘴唇溜光,眼睛发亮。我见那位小才女,双颊红润,目光如炬,仿佛一只小母猫在夜间漫步。

这是一顿刻骨铭心的小鱼宴,使我对宣城不能相忘。只有皖南,只有“煮鱼便是皖南水”,才能有此种美妙的感觉。

走出户外,满山的绿起起伏伏,那些茶园就在一个一个小山坡上。山庄面前一个坡地,坡下一口池塘,正有几个少年围在塘边钓鱼。坡上草色碧绿浓密,正好可以睡个小觉。4月的阳光恰如其分,正好给我催眠。我躺在坡上,身下大地已经回暖。这样的天气,这样的草地,人是可以随便找个地方睡觉的。在旷野中睡觉是多么惬意,昏睡中仿佛能听到大地的心音,那些植物、昆虫和小动物,它们就是这样睡觉的。它们不是长得很好嘛!

池塘边刺啦一声,一条鲫鱼被钓了上来。那鲫鱼十分美丽,鳞色干净,线条优美,扭起来娇憨可爱。鱼们睡在水中,也长得很好看嘛!我见少年腿边还扔着一根鱼竿,便起来走过去,说一声,拿起鱼竿甩入水中。钓鱼是我少年生活中的主要娱乐活动,因此操练起来依然十分老到。不一会儿,钩下便有了动静。我凝神屏气,暗聚内力,但见那浮漂一点一点,水面貌似平静,水下生死瞬息。果然鱼浮一提一送,冒上两点,我一发力,鱼竿甩向半空,一条大鲫鱼在竿头跃动。我将那鱼放到草地上,解下它口中的钩儿。那鱼儿十分不安,扭动着,慌乱地在草丛中乱跳,样儿很是让人怜爱,仿佛孩儿一样受惊哭闹。我把它抱在手中,很有力量。我不能将它给予垂钓的少年。江南的绿使我变得十分善良,我必须将它放了。我像拍着婴儿一般,拍着它的身子,对它说:

"宝贝,走吧。"

我一松手,它在水中愣了一下,忽然一使劲,仿佛光闪了一下,倏地不见了。我见到了它的一道光,那是快乐的一道光线。它很快乐,一种获得新生的快乐。它是鱼,但它是活鱼。

就像山坡上的茶,它也是有生命的。所有的生命都是有感觉的。鱼不言,茶不语,但它们在那里。你说不是吗?

不能忘记宣城,忘记敬亭山庄,和那鱼、那绿、那起伏的茶园,以及那4月的皖南的温暖和煦的阳光。

2010年12月12日

丁亥年八月初五，东石笋路边的一些草花

丁亥年八月初五，与友人皖西山里东石笋一游，甚欢。在一边乱石清溪，一边杂树丛生的山脚，长了无数山野植物。或青或黄，或蓝或翠，自然之美，十分怡人。农人的一些瓜果菜蔬，亦杂植其间，颇为相宜。一丛人嬉笑而行，互指植物相认，或有张冠李戴，乱点鸳鸯的；或有不懂装懂，死撑面子的。真真是十足的趣味。特记之。

苜蓿：柔弱的枝叶，深藏在草丛中，女孩子一样羞涩。

芭茅：像站在路边的一个个小哨兵，或者指向苍天的箭。

紫薇：开着软绸一般粉红的碎花，可人极了。

油茶树：皮实的硬疙瘩，厚叶子。绿油油。像农人肩上的肌肉，厚实的嘴唇。

柿子树：青涩的果子。

冬瓜、南瓜：花像农家大姐；果实躺在地上，或挂在藤下，像憨实、硕壮的农家少年。

牵牛花：蓝色的，正蓝、明蓝……真是美啊。

雏菊:开着车辐似的黄色小花。这里,那里,她们是乡间的歌者,田园的梦……

蒲公英:戴着一顶透明的、丝绒似的冠状的帽子。

桂花:那若有若无的暗香,乡间的精灵……

一切的一切,溪水,山石,那些色彩,那些大自然少女口中的气息。深呼吸一下吧,我深深地爱着你,让我随风而去,变成一支歌;让我匍匐在大地,聆听你的心跳;让我蝴蝶一样,东飞飞,西飞飞,你开得好,我就为你舞蹈一下吧!你结出那些神奇的果实,就为你歌唱一下吧。

为你的花而歌唱,为你的果实而舞蹈……

2007 年 9 月 16 日匆草。明日去敦煌。

山西，山西

柳如蒙灰女子，让人不能敬重

早晨起床赴丽泽桥长途汽车站，坐北京到太原的大巴。还好，半小时一班，约 5 个小时到达。

一路风景单调，座位极不舒服。我已坐惯了单位公车，对这种公共汽车，有一种抵触情绪。本来嘛，一切是乱得不能再乱，到处是人。环境又极糟糕，于是便将目光一直对着窗外，路边植物尚可一阅，层层推出，椿树、柳树和杨树。北方似喜植柳，之后几日，见太原城内及周边乡镇都遍植柳树，想必柳宜旱宜涝，更适合北方干旱的气候。可这样的柳并不好看，黄土地上兀然冒出这厮，柳叶干且蒙尘，一副灰头土脸。没有一丝江南柳的柔媚和灵秀。柳是和水相连的，就像女子更宜水一样，干旱地区植柳，是对柳的不敬。柳如蒙灰女子，让人不能敬重起来。

车过石家庄，道路便起伏起来，有山逐渐显出。过了一个关，说是娘子关。历史上是晋冀之间天然屏障，关口南倚山岭，北邻桃河，乃太行山著名关隘,有三晋门户之称。说是因唐太宗李世民的姐姐平阳昭公主曾率娘子军镇守于此而得名。

高速上载重车频频呼啸而过,而我们的大巴像蜗牛,慢且闷。我见路边偶有一种直直的秆子,开了许多红的和粉色的花。问身边的那个老者,告之曰蒲。我问:何蒲?老者咬定:野菖蒲。我疑之:不会吧?身后的一个四川女子答话:是芙蓉花。我仍不信。疑之是木槿或野芍药。到得太原,问一朋友,告之乃野木槿也。

约晚7时车到太原五一广场。卫星接到宾馆。说是5个小时,却坐了7个多小时。国人说话好大喜功(即如喝酒,明明喝了三两,却往往夸为五两),此可见一斑。

菩萨顶有个颇具人情味的传说

昨天早晨8:40出发到五台山。约下午1时到达。住银馨宾馆。

五台山位于山西东北部,坐落在五台县境内,系太行山一脉。分东西南北中,五座。北瞩恒山兼及塞外,西北入代县接雁门关,滹沱河从北部山麓发源。滹沱河入孙犁小说甚多,乃流入冀北平原之故也。有人给我比喻,五台山即如人之手掌,五峰乃五指。掌心乃台怀镇所在。台怀即如九华的九华镇,五台山最重要的寺庙均在此。

晨起雨,淅淅沥沥,不停。五台镇蒙在密雨织的网中,我们就在雨网之中游了五台。导游小武甚是可爱,她带了我们八个人,说是八人小分队。她给我们讲解时用普通话,而接电话则用山西话(也似陕西口音,小武是隰县人,隰县靠近陕北)。我们强烈要求小武用山西话讲解。她则笑,你们能听懂吗?我们说没关系,只要听你的声音就行。一个上午走马看花,逛了三个重要景点:五爷庙、塔院寺和显通寺。

中国四大佛教名山，四川的峨眉山、浙江的普陀山、山西的五台山和咱安徽的九华山。它们各侍其主，峨眉山供奉普贤，普陀山供奉观音，五台山供奉文殊，九华山供奉地藏。四个中三个我都没去过，所以我原以为就是咱九华山香火盛。到了五台山才知道，佛教历史之长、寺庙规模之大，五台山首屈一指。

五爷庙据说是五台山最灵验的地方。供奉的是龙王第五子，五爷原是来五台山讨要歇龙石，却被文殊菩萨收服教化，皈依了佛门，成为弟子，专司五台山的耕云播雨。我多次去过九华，都说九华山的菩萨照远不照近。我辈小民，本无事可求。原本对佛是敬重的，多次上山，没有对菩萨提过要求。据我观察，对佛极度敬畏的，不外两种人。一类是飞黄腾达之人，一类是多有不幸之人。第一类对自己的飞黄腾达不敢相信，不知是哪方神仙相助，让我如此发达？第二类人生多舛，求佛保佑。这回老远赶来，我也求他一求，烧炷香，许个愿。文殊是智慧菩萨，于是我便许了女儿考取大学和《一汪情深》顺利完成。要求不高，而且健康向上，说出也无妨吧。

显通寺大约为五台山的代表，其建筑多建于明清。有观音、文殊、大佛、无量、千钵、铜殿和藏经等七座大殿。其时雨渐大，游人甚多。我便找一处坐下，一任同行各处去拜。闲坐雨中，放眼望处，正是恢宏的无量殿。殿内供毗卢佛大铜像，取佛法无量之意。无量殿又称七处九会殿，意喻释迦牟尼七处地方九次讲《华严经》。

出了显通寺下端即为塔院寺。始建于明永乐五年，因高达 75 米的释迦牟尼舍利子塔而闻名，塔顶有 252 个铜铃，叮当作响，清音宜人。废名写过他家乡黄梅的万寿宫的风铃，说“万寿宫叮叮响”，大白塔在蓝天白云下,清风徐来,铜铃作作有声,仿佛大白塔在叮叮叮作响,亦甚是有趣。

时至中午,而雨没有停的意思。小武说,咱们上了菩萨顶回宾馆。于是我们沿一百零八层石阶步步登高,菩萨顶位于灵鹫峰上,东汉建灵鹫寺,清顺治年间改黄庙此为其一。菩萨顶所有建筑都加盖黄琉璃瓦,黄琉璃瓦是皇权象征,这在我国佛教寺庙中是绝无仅有的。据传,一次康熙到五台山礼佛,路过菩萨顶山脚下的一个村庄,见一女子长得十分俏丽,侍从猜知帝意,夜访民女,召宿皇宫。此女名梅枝,后怀孕生子,被康熙召回,孩子抚育长大后便被送到菩萨顶出家,敕封为大喇嘛,梅枝被封为妃。康熙赐提督印一枚,封“当朝一品”。这样的传说颇具人情味。想是个美丽的传说,可谁说得准呢?!皇帝啥事做不得?有殿前石牌坊为证,“五台圣境”,四个遒劲大字,确系康熙亲笔。

倒是僧舍门前的一副对子颇有趣:

真容容真真容真,
灵鹫鹫灵灵鹫灵。

没有横批。导游说,横批就是“真灵”。

回太原路上,路过五台县河边村,拐到“阎锡山故居”看了看。一个典型的北方大宅院,几百间房。也如北方的柳一般,灰头土脸,绝无江南林园之秀美。

人类发展史,某种方面说就是一部杀戮史

晨8点多驱车去平遥。平遥位于太原西南近百公里,车行约1

小时便到达。

车入停车场，也是白土翻着，一个大铁栅栏围着，一切都是北方乡镇的样子。可垃圾随处可见，毫无美感。不过不光是北方，中国的许多乡镇都是这个样子，你是发展中国家，怎可与人家老欧洲相比？我们的农村，“进”是没有问题的，关键是“出”：垃圾、厕所、下水等，这实非一件小事。

平遥据记载已有1500多年历史，史称古陶地，帝尧初封于此，虞舜时属并州。北魏改陶为遥，据传是为避太武帝名讳，遂为“平遥”。平遥是晋商发源地之一，早在汉代就是晋中地区的商贸集散地，邑人商贾之风盛极，比咱安徽的徽商要早得多。余秋雨《抱愧山西》中说，山西最红火年代，财富中心不在太原，而在平遥、祁县和太谷，尤以平遥为最。

导游领我们上得古城门的城楼，介绍说平遥现存的古城墙，隋、唐、宋时期为夯土城，明洪武扩建并固砖石。城墙全长6公里多，由墙身、马头、挡马墙、垛口、城门和瓮城构成。城墙高10米，底宽8~12米，顶宽2~6米，城门六，南北各一，东西各二，因此被形象地喻为“龟城”。城楼还建有敌楼、角楼、城楼、奎星阁、文昌阁和点将台。城内有马道，城外有护城河，沿河植柳植槐。

站在城墙上看“瓮城”，也就是一个重门的“瓮”，有“瓮中捉鳖”之意。“瓮城”内均建有庙宇，人间得不到的，可以向神灵祈求。

在城楼站了站，不得要领。转下去进城，坐观光车直奔县衙。县衙倒是有趣。

县衙所在即为衙门街，迎街大门一额横匾：平遥县署。

两柱一副长楹联：

要酌理要揆情要度时世做这官不勤不清不慎易造孽难欺天

莫寻仇莫负气莫听教唆到此地费心费力费钱就胜人终累己

我读了两遍，这真是人间至理。

进门一个大院，迎面正殿，额匾上书：亲民堂。两边各一溜庑房十余间。旧制称六部房，按照左文右武的礼制，东边是吏、户、礼房，居上首，又称东司或东库，或称东账房，由县丞（正八品）分管，为县署银钱出入汇总之地。人选慎重，因为管官、管民、管举人秀才、管银钱，有权有势，俗称“东司活财神”。西边是兵、刑、工房，又称西司或西库，由典史（从八品）分管。因为西司主管兵缉，用刑、吊、打、斩、绞犯人，有生杀大权，俗称“西司活阎王”。

县衙转转，见有些资料颇有趣。比如，古代吏员升迁，也颇为严格。以清为例，对吏员的考核奖惩退休都有严格规定，有：

考：每三年一次，由县州至府道司层层考察，造册上报督抚。总督巡抚核其事状，注考语，造册呈吏部复核。标准为考以四格（才、守、政、年），纠以六法（一不谨，二罢疲无力，三浮躁，四才力不足，五年老，六有疾）。

奖：凡官员考核成绩优良者，按等级次第给予奖励，称为“议叙”。记录四次加级一次，直至三级止。

罚：凡官员因过失或犯罪，按例受到处罚：一罚俸，二降级，三为革职。

致仕：古称吏员退休为“致仕”，史书记载：周“大夫七十而致仕”，汉代亦同，享受原俸禄的三分之一。明清时代致仕年龄提前为

60 岁,食全、半禄不等。

我们现在的 60 岁退休自清延至今。可现在的单位,有的 50 岁就叫人退了。不像话!

转过去看了旧时牢房,有见一屋有古代各类刑具实物(模型)展。见图片中有一种刑叫:“凌迟”(剐刑),一刀一刀在人身上割肉,从腿上开始割。我见那图片似已把腿削成了骨。刀法好的可以上千刀,才能死亡。真是“千刀万剐”。还有一种叫“宫刑”(又称“腐刑”),男子阉割其阴茎和睾丸,女子割其阴蒂(称“性源”),也有图片,不知真假,反正已是黑乎乎一片。看到那种种古怪而别出心裁的刑罚,想想真是可怕,一部人类发展史、成长史,从某种方面说,就是一部人类杀戮史。

午时天渐热,人又极多。于是不跟队伍走,坐院中阴凉处。人一闲下来,心便也静了。见院中一个扮拉洋车的,邀客照相,两块钱一张。那人长得极具特点:黑脸、黄牙(有些龅),精瘦,穿一身西罗纱短打在那里吆喝:

“照相唻——两块!”

过一会儿,见有人过来,他又扬声高叫:

“照相唻——两块!”

我见他实在是有趣,便走过去,给了两块钱,坐上洋车,配上道具:礼帽、烟斗;架起二郎腿,那人又高喝一声:“走唻——”便蜷起一条腿,极似跑的姿势;于是咔嚓、咔嚓两张,他便“两块”了。

这人简直是一个活化石。一个洋车夫化石。

又坐一会,见一屋人稀少,便走进去。东看看西看看,忽见一副中堂对子,甚好:

春风放胆来梳柳，

夜雨瞒人去润花。

实在是很有韵致。字亦极好，飘逸有致，颇具徐渭徐青藤之风范，可是放在此处，有些不伦不类。这不是江南园林，是森严的封建衙门，不知何位雅士之举。

中午又去了东大街，看了看日升昌票号。票号是中国银行业的“乡下祖父”，可仍是人满为患。无心细看，不得要领。

云冈石窟：它就是一个博物馆，美轮美奂，无以言说

晨从太原乘车赴大同，目的就是想看看云冈石窟。午到大同，一个普通的北方地级市的样子，有网吧、KTV 和洗浴中心。街上穿行着出租车，公交偶尔一闪而过，路边零乱而繁杂，有店铺和洗头房。

云冈石窟位于大同西 15 公里云冈村。午饭后即赶去看。远远见一小山包，没有想象的高山大川，只是一抹低山，悬崖下有些蜂窝状的窟眼。

这个样子并不令我陌生，我们知道，云冈石窟和古代印度的犍陀罗佛教艺术、阿富汗的巴米扬佛教艺术并称为东方佛教艺术的三大瑰宝，在中国，敦煌的莫高窟、洛阳的龙门石窟和大同的云冈石窟合称三大石窟。这个在风雨中屹立 1500 年的伟大工程，却让我有一种莫名的激动，因为我太想见她了。我在生活中的经验，只要想得到的东西，可是又费了很大心思才得到，一旦得到，便莫名地激动。我跟随导游曲里拐弯走去，当我立在第五窟结跏趺大佛像前我终于是惊

呆了！

我一下子噤声了。这是被一种强大的艺术震撼的结果。这是一座 17 米高的释迦牟尼的坐像。它是云冈石窟最高大的佛像。据记载：佛像盘坐的两膝之间距离就有 15 米，手指的中指也有 2.3 米。佛像呈“吉祥式”跏趺坐姿，双手叠放在腿上，为禅定印相。人们将佛的坐、立、行、卧四个庄严的身姿称为四威仪。这样的坐——定印相——表示佛祖进入静思维的修行状态。

我更惊奇于佛像的宁静、安详和慈悲的面庞。头顶为螺髻，细腻、精致而充满光华。面庞方圆，细眼长眉，鼻梁高直，双唇含笑，两耳垂肩，神圣、超凡、自信、庄严、慈祥……佛像双肩挺阔，身穿双领下垂、内衣束结的褒衣博带式的袈裟。衣服宽大、下垂，柔软。这不同于右袒式和通肩式的袈裟，它是北魏孝文帝在太和十年进行“始穿衮冕”这一汉化改革的形象体现。

主佛两侧又各有 8 米高的胁侍菩萨像，仍然是深含笑意，面相慈祥，体态端庄，立佛呈无畏手印，右手上举外扬，左手下垂，衣服质感强烈，线条精细、流畅、清晰，雕刻精细，令人哑然。

中央大佛身后内壁雕刻有过去佛、现在佛和未来佛，洞窟南壁拱门和明窗中间，雕造两层佛龛，上层圆拱龛，下层盝形龛，龛内坐佛，尊尊精美，南侧东西两侧，还雕有象身托塔的形象，庄严、新奇、精巧……据说此窟是北魏孝文帝拓跋宏为他的父亲造的纪念祈福窟像。

第六窟简直让我惊呆，它就是一个博物馆，美轮美奂，无以言说，只有感叹之，感叹之。

仅佛教故事就有 30 多幅，围绕中心塔柱和四壁展开：右腋诞生，九龙灌顶，抱子返城，仙人占相，居时三殿，箭射铁鼓，父子对话，出游四城，夜惊三梦，逾城出家，寻访仙人，降魔成道，初转法轮，白马吻足等，都是极其精美的作品，令人叹为观止。

我一个一个看过去，流连于这雕塑的博物馆，看了又看，规模如此浩繁，令人惊悚。始终让人惊奇的是：北魏的帝王为什么要用这么大的精力开凿如此之多的石窟？内容为什么又是都与佛教有关？我们古人为什么具有如此的聪明才智？

出了云冈石窟，我们又去看了上下华严寺，看了辽代的造佛，同样使我吃惊。有一尊被称为“东方维纳斯”的合掌露齿胁侍菩萨，之美，之尊，之亲，之可近，令人叹服。

第二天晨起，坐9时大同至北京大巴，约下午2时到京。一路风景。过山西到河北张家口，之后北京延庆、怀柔。我见山西和河北交界处的一些地名甚奇怪。记住了两个地名：浮屠讲、化稍营。特别是浮屠讲，这也叫地名？这怎么可以做地名呢？可是为什么不能呢？这不，人家不就做了？

——是有过一个塔？一个佛家在此设过坛吗？

2006年7月28日

北京的磁性

在东方广场的先锋剧院看了海家班的爆笑喜剧《艳遇十小时》，一个荒诞的喜剧，几乎把我给笑死，真是餐巾纸都用了好几张。看完演出，走出剧场，走在北京初春的街头，走过东单三条，见协和医院那些点缀在现代建筑群中的绿色琉璃瓦的老建筑，心中忽然涌出一股十分留恋北京的情绪。北京好啊，想看什么、想听什么、想见什么，努努力，大约还是能实现一些的。北京的老宫殿、老人、老树、老街和老胡同，不断地在吸引着你，有让你用尽一生都好奇不完的迷，那些让人痴迷的历史和人。

就说人吧，那天李辉来看我。我们约在一起吃饭。因晚高峰塞车厉害，李辉让我移步到大望路新光天地。我从东单进了地铁，就是进了人的海洋。城市的地下也已挖得跟迷宫一样，人在地下走，就仿佛蚂蚁在地洞里爬，不知何所以。地上也被架得横七竖八：高架桥、立交桥、天桥和轻轨，纵横交错，指向各个方向——让人有点迷茫也有点好奇、向往的方向。

我们在鹿港小镇吃台湾菜。我见到李辉，先对他说，跟特务接头似的,走了一路的迷宫。李辉笑,人安静儒雅,一副腼腆的样子。他的笑是无声的,所以我说有些妩媚。李辉曾给我说,沈从文身上有许多女性的成分。我看李辉也是。他安静,人也腼腆,有孩子气。我进去时他已点好了菜:萝卜焖牛肉、干巴菌爆炒小羊肉、鸡毛菜和小油菜炒香菇。他要了三瓶小瓶的啤酒。

见面并不一定要说许多话,一起坐坐。李辉这样的人,是那么固执和坚持,他接触了那么多的文化老人,写了方方面面的各色人等的人事和纠葛,他的心中存了太多的故事。吃饭中,我问他最近是否见到黄永玉。李辉说,老头儿身体好着呢!刚画了一张大画。说着李辉将他的手机给我看了看,屏幕上是黄先生。李辉说是前两天他去万荷堂看黄时拍的。照片上老头儿背对着镜头,正坐在升降机斗子里。升降机已升到了半空,老头面对着那么一大张洁白的宣纸,缩在那小小的斗子里,专心致志面对着一小块宣纸。

这样一画,就是一天。十多个小时,不吃不喝。这个已 87 岁高龄的老头儿,真是比年轻人还厉害。

黄永玉真是神奇。这个老头,身上的能量太大了。

在人民大学,与孙郁先生聊天。说孙郁儒雅,那就说对了。他花白头发,气宇轩昂。说起话来,声正腔圆,特洪亮,一笑还两个酒窝,是真正的美男子。我同他开玩笑,我说,他给学生上课,女同学肯定特喜欢听。他这样的人,会惹人家女同学单相思的。孙先生端方君子,他不苟言笑。对我说的这番话,他不置一言,似没听到。

我去时他正有客人来访。我便坐在他书桌前翻他的书。他桌上摆了许多的书,都是刚从图书馆借来的。有一册非卖品,是闫连科的

《四书》,我翻了翻,觉得结构很是奇特。还有一本《章太炎在苏州国学讲习所的讲稿》,杨佩昌先生整理,我翻了翻,语言雅致,极好。

我边翻书边听外间孙先生与客人的交谈。来人仿佛是他在鲁迅博物馆工作时的工友,好像是为小孩子找工作的事,看能不能请孙先生帮忙。言谈中,孙先生对过去单位的工友,十分尊重,所说之话,十分妥帖适当,让人敬重。

送走客人,孙先生回来同我聊天。所谈无非是文学上的人与事。他说,当代作家,数过来数过去,好的也就没几个,他说,孙犁、汪曾祺、张中行,再加一个黄裳吧。他告诉我,他写的汪曾祺的书,已完稿,交给三联去出了。书名还没最后定,我们走去吃饭的路上,他说,叫《汪曾祺闲录》怎么样?我想了一下,行!这个可以。他说,也想叫《汪曾祺杂议》。我说,“杂”不好,还是叫“闲”,是边读边录。不是“论”,而是随笔。一个“闲”字,也符合汪曾祺的性情和气质。

他出了一本新书:《走不出的门》,是他在《收获》上的专栏的合集。他给我在这本新书上签了个题赠。这真是一本温暖的书。所写从鲁迅始,周作人、钱玄同、刘半农、废名、俞平伯,直至汪曾祺、张中行、王小波。后记尤好,是心沉到底的文字。

孙郁的文字是在吟唱,随便翻到哪一页,读下去,马上节奏感就出来了。他的更多的文字,亦仿佛是自说自话。他多数时候仿佛是在自语。这样好的文字,在厕上、在床上,或者树下,都可以读,读着读着你就会忘记时间,自己沉浸下去,和孙郁在一起——你也自言自语了。

这就是孙郁的力量。一种看不见,却真实存在的神秘的力量。在孙郁这一代人中,出了孙郁这样的文字,是我们读书人的幸运。

书的封面上印着一句话:从20世纪初到21世纪初,呐喊之后的徘徊与挣扎。这也是孙郁自己的心态。

凸凹先生从房山赶过来看我。我们在一家四川的小馆子喝了点小酒。吃得十分简单,主要是聊天说话。

凸凹的文字是极好的。但凸凹的影响力远远落后于他的成就。他和我喜欢的作家多有相似,有共同的兴趣。我欣赏他,或他欣赏我,都有一种惺惺相惜的意味。

他送了我一本小书《心比天大》,是随笔集,真是极好。我每天晚上上床后读两页。他的各类文字都很妙,书话、序跋、访谈和游记,甚至连日记也是。这些文字,看后心中就非常温暖。不能叫感动的,而是温暖,非常温暖。如玉在胸,仿佛将一枚卵石含在嘴里,之后又丢在你的手心里,那种温润和自在,使你无法拒绝。

凸凹在书中引用了宁肯的一句话:阅读就是写作者的故乡,一个没有故乡的人是走不远的。我同意这句话。我的阅读,也是为了找回故乡。

我也不能免俗,对文坛的一些不正常的现象颇有忿恚。凸凹对我说——他在分手时拉着我的手——不要在乎身外的东西。大树自直。你已经自成风景,只要有游客,就会被你迷住。

虽然这些日子,也时有寂寞,可我还是喜欢北京这座城的。比起这些大快活,那一点小寂寞不算什么。

2011年3月17日

访问地坛

来北京半个月了，都忙于俗务，那天去看一个朋友，往回走时，正好经过地坛。多年前我一个同学曾在地坛医院工作。我经常到他医院来，多次经过地坛，可从来没有想进去看看的意思。前不久史铁生去世，引起文坛和社会一阵骚动。大家纷纷来读史铁生。据说上海小学老师叫学生阅读《我与地坛》，把刚刚推出的新版《我与地坛》生生给卖脱销了。因为媒体一直在说，于是我把《我与地坛》找出，认认真真地读完了，心中留下十分悲苦的感觉。地坛在我心中，也有了个模模糊糊的影子。正好路过，这次再不能错过了，赶紧让出租车停下。

宫殿还是大啊。大，才能把人给震住。我从地坛西门进去，是一个极其华丽的门楼，雕梁画栋就是指这个样子。之后往里走，又是一个朱红的无梁门洞，才进到一个大院子里。因为有树木，不知其有多大。我盲目地往深处走，问一个人：地坛在哪？他手一指说，方泽坛，右手前面！我穿过一片树林，见到一个指示牌，上面写了一串：方泽坛、皇祇室、斋宫、神库和宰牲亭。

天已近昏，我加快脚步。待见到方泽坛，一个工人已在锁门，我与他协商，能否让我进去一两分钟。他于是重新将门打开一条缝，放我进去。(进门之前，工人还嘱咐我：帮我看看里面还有没有人。看来原来是锁过人的。)里面分三层，一个空旷的大台子，地为灰砖。我在坛上一阵乱跑，用相机前后左右咔咔一照。再定下神来，四周看看。四边各有汉白玉的门楼，琉璃的矮墙。门也是朱红的。

所谓地坛，就是一个大台子呀！

出了方泽坛，仿佛任务完成大半，心便放慢下来，可以轻松地在这个园子里逛逛看看了。我先是认真地研究了钉在方泽坛门边的介绍。方泽坛，因坛台周有方形泽渠，故名。噢，原来是这么回事。此处可是皇帝老子祭祀"皇地祇神"的场地，明清两代皇帝均在此祭祀。坛建于明嘉靖九年，清乾隆十四年乾隆帝颁旨改建，将黄琉璃砖坛面改换为艾青色。

何为艾青色？难道这灰砖即为艾青？我上网一搜，有一种颜色叫艾青。我看大致接近于铁灰色吧，只是更亮一点而已。

诗人艾青名字不是因颜色而来的吧？

皇祇室的四周，都是苍老的古柏。我一棵一棵抱了抱，根本抱不过来。对于这样的生命，我总是敬畏的，可我又很爱它们，觉得它们才是伟大的，不言不语，稳稳重重。它们经历了怎样的历史的变迁啊！

一棵极粗的侧柏，被一条粗极了的藤子缠着，缠得枝枝蔓蔓凌乱不堪，像印象派画家的画。我走近了。一个牌子上写着："树木名：凌霄，别名紫葳。科属：紫葳科凌霄属。"啊呀！凌霄就是紫葳啊！紫葳我可见多了，我怎么不知道它就叫凌霄呢？这真是一个美丽的名字。

我选了一个角度坐下，正好可以正对着这古柏映衬下的红墙。我点上一支烟，慢慢吸着。这时天色已成青瓷色。我想象不出史铁生是从哪个门进来，又是坐在了哪里。没有人能给我模拟出来。我想这些从我眼前匆匆走过的人，我若拦下一个，问他史铁生的情形，必定吓人家一跳。他们多是不知道史铁生是谁的。这个世界上的人，多是生活中的人。又有谁人像你这般情形，为一个人，为一篇文章，而傻傻地找到这块地方，又坐在红墙古柏之下？你想什么呢?!你不为肚子饿发愁，于是净想在精神上给自己会餐。

我点上第二支烟的时候，忽然头顶上一阵响动。我抬头望去，是那苍柏里在动。是风，可是很响。我忽然说：风在树里。风藏在树里，风在响。那是一种无法比拟的声响。但它是一阵很响的声音。仅在一棵苍柏里。噢，天籁。天籁就是如此。

鸟儿于是箭一般地射向各个方向，仿佛天空中急速的逗号。

我往回走，心中感叹：皇家还是气派。大，就是气派的首选。之后是那些琉璃的建筑，也是大和恢宏的，这才配皇家。再就是几百年的树，苍松古柏。真正的苍松古柏。

这样的访问，让我心中十分充实。虽是晚来的拜访，也算是补课呢。

2011 年 3 月 15 日于北京

居京记趣

一

20年前,我很穷,在公主坟附近一家报社当个小编。我的同事兼好朋友甲,头脑活络,勾一班江阴的生意人来,共同做生意,挣点活钱。北京码头大,机会多,江阴人有资金,好投入。于是他们就住在边上一家大酒店,天天吃香的喝辣的。我因跟后面跑跑腿,也混在其中,蹭吃蹭喝,过了一段风流日子。那江阴商人虽有钱,却没文化。他们镶着金牙,戴着戒指,一副自得的样子。有一天,一个马姓的矮子,穿着超大的西装(袖子上的商标没拆),给我拿来半条软中华,他甩给我说:“这个烟给你抽!有点霉,也不太霉,可以抽的。”

我当时不知如何是好,就将烟接住了。——说没说谢谢?我记不起来了。但事后我气死了:有点霉?也不太霉?你不能抽了,我就能抽了?你命值钱,我穷,我命就不值钱?我不好发作,就忍了。可我将烟扔在门口的地上,不知他后来看到没有。

二

还是北京的事。有一年从上海来了一个女子,她虽是上海人,可是第一次到北京。她是我朋友的朋友,朋友忙,就派我陪她游北京。我们先玩故宫和天安门。在天安门广场,她有些乏了,我忽然心血来潮——可能是给美所吸引,她是个十分美丽的姑娘——想骑三轮带她绕天安门广场一游。那也是为表现自己,炫耀一下自己的技能(三轮车不像自行车,并不好骑)。我让三轮车夫坐在美女身边,自己骑上三轮车,兜广场狠狠地绕了一圈。结果下车,即被那车夫讹去一百元。我说,不是说好三十元吗?他说,您骑就是一百。我说,你这是哪里的道理?——我骑了,出力了,你省力了,享受了,坐在美女边上,倒要我一百元!

那个老北京,他哪里听得下我的话,他用地道的北京土话说:

"得!美女不美女,咱管不上——我这车,给您骑了,过瘾了,得!就这,您哪,也得一百块!"

我当着美女的面,实在不好太过较劲,否则就不快活了。那个老车夫,也许他正是抓住了我的这个心理,而且,他是卖"咸鱼的"——有的是时间,慢慢缠着,而我还有别的事呢!何况我是外乡人,又如何惹得起?于是只得乖乖地掏了钱了事!

三

今年在北京,又遇到一件蹊跷事:4 月份,我在北京生活了一个月,活干完的月底,还有几天时间,于是我便想能多看一些小剧场的演出和经典话剧,这是我在我的南方小城所不能享受的。

正好那天首都剧场有曹禺的《雷雨》,可我到那已没有了票,许多人在那里晃来晃去,希望能等到退票的人。可是接近7点开场,只有匆匆进场的人,退票的人,影子也没有。可见票是多么紧张。我无所事事,反正是死马当成活马医,于是便贴在南入口的路边,口里小声地、和尚念经一般:"有票吗有票吗有票吗?"

眼看进场的人已渐稀少,我然口中念道:"有票吗有票吗……"

忽然一个男人轻声对我说,跟我走!态度坚决,仿佛特务接头。刚开始我还不敢相信,他又看了我一眼,于是我走上去,紧紧跟上。一直到入口处,那男人才从怀里掏出两张票,递给检票员:检票,入场……哈哈!我从一个局外人,一下子成了剧场大厅里的一个从容的持票者,真神奇!身份的转变在一瞬间。可还有更没有想到的惊喜在后面。入场后,我对那位瘦高个的男人说:"多少钱?我给你钱。"可他不说话,继续往前走,一直走到剧场人员将我们领到座位坐下为止(是第二排的好位置),他还是不说话,我于是继续问:"多少钱?给你钱。"这时候他开口了:"不要钱。"

不要钱?我听错了?

"不要钱?"

"不要钱。"

我说:"那哪行呢?"

他依然是:"不要钱。"

一张票几百块钱呢!我不再坚持了,可我忽然拘谨了起来,身子从斜躺在椅子上而坐直了。这种身体的语言是自然就出来了,不知何故。之后我一直就这样直直地坐着,就这样直直地把一场《雷雨》看完了——稀里糊涂看完了——像个听话的孩子。

事后我想,这个怎么说呢?说是别扭,不准确的。说是惭愧,也不对。可我就是那么又乖又傻地坐着,总之,像个听话的孩子吧。

这是为什么呢?谁能告诉我?

崇尚自然或者虚惊一场

去了一趟海参崴，有些零零碎碎的感觉。

俄罗斯人是崇尚自然的。我们坐在大巴上，车一过了格城，眼前就是一片广袤的草场。草场无边无际，大片大片的黄色小花自由地开放，杂树随意地生长，真是令人感动。我曾经在内蒙古的呼伦贝尔市看到过很好的草场，也没有这里的草场肥美。路上见到放蜂的人，将几十只蜂箱放在路边的草地上。也见到农场主开着汽车到草场放牛，汽车在草地上飞驰。同行的一位女孩说：在这里做一头牛也舒服。她是说草长牛肥。那些肥硕的奶牛身体黑白相间，镶在辽阔的草地上，有一种说不出的美。而且我无端地觉得，那些牛是多么善良。

车过一个叫双城子的小镇。司机停车买土豆饼。我们下车，见到许多人家用白色的木栅栏围住房子，栅栏上托着各色鲜花，白、黄、蓝、粉，开得正好。镇上人家大都有汽车，停在院中。有两个小男孩在马路边跑，其中一个金发小娃娃，向我们飞吻，像鲜花一样盛开着的娃娃。

我们的车在晚上 8 点多钟进入海参崴。海参崴是个濒海的山城，人口 80 多万，面积却有 560 平方公里。车拐过一个大弯，我们就见一城的灯火，高高低低，明明灭灭，在远处闪烁、跳跃。

城市并没有想象的好，甚至有些破败。我们住的白天鹅宾馆濒临乌苏里湾，门前屋外的山坡上杂草丛生，白土翻飞，草丛里到处都是喝完了随手乱甩的啤酒瓶。我们的导游小席说：俄罗斯人的生活习惯是在街上散步，手里拎着啤酒瓶。

两天的走马观花有些浮光掠影的印象：飞驰的日本汽车，巴洛克式的建筑，陈旧的基础设施，路边散散走着的行人，广场上庄严的婚礼……

我们的导游小席在海参崴留过两年学，他对海参崴似乎特别有感情，他对我们说：俄罗斯人就是这样朴素，他们的生活非常简单、率真。

关于朴素，我还真有些认识。海参崴的三大湾——阿莫尔湾、乌苏里湾和金角湾，我们有的下车看过，有的路过过，乌苏里湾就在我们住的宾馆两华里的后山，我们几个去了好几趟。那个海滨随地势起伏，礁石林立，毫无刀削斧砍的痕迹，完全一副自自然然的模样。我见过我们国内一些海滨城市的大海边，有的竟用大理石铺上，不知有多艳俗。而这里看到的除大海、礁石、鸥群，就是杂草和碎石。我们乘兴到海里游了一把，也捡了一些石子和小螃蟹，之后就到一个叫 EFES 的酒吧喝啤酒，那里有一种用盐腌制过的鱼，嫩、咸、腥，可我们还是好奇地尝了尝。我们听着酒吧里的音乐，散漫地、自由自在地喝着。其实泡酒吧是海参崴人的一种生活方式。他们从晚上一直能待到第二天早晨，就这样慢慢喝着。他们喝酒可跟我们不一样，喝白酒是倒一大杯，一口喝干；而喝啤酒，则一口一口，慢慢品着。其实俄罗斯人是从来不缺少浪漫的（可以说这是这个星球上最浪漫的民族之一），俄罗斯人是开朗的、率真的，他们崇尚的是朴素，是简单，甚至有些刚烈、粗暴。其实这也是大海的性格，包容，广博，丰富。

水给了我们人类一切，大海无疑不能例外。海参崴人靠海吃海自不用说，大海同样也给了他们一种休闲的方式：每到黄昏，便有许多男女在海滨游泳，有家庭、朋友、恋人，或在海滩晒日光浴。白在俄罗斯可不是美，小伙子喜欢的姑娘是巧克力色的。“你跟巧克力一样。”如果一个小伙子这样夸一个姑娘，姑娘是最高兴的。因此海参崴人特别喜欢在海滨晒晒太阳（冬天在太阳暖房里晒太阳 15 分钟一美元），不管是老人、青年，不管是男是女。

临走的前一天黄昏，我们来到乌苏里湾，却遇到了一件不愉快的事情，也真切地感受到了一次俄罗斯人的刚烈、粗暴。那天的海滨同样有许多游泳和晒浴的俄罗斯人。我们同行的小聂，出于好奇，用照相机照来照去，小聂也不懂规矩，不小心用相机对准了一对穿泳装的俄罗斯男女。过了一会，那女的对男的叽咕了几句，那男的便走过来，边比画边动手夺小聂的照相机。小聂半天才明白了，赶紧用手比画着说：“没照，没照。”可那周身都是毛的男人根本听不懂小聂的话，也不管不问，继续与小聂争夺。小聂急了，叫我赶紧翻书（我们买了一本中俄文对照的小册子），找“没有照”这句话的俄语怎么说。我们见纠缠幅度越来越大，形势不好，俄罗斯的大个子男人嘴里叽里呱啦的，便劝小聂赶紧将相机胶卷抽出来曝光算了，在国外，如若被俄罗斯男人扔到大海里去，还要惊动外交部，将事情弄大了。小聂无奈之下，只有将胶卷抽出来交给了那男人。那个男人傲慢地将胶卷轻轻在小聂面前一扬，丢到了地上，之后才骂骂咧咧地离开。我们赶紧往回走，也算是虚惊了一场。

雨中游琅琊记

我这个人从来没买过伞。

若是倾盆大雨，我不出门；着实有急事，只得涎着脸皮向邻里去借伞。邻里碍于情面，也推托不得。

如若是毛毛细雨，这是我最喜欢出门的时候，即使无事，也要出去走走，让这洁润晶莹的细珠，轻轻落到我的头上、脸上、眼睫毛上和衣服上。只一会儿，便觉得身上湿润润的，脸上凉丝丝的。舒服极了，惬意极了。

我最喜淋这沙沙的小雨。

我淋着这沙沙的小雨，就会想到冰心的《繁星》；我淋着这沙沙的小雨，就会想到朱自清的《绿》。这沙沙的小雨，让我领悟到了润物细无声的意境。

这沙沙的小雨就是音乐呀！——它打在不同的东西上，就有不同的声响。

它打在树叶上。

它打在池塘里。

它打在古镇老街的石板路上。

它打在古寺门前的一个破磬中。

谁注意过这些声音？

谁能说出这些声音？

——我真想编一本《雨声集》。

曾有一位诗人问我："毛毛雨什么声音？"

我说："无声。"

诗人说："你去问一棵树，它会告诉你。"

连日来细雨绵绵，飘飘洒洒，淅淅沥沥，已有半月。我每天穿行在这纷纷的小雨中，快活至极。一日，偶听一人戳我的脊梁："神经！"我听了暗喜。我？他？谁与评说！上礼拜天，不巧小雨变中雨，正在屋中闷坐，一文友来访，我顿起兴致，说："上山去！"

朋友说："雨似大了吧？"

我说："我们骑车，雨中上山，别有情致。到山中，若雨变大，可坐于醉翁亭内，看雨中琅琊。俟雨停，再返。"

朋友性格开朗，马上雀跃起来。

我们欢快地来到雨中。车子轻蹬慢踩，雨却时断时续。抵山门，尽是陡坡，雨忽然大了起来，哗哗的一片声响。我们低头去踩，一会儿便气喘吁吁。

到醉翁亭，衣已半湿，而身上滚热。购得门票，园内空无一人，往日人流熙熙，今偌大古寺，唯我二人。至二贤堂，见欧阳公一人独立堂中，手中一卷诗文，面有冷傲之相。我们目落堂外雨中景色，与这相隔一千多年的大诗人无言相对。

朋友说:“能背《醉翁亭记》吗?”

我摇头:“会一点的。”

朋友说:“我背与你听。‘环滁皆山也。其西南诸峰,林壑尤美,望之蔚然而深秀者,琅琊也……’”

正背着,蓦一抬头,见一对青年男女紧拥着走了过来。那女子红衣长发,面目姣好。走近二贤堂,正打算过去,女子忽然发一声嗔:“黄老邪——”手指欧阳公塑像。

朋友惊若木鸡,呆立堂下良久,口中还嘤嘤着:“野芳发而幽香,佳林秀而繁阴,风霜高洁,水落而石出者,山间之四时也……”

朋友雅兴被扫,只得退出,到门口小卖部前,要买烟,可店中无人,只得出来。

我说:“到深秀湖去,那里有店。”

我们重又上路。山道湿润,青石漫铺。远处山头,云雾缭绕,近处依然小雨如酥。经峰回路转、蔚然亭,到了深秀湖,过九曲桥,来到湖中水榭中。果有一小卖部,店外两个老者,正坐一小桌前,听雨对饮。壶中酒已去大半,朋友大叫买烟,老者颔首,轻移过来,而老者身后之湖,则雨点跳跃,一派烟雨迷蒙,湖的身后,则是连绵的山,无尽的绿,而山腰则薄雾轻绕,或浓,或淡,或有,或无。朋友点上烟,深吸一口,说:“在此神仙之处,两位老者莫非也成仙了?”

老者回头呵呵一乐,朋友于是说:“仙翁,有啤酒吗?”

老者说:“无。——不过再往上走,上琅琊寺,寺中有啤酒卖。从后山,不远。”

我们又上路。小雨依旧淅沥,山道更加湿滑,心情便慢慢沮丧起来。而此时只可进,不可退。

至琅琊寺,寺门却大闭。我们轻叩,无人开门;我们重敲,亦无声息;我们猛拍,仍无动静。而此时雨已渐大。

我们木然望着紧闭的深红寺门,眼前景致顿无。雨却越来越大。

窗外的香港

落地窗是封闭的，隔音效果很好。我看着窗外繁华的都市，而耳中却无一丝市声。偶尔有汽笛的鸣叫传来，我的心便随之一跳。这是动感之都。

我在香港住在湾仔的湾景国际宾馆。我住的六楼房间的落地窗正好对着维多利亚港湾。泡一杯速溶咖啡，拉开落地的窗帘，将椅子角度调整好，正对着窗外的景致。心情好极了。

那是一种在自己家的随心和惬意。我打开随身的 MP3，戴上耳机，伴着萧亚轩动感的节拍。仿佛自己不是匆匆过客，而是几百万香港市民中的一员了。正是周末，忙碌了一周的人们此时正在休息。窗外也正下着蒙蒙细雨，不远处的中环高楼林立，正弥漫于一派烟雨之中，远处的世界金融中心大厦直插云霄。

我初来香港那一刻的惊悚现在已经过去。前天晚上，一位香港朋友请我到铜锣湾的 SOGO 北京美心吃饭。她到香港也只五六年，可她现在已经很潇洒地在支票上签字了。饭后，朋友对我说，这里离湾仔不远的，你可以散步走回去。我正犹豫，朋友说，香港治安是很好的,也才10点多,说着已为我画好了地图,让我沿轩尼诗道一直走下去,便可找到所住的宾馆。我如她所说,试着走回来,果然没费太大的事,找回了家。

于是,昨天我便大了胆,早早地就起来了,背上照相机,一个人沿着轩尼诗道向中环走去,开始了自己的“探险”。所“探”的处所也就是我现在窗外的那些景致,让我第一天晚上向往的那一片灯火。

在金钟道,我在力宝中心的一个叫以琳书房的书店购了两本关于佛教的书:《行走的祷告》和《控制世界的七个死人》,香港的物价还是比内地要高得多,两本只五六十个页码的小册子,每本售价30元,但我只是留个纪念,也就不去计较那么多了。天上一直是下着小雨。这样的小雨,我是不理会的。在雨中行走,也是别有一番情趣的。我沿着金钟道大力奔走,不一会便一头栽入中环的高楼丛中。我试图把那里的楼群每一个都走他一遍:亚太金融中心、中银大厦、长江集团中心、香港上海汇丰银行大厦……可是办不到,我在亚太的一楼大厅喝完一杯咖啡之后,便感到腿脚乏力,口干眼涩了。可是高楼丛中那一大片的绿在吸引着我,这真是难得的一片“丛林”,我走进去,圣约翰教堂、中区合署和立法会等古老的英式建筑掩映在那一片垂榕、刺桐和紫荆之中,那上上下下的楼街,整洁、雅致,真是说不得的好。

其实中环一带原来是平地浅狭,后经过百年的填海,才形成今天的建筑风格大熔炉,现代化的摩天大楼和西洋风古建筑交相熔铸的独特风格。现在的中环已是港岛交通枢纽,是政治、商业与金融中心,据说银行就有200多家。我因职业关系,对银行情有独钟,便特别留心了中环的多家银行:中信嘉华银行、永隆银行、大新银行、美国花旗银行(Citibank)……在香港汇丰银行,我一走进去,便有营业员举起手,示意我可以到她的柜台去办理业务。我走上去询问,内地的信用卡可不可以在香港取钱。她看了一下我的卡,不能确定,便立即去报告主管,很快把我问题给解决了。短短的几分钟,却让我真切感到当"上帝"的滋味。

我走在皇后大道上,雨中的中环暮色已降临。路灯和各类霓虹灯渐次亮了起来。我跳上一辆巴士,回到了湾仔附近,在一家叫永发的茶餐厅,要了一个雪菜肉丝捞面和一串鱼蛋填饱了肚子。席间我与店老板聊了几句,知道他是广东潮州人,到香港 11 年了。餐厅的墙上还写有一副对联:叹茶成闲趣,咖啡有浓情。我问这字是谁写的,老板不好意思地笑笑,说:"不好的啦!"这样的气氛让我感到温暖。

现在我伫立窗前,眺望远处的那一片繁华,我心中静静的。对于自己双足蹚过的地方,心里是非常有底的。那仿佛是自己的城市,那一瞬,观光客的局促和不安已荡然无存。

到玉树

在巴颜喀拉山的山口立着一块界碑,碑的正面写着“果洛”,反面是“玉树”。同时有“国务院,1997年立”的字样。我们知道过了这块界碑就是玉树的地盘了。

我们上午10时从玛多出发,大约在下午1时到达海拔5082米的巴颜喀拉山的山口,4点到达通天河大桥上面的半山腰。玉树分行的副行长宗折嘉措和办公室副主任巴舟嘉等人迎到通天河大桥之上。这时他们已在桥上等了5个小时。

玉树州同我们前面走过的黄南州、果洛州是青海省三个最贫困的地区,玉树相对黄南和果洛自然条件要好一些。我们进入玉树,已经能见到一些树木(在州分行的大院里我们还见到十几棵参天的白杨树),而在黄南和果洛,一路下来都是光秃秃的,除电线杆外没有一株立着的东西。

藏民族根据居住地的差异将自己的同胞大致分为安多人、蕃巴人和康巴人。安多人主要分布在青海的海南、黄南和果洛等三州;蕃巴人主要在西藏;而康巴人主要分布在西藏的昌都、四川的甘孜、云南的迪庆和青海的玉树。我们进入玉树之后,一路见到居民的房屋装饰得非常漂亮,特别是窗户,雕刻着龙、凤和花木,远看色彩鲜艳,非常漂亮。财务计划部的马宇会科长是汉族,他给我介绍说:康巴人非常好客,彪悍潇洒,勤劳勇敢。

可不是,刚才在桥上,又是献哈达,又是敬美酒,又是唱《情满酒歌》。洁白的哈达、醇厚的青稞酒和甜美的歌喉已经把我们给醉倒了。

晚餐时,我见两桌人,宗行长告诉我:分行副科级以上干部都到了。我问宗行长:这里面有多少少数民族?聪明的藏族女青年耿小英说:“只有一个。”她这一说把我给弄蒙了,她指着马宇会说,“只有一个——汉族。”我们一下给她说乐了。据了解,玉树自治州有 19 万人口,其中藏族占到 95% 以上。在玉树州农行,188 名职工就有 138 名是藏族。

玉树是三江(长江、黄河和澜沧江)的发源地,历史上就是古驿道,文成公主就是从这里的称多进的藏。可今天的玉树落后了,地处偏远,交通不便。玉树离西宁最近,有 800 多公里,而距兰州 1060 公里,跑西安 1680 公里,跑成都 1000 多公里,出一趟门很不容易。州分行老行长权守义(原是州分行副行长,现为调研员)见到我们非常高兴,他说:“我在玉树工作了 40 年,没有见一个总行领导到玉树来过。我们这里交通太不方便了。”他说,一到西宁,都说玉树多么多么艰苦,可要是真来了,会感到玉树还不错。我说:“我们不是领导,只是记者。”权行长说:“只要是总行的,不管是谁,我们都认为是总行领导。”也是,我们傍晚刚进分行大门,就见一幅“欢迎总行记者到玉树采风和指导工作”的标语，全行职工冒雨列队站在门口迎接。说真的，他们的热情好客，多少使我们感到惭愧和无地自容。

可不是，玉树这地方，太需要和外界交流了。如今西部大开发的号角已经吹响，而玉树只是感到一股暖流，真正的项目、资金和人才却没有得到落实（当然需要玉树自身的努力），我们真切希望西部大开发的春风能早一点吹到玉树，使玉树得到真正的实惠。

哎，你还别说，就玉树分行，去年还赢利13万元。

闲品普洱

去了一趟昆明，朋友送了一些普洱茶，周末闲暇，便冲淋茶具，泡上一壶，自寻快乐。偶尔晚上写点东西，而脑子一天下来极其糟糕，于是也泡上一壶，自斟自饮。静一静，定定心，还真管些用处。

在昆明正是10月，好天气好气候。那晚酒后，朋友便带我杀到翠湖边上的一家叫一壶春的茶楼，饮了一回。那是第一回尝普洱，要了一壶10年普洱，汤色琥珀，小盅入口，热、醇、香，十几盅下肚，酒也醒了大半。我们坐的包厢，正对着翠湖。翠湖在文人笔下，已早入我心。1997年春天到昆明，我曾匆匆游过翠湖，一张2元钱的旧门票至今还夹在我的笔记本里。我在门票的反面抄了一副翠湖春晓的对子：十亩荷花鱼世界，半城杨柳佛楼台。没想到在这个秋夜，我又坐在了它的身边。就着夜色，我隔着马路看过去，翠湖宁静安详。翠湖不是西湖，也不是颐和园的昆明湖。它既没有脂粉之气，也没有雍容之派。它就是一个纯朴清秀的村姑，像汪曾祺《翠湖心影》里那个磕了门牙就爱吃麻婆豆腐的姑娘——眼波流动，并无心机。

我喝茶原来是没有讲究的，但有便喝。家乡在安徽，不怕没有茶喝。几十年来都是喝绿茶,偶尔喝点其他的茶,铁观音、乌龙、祁红。多年前在厦门喝过一回工夫茶,当时还带了一套茶具回来,可最终还是没“工夫”去摆弄它。去年在张家界,喝了一回擂茶,茶叶、芝麻、老姜、米,加盐放在一个擂钵里擂成细末,开水冲喝,寡淡无味,如吃面糊。也许是在景区路边,不正宗。但我总觉得擂茶是点心,不是茶。因为擂茶是能“吃”饱的。去年夏天,我倒是喝了点正宗的好茶:太平猴魁。安徽出好茶,黄山毛峰、六安瓜片、舒城小兰花,都是不错的茶,但我喝了也就喝了。唯独这太平猴魁,喝了忘不掉,让我知道什么是真正的好茶。这喝上了瘾,今年夏天怎么办?太平猴魁,你把我的嘴弄刁了!

普洱茶属熟茶,也就是发酵茶。发酵茶的共同特点是性温不伤胃。在昆明世博园的一个茶楼里,给我们表演茶道的小姐,说普洱茶含八种微量元素,具有去脂消食、降血压及预防心血管疾病、糖尿病等功效。我想这是不是有些夸大了,有这么多的功效,医生还不都下岗了?但性温不伤胃、醒酒提神是肯定的。

刘醒龙曾写过一篇饮普洱茶的文章,说普洱茶是一块璞玉,是“看上去比离离荒原还要沧桑”的化石。是的,普洱茶只产在云南南部普洱县境内及澜沧江流域,要以云南大叶茶为原料,通过长期存放自然陈化,或是人工渥堆加速发酵制成的。它的生长和生产过程都甚为神秘。它形状古怪,色泽丑陋,绝无江浙绿茶的一派清纯和淡雅。可一旦泡出来,汤色红浓明亮,具“金圈”,汤面上看起来还有一层油珠似的膜,入口则滋味浓醇、滑口、润喉、回甘,舌根生津,陈香浓郁。

普洱茶,说白了,还是个工夫茶,是细茶,当一个“品”字。如果抓上一把,放在真空杯里,那便是“牛饮”,则失去了风韵。普洱茶当在庙里喝,古刹名寺,绿荫披挂,一盅,一盏,一石桌。三两知己,一副残局。或手持经卷,目视远方,心无旁骛。当然,如果境界不到,也宜一人阳台独品,手持一册小说,也未尝不可。最恶俗的是在茶楼里,说些世俗小话,一边饮着这醇厚仙露,一边一副不屑一顾的表情:某某怎么怎么了,某某又是某某的情人、小蜜。而所言之人满嘴恶臭,怎配与普洱为伍?

当然,翠湖边上,也是最宜喝普洱的地方。我在一壶春的墙上看到一副对联:“阑珊灯火殷殷切语道知心,鸥唱数声你我同醉一壶春。”这里的醉,不仅仅指茶,还有性情、心情,甚至风骨。

其实,昆明不仅有普洱茶,还有红嘴鸥和“彩云之南”的美丽风情。正如爱尼人一句俗话说的:“竹筒米酒醉死你,漂亮阿布(姑娘)爱死你,哀牢山的乌骨鸡馋死你。”

昆明,谢谢你!

山果

女孩儿都说采果子，于是我们上山。

这个山脉都晓得的，叫大别山。这座山大家不知道，她有一个很好听的名字：大崎山。我们上的就是这座山。

山是险峻的，险峻与神秘相承。神秘令少年们神往。走在垂练般的山道上，山道卵石犬错，滑。女孩儿便拽男孩儿的手。这样的牵手只能在山上，于是就有了一份安静。雀儿似的女孩儿哑了。男孩儿一下子全长大了。

山全不能理会。山涛在远处与泉声齐鸣。道旁的松柏都拥着他们咧。远处山坡的楠竹，在他们眼里，俨然一派涌动的绿。

山蝉在头顶吱咕吱咕地叫。山蝉是褐色小巧的，翼翅闪着金属般的蓝光。它竟能使一棵树都在叫！树是一棵世纪之灵——黄山松。

“看你再叫！”叫北的男孩儿撒了手，捡了个卵石仄射树顶。蝉并没有哑住。倒是被撒了手的叫燕的女孩儿一脸茫然。燕圆圆的脸，脸上有一弯白天的月牙。

“先采山楂去吧!”叫霞的女孩儿在上面。她已被叫泓的另一个大点的男孩儿牵进岔道。霞长得细长,那一头黑发惊诧了北。

“山楂在太子洞。”燕在下面说,她的意思是泓走错了。

“我们从夕照壁走,在那里看一会太阳。”泓这会已登上一块磐石,正伸手拽霞上,样儿挺好笑。

“哈哈哈——”北对燕哈哈大笑。

这真是一座不错的山。这四个孩子已经来过好几回了。他们有一回登上龙王顶,都找到了自己的家。他们的家住在巴河边。泓和北住在上巴河,霞和燕住在下面一点,自然叫下巴河了,其实并不远。

“要是天黑才好玩。天一下子就黑了,我们不敢下山!”

“‘才好玩’,不哭鼻子?!”北一甩燕的手,说的是燕。

应该还是个秋天。四个孩儿也是上山采果子,他们采了一大抱芭茅和五味子,还有野山楂。忽然就下雨了,他们躲到一个洞里。后来天就黑了。他们摸到山顶,坐在一块巨石上。月亮升起来了,松涛在四周悲咽。他们害怕极了,不敢下山。燕又怕又冷,就哭了起来,哭得霞也哭了起来。泓这时多想奶奶能来,月亮已停在头顶。

一甩手,到了夕照壁。

夕照壁是大崎山的一景。太阳强烈了起来,群峰都在他们的脚下。薄雾是随太阳升起来的,笼罩群峰。燕闭了眼看太阳,太阳全在脸上,眼前一派红芒灿烂。

“太阳是红的!”惊喜的燕去叫霞看。霞迎太阳。泓迎太阳。北迎太阳。

转下去,到了太子洞。

太子洞并无太子,只是个洞。洞口旁的野山楂树有五六株!每株树上都结了许多山楂果。真是多！有小半都已经红了。真红！结在绿枝间真好看！

“那是五味子！”泓一指洞顶。呀！仰头看，一棵大树，树上缠满五味子碧绿的藤，还有叶。一串一串，一嘟噜一嘟噜，挂了下来。也是通红的，只是一嘟噜有几十个。

树上也是一个蝉在叫。

摘果子的该是泓和北。泓去摘山楂，北当然攀缘上树，采那一串串的五味子。

太子洞这时真有两位太子了。是霞是燕。不，是观音，两位观音。细长的观音口中含有一枝蕨；圆脸的观音举着一束小黄花，那肯定是勿忘我。

心想的是：“要是能住在这里，就和北和泓。饿了就吃山上的野果。同大山一道成长，早晨第一个迎来太阳，夜晚又最后一个送走月亮……”

说出来的却是：“洞里肯定有蛇！”

霞呀的一声，骂出一句“鬼”，且打了一下燕。

果子回来了。看这北这泓，采了究竟有许多。泓的手染得通红，北的也染得通红。

“我上树时，见树上刻有名字。我认出同我爷爷的名字一样，也叫：王——树——”先开口的竟是北。“也许是我爷爷。”北又说。

“倒着念，树——王——”泓冒出这样顽皮的设想。

北的爷爷采山果肯定也是给另一个叫燕或霞的了。

这四个孩子，他们的祖先以及爷爷，都曾受到这山的养育，却都没能走出这些山。如今都长成山上的一棵树——一棵老树。

还有许多人也将长成树。

这些孩子呢？现在——

她们抱着满满一胸口的红山楂和五味子。

这两个女孩儿，满脸是笑！

泓和北挓挲着通红的手，望着笑开了花的燕和霞。他们也在笑。傻笑！

在对面山头看，这四个孩子就是山上结的四颗果子了。

辑三

『车子想回家呀！』

——80岁父母来省城小记

上午10点多，父亲打来电话，说车子过了全椒县城，上了高速了。

很多天前，父亲来电话，说省城的一个医生，会用贴膏药的方式治疗肺气肿，贴三次即可，县里有人贴了，据说效果不错。父母要来，我当然欢迎，高龄了，不是说来就能来的，真是来一回少一回了。

昨晚来电话，说不要接，自己打的过来，我说接一下方便些，可父亲坚持不要接。父亲性格刚烈，说一不二，再说多了也无济的。我又反过来想，父亲是精明之人，一辈子要强，遇事喜欢研究，估计也问题不大。

这会儿父亲打电话，说还是要接一下的，在中途下车会很远很远，还是到车站接一下吧。

省城车站多，自从有了私家车便很少去车站了，不知现在去我家乡县城的车停靠哪个车站。我在电话中大声说："问清楚司机哪个车站，几点到站。"父亲的耳朵这几年明显背了，车上又吵，他根本听不清楚我的话，在电话中一个劲地啊、啊、啊。上次也是，他来电话要我先去医院看看，顺带先把号给挂了，省得来了排队麻烦。我去了医院，联系好医生，并且还要办个就医卡，我在电话中告诉他说："要办个卡才行啊！"他在电话中也是，一个劲地说："还要检查啊！还要检查啊！"我说："还要有个卡啊！"他还是啊啊的。于是我不耐烦地说："把电话给我妈妈。"好一会儿，电话中传来我妈妈的声音。我说："问一下司机停在哪个车站、几点到达。"母亲也是听不到，我只听到她在电话中自言自语："车子声音这么大，我哪里能听得到？"之后又对我说："我听不到啊，耳朵背气，一点听不到啊。"我母亲一贯能言善辩，她出生在穷人家，可她的机敏程度，一点不比《红楼梦》里的王熙凤差。可能是过去家里太困难，穷亲戚有几百个，她操持这么一个拮据的家庭，没有一点善变和小心机是不行的。她的虚情和吝啬，对我们也是一样的。我习惯于她的风格。一辈子了，我们太了解她了。我又对着电话喊："把电话给我爸。"这一下她听清了，把手机又交给了我爸。

父亲在电话中还是啊啊听不到啊，我于是一字一顿地用嘴对着手机的话筒大声说："问、司、机、几、点、到、车、站、什、么、车、站。"说完，又说了一遍。这一下父亲听到了，说："十一点十分啊。"过一会儿又说，"明光路车站啊。"我听清楚了，便立即准备出发。

为他们来，和妻子还赌气了一回。妻子说，他们来了，客厅睡一个，她奶奶同女儿睡。我心里想：父亲最爱安静，若把书房收拾了，放一张床给他，他可以关起门来，这样要安静得多。可书房书太多，要收拾起来也是很麻烦，妻子不想动，而且她还想着在书房电脑上炒股，最近股灾，她套上了，这几天国家忙救市，她每天盯着电脑，想解套呢。于是她坚持不肯收拾书房。

我赌气说:“干脆我去订宾馆,让他们在宾馆睡算了。反正也不怕他们回去讲,到儿子那去,儿子不让他们在家里睡。”我又对妻子动之以情,“80 多岁了,他们能来几次? 再来一两次最多了。”

妻子被触动了。她很高兴地去收拾房间,又上菜市场买菜,做饭。

我则上街去买了一张新的折叠床,好放到书房里去。

那天我去找医院,这家原叫针灸医院的小医院现在挂牌为医科大学第三附属医院了。我先找朋友打听,之后又亲自跑一趟,挂号,预约名医。进到医院,我一下子被震住了:可以说太壮观了,一医院都是中风的人在楼下院子里散步、透气。能走一点的,拄着那种专门的四个爪子的拐杖,一歪一歪地走。不能走的,坐在轮椅上,被陪护的人(这些人或亲人或雇佣来的)推着。坐在轮椅车上的,造型也是奇形怪状,看得人心里真是又惊又怕。

可是一离开医院的大门,来到大街上,又是一马路的车水马龙,人们匆匆忙忙地走着,各人带着自己的心思去赶自己的路。

现在我去车站的路上,刚走了一半,电话来了,电话中父亲说:“我们到啦! 刚下车,在车站大门等你。”

我加快车的速度,可是老城区,路窄车多,树密人稠,乱七八糟。我小心着,七拐八绕,还是来迟了。好在我刚停好车,就见父亲拎着大包小包,在那东张西望,母亲贴在父亲身后,手里也是两三个小包,正呆呆地望着远处。我小跑过去,父亲一下子看见了我,就朝这边走来,母亲还愣着,父亲不耐烦,用胳膊肘儿抵了一下母亲说:“走走走,赶紧走。”母亲一愣神,立即跟上了父亲。

我接过父亲手里的东西,嘴里说:“大包小包的,又带什么东西,不要带什么东西来。”父亲不吭声，紧跟在后面，母亲紧跟着父亲。

我开好车门，将东西放好，安排父母前后坐下。回来的路上，母亲说：“又没有什么东西，一点土鸡蛋，一只老鸡，昨天杀好的，放冰箱，早上出门时带的，中午就把它煨了，还算新鲜。”父亲不吭声，一路望着窗外，忽然问：“这是什么路啊？”我说长江路。父亲一副惊奇的样子：“长江路变成这样了？过去我们来开会老住在长江饭店，那个时候，长江饭店，算了不起的啦！”

进了我们小区的院子，父亲一下子熟悉了起来。因为小区一直没有任何变化。进了家门，大包小包地放下，我让父母先坐下休息，妻子在厨房也正噼里啪啦炒得起劲。不一会儿，几个菜端上了桌，有肉圆和烧小鸡，还做了一个红通通的苋菜汤。中午一顿丰盛的午餐，父亲还喝了点酒。本来不让父亲喝酒，母亲主动说：“有没有酒啊？拿给老头子喝喝。”我说：“肺子不好不能喝酒，要克制。”父亲笑着说（很有点不好意思的样子）：“医生说能喝一点嘛，喝两杯好下菜。”母亲接着说：“今年给他喝掉几十斤酒，每顿都喝，给他喝了一屋子的空酒瓶。”父亲说：“散酒啊，几十块钱一斤。”

吃完饭，坐在餐桌前闲聊。我把医院的情况说了一下，把就医卡找了出来。母亲说：“明天早点吧，迟了排后面。”父亲说：“六点钟吃饭，六点半出门吧，早看早安生。”于是说定了，一个下午无事，他们看看电视，我则忙自己的事了。

第二天早早来到医院，因我已踩过点，环境和所在楼层都已掌握，因此没费什么周折，可是一进到预约的病房，嗬！一屋子的人。捷足先登的大有人在。我们慌张地排上一个队伍，排到一半，我仔细研究一下各队情况，发现父母所排的这支队伍，不是我找的那个名医的队列，于是我又转来悄悄告诉父亲，让他们转移。父亲悄悄拽了一下母亲，又赶紧排到最里面的一个队列去。

排定了心便安了下来，慢慢往前挪吧。我到处走走，研究新情况，见到一个老年妇女正在和别人聊着，我走上去侧耳旁听，她嬉笑着说："我 30 岁时就有关节炎，就是找了这个医生贴膏药，效果还不错，贴了几十年了。近几年腰疼，于是又改贴腰上了。"

随着队伍的挪动，贴起来还是挺快的。我还特地跑到医生跟前讨好，说我是那天专门找过他的，父母也是从县里专门慕名而来的，希望能引起他的关注，给认真贴贴。可是这个医生无动于衷，对我的拜访已没有一点儿印象，他心不在焉地将粘有浓稠黑色液体的膏药拍到那些老人的前胸或后背上，一会儿一个，一会儿一个。

随后，轮到了我的父母，父亲掀起瘦瘦的前胸，很快被贴了几块大大的膏药，母亲坐过去，同样脖子上被贴了好几块。

之后交钱领药，过些日子，还要再贴两次，医生都一一写了。我们也一一记下。

父母安心了。一项梦想了几个月的大事完成了。

回来的路上，父亲说："现在反腐败形势这么紧，你们经济单位，这次有人出问题吗？"

我说："没有。"

父亲说："银行制度完善些，可能执行要严格一点。政府部门，特别是搞什么开发区，整天就招商招商，开发开发，胡搞一通，害了很多人。"

我妈在后面插嘴说："一出事，就完了，猪不吃狗不闻的了。"

父亲说:“这个时候,要处处小心,对自己要严格些。”

我边开车边是是是。

到家里楼下,他们自己上楼了。我回单位去。

晚上回家,稀饭早已做好了,在那里凉着。家里有老人,生活就是要条当(方言:有条理又方便。)得多。母亲又炒了几个下饭的小菜。这个厨房,才一天,俨然就是她的厨房了。

晚上父亲依然喝了点,酒瓶就放在桌上,一开饭,他自己就倒上了。

吃过晚饭,坐在沙发上看电视,父亲对政治是十分有兴趣的,《新闻联播》,雷打不动,是要认真看的。

新闻之后,电视里开始放抗日神剧,这时候我母亲来劲了,脸凑上电视去看,而父亲却不大在意,他有一搭没一搭地看着,忽然对我说:“你们中秋节、国庆节怎么安排?”

我说:“没有安排,还是回老家去吧。”

父亲想一想说:“今年 80 岁,是真正的 80 岁,去年是虚 80,要是你们回去,你老家的同学、朋友,弄两桌,怎么样? 平时又多麻烦人家。”

我一听头皮就麻,去年为他们过 80 岁生日,把我们给烦死,又是编纪念册,又是订酒席、请客人的,我最烦这些事情。于是我断然地说:“不要,一桌不要,家里人聚聚就可以了。”

父亲听我这么一说,把他给噎了回去。他脸色不好,要发作,半天不吱声,硬忍了下去。

第二天大早,我起床时早饭已全部弄好。匆匆忙忙吃完,我拿起包去上班了。

中午回来，吃过中饭，妻子悄悄对我说："你妈妈要逛街，要我带她去，想买衣服。"

我笑起来，人真是的，年纪再大，也还是那个人。母亲年轻时爱美，在乡下，四乡八镇的人，认识我妈的都说她长得漂亮。如今老了，还是不能忘，她的腿脚那么不好，走路都要拄一支棍子，还记得要去逛街，要儿媳妇陪着，给买衣服。

妻子说："不要笑，给钱！你妈买衣服，你给钱。"

我没有办法，乖乖地掏了一千块钱。

午休后，我要上班，妻子和我妈要跟我车上街。临走时，母亲对着书房床上躺着的父亲大声说："你在家啊，我和媳妇上街去了。"

父亲说："去干什么？"

母亲说："逛逛，能干什么？"

父亲问："几点回来？还有事呢！"

母亲回道："什么事？"又小声叽咕一句"和尚道士"。一脸的不屑。

我不吱声，望着妻子笑。

晚上下班回来，妻子和母亲已回来了。母亲一脸的满足，在厨房忙活着。

晚饭父亲又喝了两杯，在桌上说，有几个老朋友，想去看看，都老了，跑不动了，能看一回是一回了。可是他的几个老朋友都住得比较远，他也不认识地方，也只是说说而已。

下午在单位，一个刚去了福建出差的同事，带回来几盒铁观音，他每个办公室走走，给发了几包。我带回两包给父亲，说："这是好的铁观音，你没事泡泡喝。"

父亲接过去看了看,又放到了桌子上。

《新闻联播》过后,父亲无心看电视,他问我:“孙女上班有多远啊?”

我说:“不远,和我的路程差不多吧。”

又问:“叫什么路啊?”

我一一说了,并告诉了他大致的方位。

之后便无话,他们早早睡下。

又一个早晨,依然是早餐凉得好好的。我们是匆匆忙忙,扒拉几口赶紧上班去。

中午回来,得到一个重大新闻,父母他们打的到我女儿单位去了。母亲说:“没有惊动孙女,我们在大厅和外面看看就走了。”之后抱怨父亲,“神经病啊,人家只要十块,甩手就给人家二十,你真钱多!”

父亲说:“人家帮你找了。”

母亲说:“帮你问一下就十块钱啊,钱也太好挣了吧。”

父亲转移话题,对孙女说:“五个窗口是不是啊。你在最里面的一个窗口。”

女儿说:“我怎么没看到你们?”

父亲笑说:“怕影响你的工作,我们看看就走了。”

随后大家休息,父亲在书房的床上躺着,门大开着,对着外面的窗子也开着,这样有穿堂的风。

午睡起来,我轻轻走出卧室,见父亲已醒,还在床上躺着,瘦瘦的身体细长细长,他头对着门,赤着膊,下面穿着件大裤衩,他将大腿跷在二腿上,手里举着我给他的那包铁观音在反反复复地看,他像研究一个古董一样，不断地摩挲着，左看右看。他过去可不是这样子，在我童年的记忆里，父亲总是风风火火，不停地忙工作，他30多岁就在领导岗位，家里的客人特别多，总是有许多乱七八糟的茶缸和满地的烟头。

我轻轻走过他的门口，到卫生间去洗脸，等我洗脸回来，他仍举着这个红色包装的一小袋茶叶，看来看去，像一个孩子在玩着一件心爱的玩具。

我忽然心中一涌，眼睛就有些潮湿。

晚上父亲依然喝了两杯，一切如常，也没有多少话可说。《新闻联播》之后，父亲忽然说："明天早上我们走啦。"

我吃了一惊，才来两三天，我花了这么大的精力，专门腾出书房，好让他们多住些日子。回去也没什么大事，"瘫子掉井里"，回老家不还是闲着？

我说："才来几天，不能走。来一趟不容易，不住个十天半月哪成？回家也是坐，在哪儿不是一样？"

父亲是说一不二的，我怎么说也不成。他坚持要走，我也没有办法。不知是他怕我们生活不方便，打搅了我们，还是自己不习惯，有什么难言之隐，不好说出口。反正他拿定了主意，明天一大早就走。

我无奈，只有服从，于是便到冰箱里拿了两盒茶叶和一盒宁夏的中宁枸杞，包好，放到他们的包里。想想又找出两瓶酒，用一个袋子装好。我在沙发上坐了一会，又到里面房间，取了一点钱，塞在父亲手中。父亲客气了一下，也是象征性的，就塞回口袋里去。这也是父亲的变化，过去给他什么东西，他都是一概拒绝，而且态度很坏：不要不要不要……能说上几十个不要。不知从哪一日开始，他变了，给他什么拿什么（但不主动要），最多是客气一下。他好像变成弱者了。我成了家长，他倒是小孩似的。

母亲在整理我给他们的东西，父亲也在收拾自己的一个小包。他边翻包边说："我便秘的药哪？明天上车要吃。"

母亲大声说："早上起来就吃！上车吃，哪来的水？！"

父亲问："明天星期几啊？"

母亲说："星期几？星期三吧？什么事？"

父亲说："没有事，随便讲讲。"父亲边往包里塞东西，边说，"明天回家的车子要快些呢！这是规律——车子想回家呀！"

我在客厅沙发上坐着，听父母你一句我一句的对话，眼泪在眼眶里直打转转。我忽然站起来说："早早睡吧，明天还要赶路呢。"

2015 年 8 月 5 日

曙光路的回忆

我永远忘不了那个秋雨的黄昏，我们一家三口坐着一辆小型卡车驶进合肥，穿过大半个当时还破烂不堪的城市，拐进了一条叫曙光路的弯曲的小街。那天下雨，也正是这个江淮地区的雨季。雨滴打在夏季浓密的梧桐树的肥厚的叶面上，发出噼噼啪啪的声响。

那是一辆蓝色的丰田皮卡，经过三天的旅行，我们从北京，经天津、河北、山东（沿途我们还游览了趵突泉、泰山和曲阜），回到了合肥，开启了人生的另一个起点：安徽的工作、生活岁月。

那时黄山路还远没有开建，曙光路从一环的屯溪路进来，折曲着有一公里左右，深入内部，左手一个大铁门，就是我工作的单位的宿舍区。那时还没有商品房的开发，员工所有的住房都由单位分配。宿舍区偌大一片地皮，建有六七幢六层左右的楼房。楼房之间的甬道曲曲折折，被密密的行道树遮蔽。行道树在夏日的阳光照耀下发出一阵阵的香气，我于是知道了那种树叫香樟。院子里设施齐全，有招待所、食堂、浴室，还有一个不错的篮球场。

曙光路上商铺林立，卖光盘的、卖成人用品的小店到处都是，还有许多小饭店，最多的是发廊和按摩房，它们装着推拉门，里面的光线很是吊诡。因为北头有一个小学，所以路边又伸出许多卖文具和小食品的摊位，整日人来车往，乱糟糟的。作家许春樵刚来合肥，就住在曙光路某处出租屋里，他每天行走于这些小饭店和发廊之间，给了他不少的创作灵感，他的长篇小说，有许多素材皆取于此。我来了之后，对路头的一家小书摊颇有兴趣。这是一家夫妻店，他们从卖书报开始，逐渐增加小学生的读物，挣孩子们的钱，同时卖些饮料之类，生意真是越来越好，他们夫妻脸上总是挂着笑容，摊位向路中心也越伸越远。男人总是骑着一辆摩托车进货。有时他进货回来，正好被我撞见，我便会歪着头看他下货，一摞一摞的《读者》和《足球》等。也有文学刊物，我需要的刊物，他这里大多可以见到。几年下来，我们也混熟了，也能大致知道他的名字，并知道他的老家在郊区长丰乡下。有一段时间，每到下午，他们摊位附近的熟人就过来打牌，玩一种叫“诈鸡”的游戏，可以带点彩。我有时周末，下午没事，就过来看看，一来二去，我也是更想融入他们的生活，便参与他们的游戏，也与他们“诈鸡”。这种游戏，讲起来赌的钱很小，每次“上锅”才一块钱，可抓了牌之后，自以为自己的牌还不错，于是便接着“上锅”——“上锅”也是一块钱，但也可以加番，变成两块。别看一块两块，一会儿便可以丢上去一二十块钱，结果没“诈”到人家，“开锅”一看，自己牌小，十几块钱便没了。这样几个小时下来，能输掉一两百块钱。有一回我才一会儿便输了一百多，脸上就有些挂不住，抓牌出牌都有些急躁，而他们表面冷静，却处处打压着我。这些人多在社会的下层，可精明之处一点不差，甚或可以说，精明得很呢！我后来一直怀疑，他们几个可能联手“诈”我的钱，以为我傻，以为我钱来得容易，故意诳我。

曙光路的南头,几乎都是菜市场,原来并不规范,路上摆的都是摊子,后来街道规范管理,专门建了市场,摊位归于大棚之中。

菜市场内琳琅满目,充满生机。各种蔬菜,青绿红蓝。冬瓜、芹菜、菠菜、青蒜、莴苣、花菜、香菜、苦瓜、茄子、胡萝卜、生瓜、土豆、黄瓜、蒜苗、蒜黄、西红柿、乳笋、刀豆、鲜藕、红薯(山芋)、洋葱、山药、南瓜、茭瓜、丝瓜、豌豆、黑猪肉、鸡鱼鸭鸟……应有尽有。

我最感兴趣的还有一家水果摊和一个卖卤货的人家。卖水果的早先是一个很小的摊位,后来不断扩大,全家人上阵,把个水果摊经营得活色生香。水果品种齐全,红红绿绿:香蕉、葡萄、冬枣、山楂、沙田柚、红心柚、水晶梨、新疆贡梨、砀山梨、阿胶枣、水蜜桃、白心火龙果、台湾凤梨、猕猴桃、哈密瓜、纸皮核桃、雪莲果、东方蜜香瓜、无核蜜橘、台湾香水橘、贡橘、鲜柠檬、软籽石榴、若羌红枣、油锥栗、野生苹果、蜂王浆富士、小蜜蜂(一种葡萄)……而那家卤货店,也经营了10年以上,每天黄昏,即亮起一盏橘黄色的灯,把那些卤牛肉、烧鸡、熏鹅和各种杂碎照得金黄发亮,十分吊人胃口。那个小店总是买主不断,想必有的是工作繁忙,无暇做饭。有的是打个牙祭,小酌两杯。有的是添了客人,多加个菜。反正那一家女主人总是脸上油光,动作安闲,而且几年过来,不见苍老,脸上多出满足的快乐。

这条小街充满生的气息,黄昏雨后,挤挤挨挨。人们买的卖的,生意兴隆。声音,油烟,霓虹灯,法国梧桐浓密的叶子,一个老人走过去……

但是有一天中午,雨后初晴,小街上没有一个人,我从小街经过,无意中瞥见一个老人,他坐在一个送货的推车上,手和脚都蜷着,残疾得几乎认不出手脚的样子，姿势很是难看。他被一个男人推着。他的脸上，看不出表情。

他变成了一个“货”。

我不能忘记那一幅画面，那是一个10月的一天。

2015年11月25日

一场牌局

家乡一老人,善打牌。牌者,麻将牌也。一镇上数他技艺最高。麻将136张,条果万,中发白,东南西北风,他是张张摸得出来。他抓牌,三墩搭一,一副牌十三张,他抓到手,先看一遍,之后便打乱牌张(条果万混放),以免看客胡乱插嘴,暴露了牌。一般情况下,他抓一手牌,都是直接将牌放倒在面前,抓一张,有用的,便放一边,换一张废牌打出,这样几圈下来,他把牌一掀,和了!别人看不懂,看半天还不知道他怎么和的。他笑着让别人看,直到别人噢的一声,忽然一下明白了,他才将牌推了洗牌。

他本姓张,可是这个镇上的老人小孩,根本不叫他的大名,给他起了一个绰号:教授。大家见到他,都呼教授。他并不避讳,欣然接受。别人嬉笑:“张教授,玩两把?”他笑嘻嘻的:“好!玩两把!”

各地打牌玩法不一。可谓五花八门。如果有人统计,可能不下几百种,可以编一本《麻将大全》。这个地方打牌是听大绝。所谓大绝,就是听最后一张绝牌。比如有二三果,听一果。这时牌面上已有一家对了果,只剩下唯一一张一果在余下的牌中。这时别人打出或者你自摸,都可以和牌。三家谁打谁给钱,曰:放铳。如果自摸,则三家都输。

老张牌打得好,还有一个重要的原因,就是善于观察牌场情况。一场牌几圈下来,他很快会发现,谁家在忙“屁和”,谁家在“憋”大牌。特别是几圈牌下来,久打不和,每家都神情专注。有的人一声不吭,抓牌手都颤抖,他便知道,这圈牌“坏了”!非有大和不可,每到此,他便不想和牌,专捡自己手上成封的“好牌”,拆了给下家忙“屁胡”的手上打。对家“一条龙”刚“憋”成,他咣当一放铳,下家一声喝:和了!对家的“一条龙”给闹了,对家很不高兴,一把把牌推倒,嘴里一句“他妈的”,老张不吭声。一迭声“放铳了放铳了”!一副后悔不及的样子。

老张年轻时喜欢打夜牌,吃了晚饭出门,天没亮之前回来,一夜下来,老张总是赢得多输得少。那时困难,一场牌下来,也只十来块钱输赢。为打牌,小两口没少打架,这样跌跌碰碰,也生了四五个娃。人生不经过,娃子一天天长大,老张转眼也五十出头。

几十年来,小镇发生了天翻地覆的变化。小镇变大了,冒出许多楼房,镇的周边,土地也被征用了,成立了工业园,镇上原来不起眼的人,几十年下来,也成了王老板马老板,镇上的小汽车一天天多起来,网络布满每个家庭,每家都是几部手机。孩子们都长大了,出外打工去了。

老张老了。头发已完全白了。不过身体还好,除血压略高外,所幸还没甚大病。

老了的老张闲时还是打牌,不过与他打牌的老人渐渐少了,年轻人多了。年轻人们开玩笑,都叫他“张老教授”。镇上开了许多麻将馆,打牌也再不用到家里去了。

老张打牌的这家麻将馆在镇南边,叫“永胡麻将”。这一天,小王、小马、小林和老张相约打牌。说是小王小马小林,其实都是王总马总和林总,他们在镇上都有企业,有的产值过亿,都是大老板。可牌也打得不大,一场下来不过几千块钱输赢,还是以娱乐为主。老张和小王他们,是老牌友了,一般都是这几个一起打的。几年下来,都是老张赢得多,输得少。一年平均下来,老张总是要赢两三万块钱的。别人都知道老张每年打牌还有些进项,问老张,老张总是含混其词:“有输有赢,有输有赢,打牌哪能有老赢的理呢?一年下来,平均不输就罢了!”

问的人总说“张老教授”谦虚,“张老教授”谦虚。老张才勉强一乐:“呵呵!略有盈余!略有盈余!”

这天老张不顺,估计是牌神不在家,打了一下午,老张不开和。已输了有好几千块。老张是久经沙场的。他虽心中犯急,可面上始终不动声色,还是一圈一圈去打。打牌几十年,像今天这样的情况,从来没出现过。过去也有牌背的,但多少还和一点。今天奇了,一牌不和。一个是不来牌,二个是刚刚来了几张牌,几圈下来,刚刚才听,别人乓的一声,和了!

老张今天出门,忘了吃高血压药,一般也有忘吃的。偶尔次把次,也没甚关系。今天可能老不和牌,老张心里不大高兴,血压于是不稳,升得快。老张的脸都涨得通红了。小王对老张说:“教授,看你气色不对,今天干脆不打了,明天再来。”老张也不想打了,准备赶紧回家吃药,输这几个钱,对老张也不算个事。可这一牌,老张来了一手果子,可转了几圈,总是缺一张,不能听牌,老张想打完这牌就结束。如果这牌和了，少说有好几百，如果是自摸，一人就几百，一下子将输的钱扳了回来。老张这么想着，就摸起一张牌，正好是个二果，听了！独钓一果。对家吃了一手牌，有一封对一果躺在对面，还有最后一张一果，在余下的牌张中，就看老张有没有运气自摸了！

老张不声不响，一张一张去摸，已摸了两圈，都是万字。上家的小王似乎发现了情况："教授有大牌，这一下和了，会要命的！"老张面上若无其事："屁的大牌，还没有听张，何以大牌？"嘴上虽这么说，可心中还是发急。像老张这样的老手，都眼睛直了地看着对方手中出牌，不敢有一丝大意，因为剩下的牌不多，顶多再有两圈就抓完了。

老张这么算计着，抬手就是一抓，他只轻轻一摸，就知是个一果，根本不用再看。他心中一阵狂喜，今天这一场牌，几个小时不和。总算开和了！不和不要紧，一和就是自摸大绝，真也太绝了！他这么想着，就高声说：

"和了！自摸大绝！"

说完就把牌往桌上一掼！牌咣当一声，蹦起老高，就听一声响，牌不见了。

三家放下牌，都伸头来看老张的牌，是听独钓的一果大绝，牌是没错的。可是自摸的那张一果呢？只掼一下，飞哪去了？大家一起来找，桌上的"河"中，一张牌一张牌地翻，没有！地下，有人蹲下趴下到地上找，没有！真奇了怪了！老张说，你们身上，你们身上摸摸，看飞身上没有？大家纷纷拍自己身上，掏自己口袋，把口袋底翻了出来，没有！

又找了一遍，旮旮旯旯都找了，还是没有！

老张说，是和了，你们给钱。大家说，肯定是和了，我们知道肯定是和了,可是牌呢?没有牌我们怎么给钱呢?

老张想想也是,没有这张一果,怎么跟人家要钱呢?自己是老江湖了。老张想想算了!把牌一推:算了!不玩了!今天算我手背。说着站起来,可能是站猛了。老张头一晕,就要倒,嘴里不自主地啊哟啊哟啊哟……一迭声几句,人就摊了下去,歪下了。众人赶紧一拥而上,将老张架住,有人就掐人中,有人抱着老张胳膊紧摇:“老张!老张!老张!”

有人赶紧用手里的手机打电话,叫急救车,一顿折腾,没几分钟,急救车来了,人们七手八脚把老张抬上车,小王还不错,亲自爬上车,陪着送老张到医院。可是到医院,又是一阵急救,老张死活不动弹。乱了一阵之后,医生摊摊手,摇摇头,说,没救了。

老张死了。

老张这桩奇事,人们议论了一阵也就罢了。转眼到了年底,永胡麻将馆依然生意兴隆。麻将客依然按照自己的习惯按时来打牌,王总、马总、林总又有了新牌友,他们依然牌兴不减,通宵在这里玩。这天打到半夜,忽然牌桌上方的电棒眨了几眨,不亮了。小林对着外面喊:“胡老板,电棒不亮了,换根电棒管子!”

胡老板答应着,就走了过来,先是用手机上的电筒照着,将管子转转,还是不亮,老板说,等一下,转身去拿来了一根新管子。一边手机照着,胡老板一边下管子,刚将旧管子拿开,在电棒盒子上边的槽子里,有个麻将睡在一层灰中。胡老板惊奇地说,怎么有个麻将?说着就用手抓了起来,一看,是一个一果。胡老板用手将灰尘一撣,一果中间的一个通红的圆粑粑鲜亮了起来。

众人忽然一声惊奇。王总、马总、林总哦了一声,互相对望了几眼,脸沉了下来。

马总忽然对王总说:"小王,'教授'死了多长时间了?"

小王掰着指头,7 月、8 月、9 月、10 月、11 月、12 月,之后望着自己收回来的指头,幽幽地说:"老张走了快半年了!"

2015 年 2 月 23 日(年初五)

外婆

外婆，是孩子的外婆，我的岳母。

早上7点，我打开手机，就忙着洗漱，之后下楼去上班。下了电梯，我无意中看了一下手机，一条短信跳了出来："外婆走了！世界上那个最爱我的人走了！"

短信是我爱人发来的。我愣在楼下，一股热泪就涌上了眼眶。

爱人前几天要回县里镇上去，说外婆睡在床上没人照顾，要回家照料。我当然同意，去年年底，外婆感到身体没有劲，就到县医院去看。一看就住下了，说是胆结石，必须开刀。子女们说外婆年龄大了，80多了，能不能不开刀？医生说，胆管里都堵满了，必须开刀摘除。医生做了各种检查，虽80多，可各项指标还好，具备开刀的条件。那个姓蒋的医生还开玩笑："老太太身体好呢！开了之后活到100岁都没问题！"我听了医生的话，觉着外婆平时身体还不错，脸上的气色也还好，开个胆结石，小手术，也挺有信心。我对持保守治疗意见的小姨子说：开了之后少麻烦，也省得老犯。之后同外婆开玩笑:“没事的,小手术。开了就啥事也没有了!”外婆不说什么,脸上笑模笑样。她知道女婿对她好。

因为相信没有问题,外婆开刀我还出差去了。

手术之后,外婆好像恢复得也还好。我到医院,外婆笑着看着我,她的表情是一脸的轻松,气色也好了。我心里很高兴,心想再过一个星期就可以下床回家了。

服侍都是女儿们的事,见我没事,她们就催我回去上班。外婆说:“你忙,你工作忙,你就回去吧。”我爱人也说:“没什么事你就回去吧,有事给你打电话。”

我也觉得没有什么大事了,于是就回省里上班。

可是外婆这一刀开得就再也没有好起来。过了好多天,人还睡在床上。我心中狐疑:一个胆结石,怎么恢复得这么慢?妻子对我说:“年龄大了,体质差。”又过了一些时候,妻子从镇上服侍外婆回来,忽然一天晚上,妻子对我说:

“给你说个事。”很认真的样子。

我坐在床上,专注地看着她。

她说:“外婆这个病,好像不太好。”

我说:“怎么啦?”

她说:“开刀时发现里面还有一个瘤子,不太好。”

我问:“究竟是什么瘤子?有什么结论?要搞清楚。”

她说:“你不要问了,知道就行了。”

我心里一阵难受,但也无可奈何。外婆这么大岁数了,搞清楚了,又能怎么样?再去做手术?能撑得住吗?

妻子又回到镇上去了。我还得上班。真是时间都到哪去了,一晃一个多月过去了。眼看快过春节了。

春节回家,见外婆还睡在床上,我走过去,掖掖外婆的被头,望着外婆,问:"好些吗?"

外婆笑着,声音很小地说:"还可以。就是身上没劲,不想吃饭。"

我也不能说什么,只得说:"慢慢养,年纪大了,恢复要慢些。"

外婆点点头。

春节在家几天,几乎天天都去一下外婆那里。有一天带外孙女过去,我一直没进外婆房间。她们在里间说着话,好一会儿,妻子出来说,外婆问你呢,怎么不进来?

我于是进去。进去后妻子说,他怕你嫌吵,在外面呢!

我在外婆床头站了一会,又有什么话来安慰她呢?我见外婆一个多月来弱多了,人小了许多。外婆也许以为自己养养就能起来了,也许已经知道自己的情况,知道自己去日不多,只是不愿意去想,或者根本不愿意让子女看出,瞒着子女什么。外婆总是不说什么,只是用眼睛跟住你的身影,望着你,不说话。

春节结束了,我们都得回去上班。一家子去跟外婆告别。

外孙女说,外婆,自己要好好养着,要多吃。

外婆点点头。

妻子说,不想吃就喝点粥汤,水果也可打成汁,猪肝、鱼,都可以煨点汤喝。

妻子是说给在家里的小姨子听的。可是外婆还是点点头。

我说:“我们走了。过一些时日再回来看你,天暖和了就好些了。再到我们那住住。”

外婆望着我,就那么目不转睛地望着我。

我们走了。可是我的心是揪着的。外婆呀!我人虽离开了,可心中牵挂着你!并且心中好像有个什么东西,不敢去想。

可我们还是走了。走了的我们,那个被我们弃在身后的老家,外婆一个人,将是多么孤独呀!外婆不说,她又怎么去说呢?她只能眼巴巴地望着我们。

每次这样的分离,我们都是一种无奈。

岳母出生在一个大户人家。小时候倒是受过良好的教育,一个女孩子,读了县立初中,之后又被送到扬州的财会学校读书。因此,岳母写得一手好字,并且打得一手好算盘。可是生在那么一个战乱的年代,家族很快破败,岳母的后半生非但没能享受到家庭的荣华,反倒因家庭,被拖累了半辈子。因出身不好,嫁到一个小镇上,生了四五个孩子,又被从镇上下放到农村。外婆小时候没参加过农业劳动,也不会插秧割麦,吃足了苦头,之后在村里小学带几个孩子,名之曰:教书。家里只是年年超支,粮食不够吃,孩子们用拾的粪,上缴队里,以抵工分;他们开过小店,为公社厂里加工手工的配件;我的岳父则扎过花圈、春节上街卖过自己写的门对,挣点零钱,补贴家用。好不容易熬到了好年月,却已是年过半百的人,被安排到镇上的交易所。说白了,就是猪摊子,给买卖生猪做个中介。即使这样的一份工作,外婆也做得认认真真。多年下来,账算得清清楚楚、明明白白,更不用说占点小便宜之类。具有讽刺意味的是,这样一个工作,倒是把外婆的特长发挥了出来,她是财会学校毕业的,算盘打得是很好的。

外婆一生胆小,总是谨小慎微。我和爱人结婚,外婆已年近60,可仍然腾出精力为我们看孩子。孩子大了,他们也渐渐老去。可以说,大半生中,我从没有同外婆有过矛盾。不说是矛盾了,就是不愉快也没有。要说有一个记忆,就是我们刚有孩子的时候,外婆来帮忙,我们一家四口睡在一个屋子里,夜里孩子闹,妻子要起来几次,哄孩子,而我则睡得死死的。若叫我起来倒个水或冲个牛奶,则老大不快活。外婆轻轻叽咕:“懒得要死。”我听了心中不快,还多亏妻子明白,呛了她的妈妈一句:“你不要管他。我来说。”外婆赶紧不吱声了。从此之后,外婆从来没有说过我一句。所有的事情,都是轻声慢语同我们商量。等到后来,孩子外公生病,则大部分时间是在我们这里治疗,我待外公如自己的亲生父亲。治病期间,跑前跑后,找医院、找医生的,还背着外公检查拍片。这一下,他们更是像欠着我们似的,什么事都护着我们,依着我们,倒好像成了我们的“乖孩子”,而且还到处说:“都是女婿的功劳。”有时家里聚会,外公精神好,极高兴,大声地说:“女婿功劳大大的!”说完哈哈大笑,弄得我心里美滋滋的,外婆则在一旁帮腔:“还是女婿有用。”

外婆一生不愿意麻烦别人。即使生病了,也不麻烦人。连死,都是这么静静的。她的子女,也多像她的性格。那天妻子短信,是早晨。其实夜里外婆就走了。我看了一眼短信,心一拎,眼泪止不住地下来了。我手里掂着手机,还在电梯里,即拨回电话,妻子在那头啜泣:昨晚11点多走的。

我说:“昨天为什么不打电话给我?”

她说:“昨天下午还好好的……”之后就恢复了平静(她们从来

就不是呼天抢地式的家庭)，说，“你们干脆隔一天再回来，下周才出殡呢。孩子们还要请假，把工作安排好……”

回到镇上，我一进家门，即到后面的大屋里外婆的灵前，给外婆磕头。外婆静静地躺在那里，再也不会说话了。外婆的灵前，油灯在轻轻摇曳。她的儿子在一张一张地烧着纸，轻烟慢慢飘散开。

我一时心中憋不住，就转头到西头屋里(那是我和妻子年轻时谈恋爱的屋子)，躺倒在床上，靠着被子。我的眼泪哗哗地流。外婆的性情那么温和，人又是那么胆小和怯弱。外婆相貌清俊，她虽已 80 多，满头白发，可气色很好，身体很是硬朗，怎么两个月前开个刀，就把外婆开得起不来了？如果当时不开，会不会不是现在的结果？这两个多月，外婆像一盏油灯，硬是慢慢地熬干了。她自己睡在床上，也不提任何条件，我心中存着侥幸，以为慢慢调养，还能恢复起来。我恨自己真的什么能力也没有。

我想一阵，心里就是一阵难受，一股泪就涌了出来。我这样想想，流流泪，心中慢慢就好多了。

生命又有什么办法呢？这是无可奈何的。

外婆出殡的时候，夜里下了一场小雨。已经是初春了，可天气还是阴冷得很。我们半夜就起来了，各个屋子里都在忙碌着，可是十分安静。屋里的灯也安静地照着。大家在灯的阴影里忙碌。是我们这样忙碌着，在黎明前的三四点钟，我们要把外婆发送上路，送到另一个世界去。

2014 年 3 月 9 日

岳父

岳父75了,住在小镇上。我们的孩子今年已是高中生,十多年了,我与岳父没红过脸。可以说,他对我们非常关心,事事时时想着我们,虽然我们并不在他的身边。

岳父一生要强,因家庭出身不好,一辈子吃了许多苦。虽写一手好字,亦有文化,可大半辈子没有固定职业,漂泊于社会。20多岁倒是参加了工作,在当时的县公安局当了个户籍员。可他与我岳母谈恋爱,因岳母家也是破落了的工商业者,因此在一次早间会上,被公安局局长口头宣布开除出公安局。那时岳父年轻气盛,甩袖而去。之后漂泊到江苏涟水、灌云,在镇上的供销社当会计。20世纪50年代国家号召有志青年到边疆去大有作为,岳父便带着岳母从苏北来到寒冷的北大荒,投入开荒的火热生活中。在那里生了两个孩子,后来岳母实在受不了那里的气候,才又从东北回到皖东老家的小镇上来。

回到老家也并不能逃脱命运的捉弄。一家六口被下放到农村,四个孩子都正是长身体的时候,每天张着嘴等待食物充饥。于是岳父卖过自己写的门对,扎过花圈,跑过外勤。一辈子就这样艰难地过来。

可他依然开朗，身体也很好。

不知怎的，不久前忽然一下出了问题。喘得不行，走路走 3 米远，就要歇下来，喘得肺子呼呼响。他开始不告诉我们，在县里偷偷看了有小半年，可是毫无起色，反而越来越重。没有办法了，岳父打来电话，要到省城我们这里来治。

接到通知，我便开始托朋友找医生。根据岳父的症状，主要在肺，不是肺气肿，就是老慢支。爱人也从网上下载了不少有关肺病方面的资料。等他和岳母来了。我一看，人大不如从前，坐在沙发上只是喘气，脸上红红的，手里抱着棍子，过去风风火火的威风荡然无存。我一下子感到，岳父老了。

先联系肺科医院，住了半个月，效果不好，病情反弹。之后又换了医科大学附属医院，又住了半个月。这样前前后后，在我们这住了近一个多月。

他们在这期间，我们一直把自己的大床让给岳父岳母睡，自己却睡到家里客厅的地板上，我们夫妻并没感到有什么委屈。我陪岳父到医院做检查，在 B 超室等待 B 超的时候，人多排队，我们无事就说些闲话。我对岳父说，你过去走路太快了，七十大几了，走路要特别小心。岳父说，过去养成的习惯，弄惯了。又说，原来我就同你岳母搞不来，我老熊她，性格太慢，把人给急死了。我接过话头就说我老婆坏话，说我老婆也是，磨蹭得要死，性格慢得像蜗牛！两个男人说得非常认真。

事后想想，我忽然笑了起来。两个男人联合起来一起说自己老婆的坏话，那个感觉，心中还真是藏着无穷的快乐和小小的甜蜜。

可是我的老婆，却是他的女儿。

父亲买了一块墓地

春节在家,父亲着急得很,要去置办一块墓地。先是想在老家买,去年寒里已议过一次。可是老家要私下和农民直接交易,父亲不放心,认为这样的事情不保险。于是转到找县里南乡的一处公墓。没回家时父亲就来电话初步说过,有四万八的,有两万四的。并说,由你们定,你回来看了再说吧。好像这样的大事是必须由儿子来拍板的。这么些年来,什么事都得听他的,都是他拍板,临了这么一件大事,却放权给了儿子拍板。他已强势了几十年了,不仅仅同我们,他在工作中,也是强势的,所以也计较不得。他这么强势,按说人缘不应该好。可是那些与他相处过的人,都说他好。他的一位部下说,他从来不愿麻烦别人,不知道多么自觉,一辈子不愿麻烦人。人总是两面的。他内心的那一面,还是不容易被别人发现,连子女都不敢说了解。人的表面和内心是多么难以识别啊。

春节回去,刚过了初二,年初三父亲便早早起床,上午到老家上了爷爷奶奶的坟,下午即要去南乡的公墓,并且早早约来我的表弟——四姑家的儿子,我老姑家的女婿——我的表妹婿,以及我姐姐家的儿子——我的外甥,加上我们一家,一行八九个人浩浩荡荡去往南乡。沿途一派初春的气息,桃花、梨花心性急地开出朵来,田野里的油菜和麦苗都开始返青。可以说,一派生机勃勃。这样的节气,和我们此行的目的多少有点不搭。大家都不说什么,沿着乡间的水泥小道,呼呼而去。

墓地原来就是一块坟地,经过改造,加了围墙,铺了甬道,植了树,就成了一处公墓了。也正是祭奠的时日,因此有许多墓碑下有烧过纸的痕迹,也有一些人家拖家带口,刚来祭扫,因此墓园并不寂寞,倒是人来人往,热闹得很。两个老表一周前已来探了底,于是熟门熟路,先带我们看先期已预订的一块两万四的,我看了一下,很小,局促得很。之后去看本县另一位熟悉的老人已预订的一块。这位老人在县里也是有头有脸的人,原是父亲同事,20 世纪 70 年代曾一起在一个公社任职,比父亲还大两岁。那是一块大的。父亲之前就说过,某某也在那个公墓买了一块,是四万六的,老二(二儿子)一把给付了!父亲说得很轻松,好像只是随便说说,可是我却感到内心压力山大。我们在那块墓地的前后转了转,是父亲想要的这块的两倍左右,看起来从容多了。人就怕比,生前比,生后也比。我死活不开口,也就在那看了看,就又转到门口的公墓的办公室来。

办公室并没有人,只有一张写字台,上面放着一台电脑,里面已经站了几个人。老表问:有负责的人吗?几人互相望望,没有理会。过了一会,进来一个女的,表妹婿问:老板呢?那女人爱理不理:在墓园里有事呢!你有什么事?我表弟说,我们上次来过,想买一块墓地,已看好了。女的依然不理睬,转身拿起电话,打出去,对电话里大声说:有人来看墓地!电话里说了一句,这女的又说:说上次来过,跟你讲好了!说完放下电话,对我们说,你们坐一会儿,他马上过来。之后引我们出来,在三面都有门的一间敞开的屋里坐下,说:你们先在接待室坐一下,他马上来。之后转身要走。我表弟说,倒点水来喝喝呀!跑一圈,渴死了!那女的于是找来几只一次性塑料杯子,倒了白开水。七八个人或坐或站,大家喝水。

过一会儿,一个中年男人匆匆走进来,大声问,哪个要买墓地?我表妹婿站了起来:还认得我啊?!我们两个上周来的,预订了一块。他说着指指我的表弟,我表弟冲他笑笑。这个男人急着接话说,你们看的那块没有了,已被人买走了!小的都没有了!卖光了!男人站在屋中心,挥着手,他手上戴个硕大的铜戒指,特别扎眼。

我们一时紧张了起来,父亲坐在木沙发上,仰着头望着老板。我坐在那儿不吭声。我表妹婿说,不是说好了吗?预订那一块。老板说:叫你把定金交上,你没交定金,人家来要,你说我能不给人家?父亲这时开口说话了:我是某某书记,年纪大了,老了啊,想找个安身的地方。现在人死不起,因此想提前买下来。到时候把骨灰盒子往里面一放,孩子们就省事了!——我看某某又在你这买了,70年代我们在一个公社,我搞书记,他搞副书记,是我的助手。

父亲这番话说完,那个男人站在屋中心愣了一下,又回头打量打量父亲,之后说,真的是没有了!这里太小,马上过些时日要扩园——你若是真要,还有一块小的,只有一块,在围墙边上,你看你能不能看上。

说没有了,现在又冒出一块小的。我们不知怎么又有点紧张起来。于是老板建议去看看。我说,走！去看看！父亲说,我走不动了,你们去吧！老板带头走出去,我们一行又跟着。外面热得很,人依然很多,女人和孩子穿得花花绿绿。孩子们手里还拿着气球,在那里跑来跑去。老板带我们七绕八绕,绕到紧靠墙边的一排,他指着一块略小的说,就这一块！他的硕大的铜戒指在阳光下一闪一闪。我表弟说,这一块太小了！老板说,一点不小,和其他的一样大,只是长度短了点,宽度多了20厘米呢。我表妹婿说,是小了一点！老板说,你们看不上就算了,现在要的人太多,太紧张了。我表弟说:靠墙,太偏了,能少一点,给个整数？老板说,一分钱不能少！太紧张了！我表妹婿用脚量了几步,说,是比那边小一点。老板说,差不了多少,那边2米乘1米5,这边方一点罢了！我表弟说,我说吧！不成形。老板说,不讲了！要就给两万一,不抬杠了！我表妹婿不吭声。表弟又说,到时候把墓碑搞大一些,字多。老板说,这个可以。说着就往回走。

回去的路上,我把表弟拽了一下,我们落在了后面,我对表弟说,就这个,我一眼就看上了;一个靠墙,安静;再一个,离墙还那么远,以后可以栽两棵树。墓地有树就成风景,多难得啊！

回到屋里,母亲急着问怎么样,父亲不吭声。表弟说,看了,还可以,靠墙边。我轻轻地说一声,还行吧。父亲说,你们没意见,就交钱吧,订下来算了！省得再费事！

表弟于是对老板说,就那个数,干脆把墓碑上的字纳进去算了！不讲了！好不好？老板说,那不行,我宁可便宜一千块钱,字不能纳进去。字是另外的人搞的,我可以给你预定下,大字十块,小字两块钱一个,一分钱不能少！

我表妹婿还想说,干脆一个整数算了……被我父亲抢了话头:千把块钱讲什么东西!字以后再说。我于是指着我的老婆:给钱吧!老婆拎着包到里屋,老板跟进去,开开抽屉,开了票,又拿出他的和铜戒指一样硕大的私章,盖在发票的一角,之后拿出一个小本子,绿色封面,打开来写着:姓名、年龄、某排、某号、联系人等,又盖了一下私章,交给我:以后不管换不换人,凭这个,就管用。

回到外间,老婆把本子和发票收好。又坐了坐,这时就说些闲话了,父亲的脸上也有了些笑容。他看起来轻松多了!

一行人开始往回走,大家似乎都觉得轻松了!有说有笑,上了两辆车,往城里方向走,走到半路,表弟要下车,说约好去有事;再走一走,表妹婿也下了车。待回到家里,一行七八人,只剩下我们一家人了,亲戚们全中途走了。

坐在家里客厅的沙发上,大家都安静了下来。父亲要那个小本本和发票看。老婆从包里取出递过去。父亲戴上眼镜,仔细看着那个小本本,逐字逐句看了一遍,之后又看发票。发票夹在本子里折了边,他用手仔细去抠,把那折了的边抚平。他坐在沙发上,像个孩子那样用手轻轻地抠那发票的边边。他是那样平静。可是我看着他,心里是那样凄凉。

2013 年 2 月 21 日

房子琐议

作家的房子最好要大一点。作家在家的时间相对较多。作家的书籍相比平常家庭,也要略多一些。

可是作家住大房子又谈何容易。莫言才住九十多平方米,获了诺奖之后,奖金也买不了多大的房子。前不久在太原,我去看了看韩石山。韩先生专门带我到他的书房去参观了一下。书房与住家不在一处,但也不远,也只有一两里路。书房在一幢二十多层的高楼之上,一个一百多平方米的大间,韩先生像公共图书馆似的一排一排地摆满书架,书架与书架之间很开阔,每一排书架都不顶墙,两边留有走廊。这样的好处一个是可以通风,更主要的,可以在书房中走“回”字——在一排一排的书架中走“回”字,在自己的书房里,这是一种何等的气派啊——韩先生带我在他的书架前一排排走过,像检阅一列列战士。韩先生高大健硕,走在中间,有一种“虽南面王不易也”的感觉。

像韩先生的这样的书房,直让人眼馋。能实现此梦想的人,也不多——当然,韩先生的这个书房,与过去读书人的书房还不能同日而语。像袁才子小仓山的“随园”和扬州大盐商的“小盘谷”，现在是只能到园林中才能见到。

我居合肥已十五载。记得十五年前刚来时，只住四十几平方米，进门一个过道，就叫客厅了。父母亲来，只得睡沙发，有时干脆打地铺。再之前，在北京，只有一间房，一家子吃睡在里面，走廊上即是厨房，一条边家家炒菜，吱吱啦啦响，还有说有笑的。那个时候年轻，年轻就是好啊，觉得未来远着呢。心中有梦，就不觉得苦。什么都是好的，孩子还小，自己也要玩儿。房子小，大家的房子也都小，不觉得什么。反正觉得很快乐，现在回忆那时的天，总觉得很蓝。是不是回忆总是美好的？

之后条件好转，先是两室一厅，后是三室一厅。全民掀起房地产热，房产成了经济，叫房地产了。之后一直高烧不退，一边全民住房得到了很大改善，一边房价居高不下，成了人们一块心病。

房子不仅仅是居，它还是家。居家居家。家对一个人是如何重要，怎么比喻也不为过。家是温室，家是暖巢，家是港湾，家是火盆。我曾看过一个城市在小学生中开展的俳句比赛。一个小学生写道：

家
生命的摇篮
风吹雨打不觉寒
永远的港湾

这是对的，特别是“生命的摇篮”，让我感动。没有家，哪来的爱？人不能在树上结巢。

房子大了，随之而来的，是物质的东西也多了。再大的房子，几年一过，东西也是塞得到处都是。我住得还算是不错吧，可经不住我今天带一本书回来，明天带一本书回来，十几年下来，书却从书房入侵到客厅，再从客厅侵入卧室，得寸进尺，鸠占鹊巢，大有不侵占精光不罢休之势。

前不久，为了给一家杂志赶一长文，我将所用资料都搬到客厅，摊到沙发上。每天晚上在那里“捣鼓”，起初家里人还挺配合，说弄完就拿走。可是工程浩大，一占就是好几个月，而且摆得满地都是。终于将稿子写完，本该收起归还原样，可是我似乎还有未尽事宜，又摊在那里好长一阵。终于有一天我出差，回来之后见那一堆数据被装在两只蛇皮袋中，丢到了我书房的墙角。我气不打一处来。这些数据，对于我就是命根子，你们倒好，就这样一气乱扔。不尊重它们，就相当于不尊重我。我一气之下，乱吼了一通，把老婆小孩气得够呛。

事后我想想，也是我的不对。为了自己的所谓“事业”，把别人的正常生活给搞乱了。你说房子大，也经不住你的书这样折腾。你若有能耐，自己去整一个书房，把自己的“宝贝”都摊开来，也没人管你。可是你的家，还得要吃饭，要睡觉，要生活，不能尽着你折腾吧！

不过现在，有的人以为房子可以升值，买房子投资。一家弄了好几套房子。其实房子多了，管理起来也是难事，出租要装修，卖出要办理许多烦琐的手续。人变得很忙碌，整天围着这一点利益转，也挺累。前不久，不记得在哪里乱翻书，看到一篇不知是不是伊索的寓言，说一个人捡到一块金子，别人用一头牛跟他换，他换了，之后又有人用一头驴跟他换，他也换了，再之后是猪，是羊，是鹅，最后有一个人，用一面镜子跟他换，他也换了。他拿着镜子到井台边，正要照一照水，一失手，镜子就落在了水中。这时，这个人笑了。他高兴了起来——这一下终于轻松了。

我们在生活中，重和轻，究竟孰是孰非？有时真说不好。有其屋，屋何如？是房小所困，还是房多所累？重焉？轻焉？真是一件糊涂的事。

私房话

春天到了,人们脱下毛衣,笑着四处走动。

——题记

小引

我们在一个习惯于说大话的时代,什么都要大。大制作、大主题、大场景、大时代。而反映我们内心的文学则相当毛糙。其实我们每一个人都是那么鲜活。不管是官员还是和尚,是小人物还是大人物,其内心的鲜活都是无与伦比的。可是在假话盛行、面具流行的风气下,我们见不到人的真实内心。这里的一组手记,我竭力保持真实,句句指向内心,故称之为小话,或者私语。

一

今天下班,走到小区,忽然去看看自己种的金银花和菜。金银花已多日没去看,那天从它那过了一下,忽然见叶子全萎了。不知是干的,还是别的原因。心想是自己疏于管理。今天见它在近枯了的枝条中抽出了新叶，心中惊喜。想它不久就会重新茂盛。又将自己的几盆菜浇了浇，青菜已开了花，成了菜花。

二

章诒和来合肥，本地报纸做了一整版的专访。章是回桐城老家祭祖的。专访做得很好，章谈锋很健。老太太真是健谈。我在北京见过一次章本人，吃过一次饭。大户人家出来，做派和状态都在那儿，身上有那股劲，就是不一样啊。建议感兴趣的，可找来一阅。

三

今天去看苗老师。苗老师还是书读得多。他说，读书要趁早。我想看一本书，拿起来看时，发现已被我画了许多道道，看过就忘了。所以读书要趁早。我对他说起孙郁和李辉。他说李辉文章好，扎实。孙郁写过一个鲁迅。说不要糟蹋鲁迅，可是孙郁却在文中糟蹋了许多人。别人也是不容糟蹋的。

四

新版《汪曾祺全集》座谈会在北京召开。来自北大、清华、人大、复旦等高校专家、学者为新版全集定调。季红真、孙郁、潘凯雄、解志熙、邓九平和汪家子女汪朗、汪明、汪朝参加了座谈会。会上专家教授们通报他们各自发现的汪曾祺20世纪三四十年代的大量逸文，对汪曾祺的价值和地位将重新认识、评价，意义重大。

五

公布一批汪曾祺逸文目录。分别是小说《河上》《驴》《除岁》《结婚》;散文《昆明草木》《日记抄:蝴蝶》;诗歌《消息》《封泥》《二秋辑》《文明街》。分别发表在《中央日报》《经世日报》《文学杂志》《大公报》和昆明《生活导报周刊》等,均为20世纪40年代作品。应提供要求,不公布发表的具体报刊和日期。

六

今天下雪了。早晨起来,出门,呀!下雪了。天上飞飞扬扬,地上是一片白。我给几个女性朋友发短信:“下雪了,走路慢一点。”

七

最近脑子有点病。从三孝口地下过道过,见过道里一下子拥进黑压压一片人。在电动扶梯上有一对青年男女面对面站着,不时互相吻一下,脑子里就忽然有了一个想法:在这个世界上,有多少人在不为人知的时候拼命地爱,生出满世界的人就满世界乱跑。每一个脑袋里都充满了幻想与欲望,都是一些古怪的想法。

八

老婆在厨房煎鸡蛋,我坐在客厅吃粽子。正是端午。我夹了一块粽子头,蘸上糖,走到厨房送到她嘴里,她歪头接住:“怎么是甜的……”我没有吱声,走回客厅,吃了几口,我又夹了一块,走进厨房,送进她嘴里:“不吃啦……”没有听到一句谢谢……我就在外面讲:“要是哪一天,能把你给弄哑巴了,就好了。”我在街上见到一只小狗,就逗它玩。它不讲话,只眨巴着一双水汪汪的大眼睛望住你(可爱极了)。它如果张口讲话,也许就讨嫌了。

九

早晨到党校转了转。一进院子，就一股植物的气味。人马上精神了。樱桃树、柿子树、桃树都结了果子。一个 80 多岁的老太太，清清爽爽，在院子里摘野菊花的花头，她非常认真地摘着，以至于没有发现我。6 月。农历端午后五日。我折了一枝石榴花，回来装在一只花瓶中，自己秀了一下。

十

徐星来合肥，晚上在牧云人放了他的电影《我的“文革”编年史》和《5 + 5》。真是棒。一种说不出的真实的感动，其实两个片子都是纪录片，却有一种特别的味道。回想 1989 年在鲁院，徐星晃荡着两条大长腿，无言地来来去去，那时还是个青年。这是一个有理想的男人，这么多年坚持着，追求的不过是一种“精神闪烁的感觉”。

十一

今天上午散文新作《那年秋夜》和小说集《蚁民》首发和签售会，十分成功。感谢朋友们的支持。印象深的是，一个小男孩拿一本《那年秋夜》，怯怯地走到我的面前，我不知是大人让他过来的，还是自己来的。我给他签了名，并问他要不要写上他的名字。他摇摇头。男孩俊美无比，眼睛干净纯洁。我很爱他，十分喜欢。只是忘了让人给我与他留个影，以便日后看到。

十二

昨天到黄山，一路暴雨。穿过一个山洞，雨即停了。看远处山腰那雾,如煮牛奶。皖南真美。来过无数次,从未厌倦。皖南景色众多,随便一个小村庄,也够玩上半天。齐云山在黄山脚下,真是倒了霉,弄得没人记得它。如若将其搬到合肥,还不羡煞人也。

十三

昨天在黄山,又遇大雨,几个人躲在始信峰下的一个人工蘑菇伞下,衣裤皆湿,鞋中都是水,叽叽呱呱,狼狈不堪。不过上午还挺高兴,在西海大峡谷,见群山滴翠,时有云海涌来。心中甚悦,大自然之美真是绝妙。正如一个道士所说:“岂有此理,说也不信,真正绝妙,到此方知。”每次上山,见到如此景色,都心中不能自制,感慨造物之神奇。

十四

夏日,蝉在鸣。远处有空调的声音,楼上有水滴下来,打在窗外的雨棚上,一点,一声。外面的蝉在长鸣。

十五

连发烧带咳嗽已一周了。人整个一个昏天黑地,先是拖,想着一觉睡醒就好了。之后在小医院抓药吃不见效,才不得已到省立医院,吊水加吃药,真不是人过的日子。人啊,一切都好时并不珍惜,只有生病了才知道健康的快乐。今写此微博,就是记下这个日子,好了时,别好了伤疤忘了痛,要向自己的健康和好的精力致敬。

十六

在医院大厅吊水。快中午时,进来一对男女,女的一屁股坐下,就熊男的:你猪脑子,叫你快点!叫你快点!原因是中午医院休息,他们拿不到药,不能及时吊上水,要等到下午两点半。女的心烦气躁,男的像犯了错的孩子,还辩解:我以为医院中午不下班呢!女的呛上去就说:你以为!你以为是你的百货大楼!中午都不下班!

十七

到新疆,在喀纳斯,李娟到游客中心见我。我坐车上,车窗玻璃是茶色的,我看见了她,可她看不到我。我就见她聪明的小脑袋不住地转动,一刻不停,十分灵活。她的一切,都是十分焦急的样子,找人的时候,人的精力十分集中。机灵的小脑袋不知在想些啥,手里攥着手机,脑袋能动成那样子,真是可以!

十八

李娟的文字是那么有灵性,一点点的文字,到她笔下就活了。我的老婆说,她的文字是可以延伸的,这是什么意思呢?我知道的,她说出了我们心底的话。我们每个人的灵魂深处,都有一个精灵。可我们的都沉睡了,而她的精灵时刻醒着。

十九

在淮北,听人说起叫卖声。有一个卖鸭蛋的叫:“高邮咸……青皮,味道好得很……”青皮是鸭蛋的表皮为青色。还有一种卖蚕豆的:“五香面……蚕豆!味道好得很!”这里的“面”是柔软的意图。此叫声必须以淮北口音叫,才有味道。你试试?

二十

在微山湖见到一路都是鱼馆,空地上大片大片晒着荷叶,问当地人这是干什么,说是用于做荷叶鸡。没到微山镇,一个同行朋友激动地说:我闻到荷叶的气味了。我们使劲闻闻,似乎有,又似乎无,正将信将疑,果真,走过一片空地,见到一大片荷叶晒在那里。在大片荷叶的后面,一个店面,见店名竟是:红荷饭店。

二十一

到了山东微山县,晚上吃了青豆汁煮青菜、四孔鱼(说是四个鼻孔,此鱼只有微山湖有),有一种小昂刺也好吃,清炖鲤鱼也不错,说是微山湖的鱼,可信。我在车上说,山东人是最好的,在全国山东人是给人印象最好的了。山东煎饼更没有说的,又硬又有咬劲,才顶饱呢!

二十二

家乡女子潘纤云,文笔清秀,才思敏捷。所写题材和话题,都很好。才女也,我看她的文字,每如大家闺秀款款而出,有大家相,若有惜才之人帮衬,定会大有发展,或可留在历史,老夫自愧不如。吾乡清末曾出才女王贞仪,今有潘才女,亦为家乡百年出这么一个才女而高兴。

二十三

今生一大毛病,就喜欢买书。近忙极。今天下班,从一书店过,仔细看那书架，还是见到两本新书走移不动，一册是陈众议先生的《加西亚·马尔克斯传》，我读书甚少，可偏偏特别喜欢老马，看此书，亦可多少对老马多些了解，毕竟陈先生是国内研究老马第一人。另一本《西南联大的爱情往事》，写到沈从文和汪曾祺师徒两人。

二十四

在省立医院体检，一个姑娘给我做B超，在做了肝脾之后，她叫我把裤子往下褪褪，要做前列腺。在一处反复研究半天，说，前列腺有点增大。我说，我知道的，有感觉的。我又对她说，主要是肝，你给看看，是不是纤维增粗？她并没有再检查，而是说，肝要结合验血的情况，你是不是肝有毛病？我说是。她于是说，你的肝是变小了一点。我疑心：变小了，缩水了？

二十五

晚饭局。老朱见到我，说，苏北文字像鱼，人像肉。这个"朱"。饭局毕，有人要打包，老朱说把甲鱼打包了。老莫说，打都不要打，直接顶在头上，可以遮雨。老朱说，这个老鳖烧老了，味道不好。要是烧嫩一点，直接能从盘子里爬出来，鲜活的，那就像苏北"游弋的文字"了。不是像鱼一样的文字，而是像甲鱼一样的文字。

二十六

今天微雨，早从稻香楼过，见微雨蒙蒙，空气湿润，树叶上都是晶莹的雨珠，感到生活在这样的城市真幸福。雨水充足，万物则丰润。

二十七

看胡竹峰的文字，竹峰也许以后能成大器，他读书多，又勤奋。他的几本书的那些文字都甚好，多富见解。他不像一个80后的青年人。看看80后的能有这样的文字，我明白，文学永远是人心的一部分，谁也不能把文学怎么样。市场经济跟文学，两不搭。金钱有时不能解决爱情，而文学有时就管用。文学，每个人都需要，只是或多或少，或者此时多些彼时少些，或者彼时多些此时少些。就像老干部，在任时对爱好文学的嗤之以鼻，退了休，自己没权了，却又干起写诗作画的营生。

二十八

9月，回到县里，从公园过，见“鸟”萝、扁豆和金银花夹杂花墙边乱石丛中，而且长得极其茂盛，进了自家的小院，月季也开得旺盛，石榴和栀子已没有了花，小院芜杂，然充满生气。虽是简朴至极，可在我眼里，那是自然朴素的生活。老人与朴素生活，还是极其相称的，特别是像我父母这样普通的老人。（此节手记写后，贴于博客，一个美女对我说：你把花名报错了，是茑萝吧？花仙要生气的。我回她：花仙不生气。）

二十九

今天去广州，女儿到英国去。不知她能否一路顺利？这个丫头，我伴了她23年，自尊心极强，嘴又不饶人，犟得很，真担心她在外面吃亏。唉！女儿长大了，总是要出门的。记得多年前，我写过一篇

《成长》的短文,说的就是子女的成长,父母的无奈。

三十

女儿十八日从广州飞走。孩子,你什么时候能懂事?给你时间,可是没有生活的历练,人是很难成人的。

三十一

女儿成功到达英国。上午10点多给我打来电话,说了许多话,她那才夜里3点。我说,3点就起来啦!她说,昨天太累了,5点就睡了,所以现在醒了。我说,外面亮吗?她说,挺亮的,路灯。之后对我说,东西超贵,昨天饿了,上街逛,店名没有我们这边醒目,看不出里面卖什么东西,所以看到一个星巴克就进去了。买了一个汉堡,一个5英镑,50多块啊。太贵了!又说,迪拜机场好旧,纽卡的机场也不大,不如广州白云机场。说过海关的时候,一个老爷爷只问了她两句(叫什么?哪个学校的?)就放了她走,而她的一个男同学,则被盘问了半个多小时,不知何故?

三十二

看《新闻联播》。应该说,本届茅奖是宣传最好的一次,而且奖金还多。人是很贱的,对事物难免用金钱来比较,你说你有价值,只值2毛钱,什么价值?过去奖金几万不足为奇。这次一下涨到50万,人们不得不惊奇了。50万,还是不错的一个数字,可以够孩子出国留学一年了。赶早不如赶巧。比如刘醒龙,上届不得这届得正好。

三十三

早上起来。正在刷牙,手机动了一下,女儿从英国发来短信:“搬入宿舍啦! 过几天把宿舍照片给你们看。”我将短信拿给她妈看,她妈还睡在床上,翘起头看我手机。我说:这个短信看起来好像很快乐。她妈说:不愧是作家,还能看出心情。

三十四

女儿从英国发回她宿舍的照片。我看了,真是十分清洁和整齐。发达国家的样子。我们的大学的生活条件,如何能比? 因此要培养出一个优雅的人,要从娃娃抓起,这真是一件不简单的事情。比如我们的童年,没有经过这种生活的训练,成人了,还是邋里邋遢。要改,太困难了。

三十五

昨天到巢湖,头脑发昏,一高兴之下,喝了许多酒。昨天下午回来,失魂落魄,精神极其糟糕,睡不想睡,起来又周身不舒服。于是到图书城——很久没去书店了! 想转移一下注意力并把这无效的时间打发掉。在图书城,一排书一排书看过去,有几本书心中动了动,可嫌拿着重,还是放弃了。之后在长江路上闲逛。看到一个卖热椰子汁的。3 块钱一杯,买了一杯边喝边走,走到市府广场,也没有什么好看的。又上得公交车的站台,找了半天,才找准回家的路,坐了快 1 路公交,回到黄山路,其时路灯早已亮起,我又踽踽走回,回到家中,喝了一碗粥,又无事可做(没精神),躺在沙发上看电视,看了一会儿,困劲上来了,转至内室睡觉。一觉醒来,被尿胀醒,也才6点,之后起床,精神还是木讷。这个酒,真是害人。人一放松警惕,就易出事。今记之,以为教训。

三十六

饮酒过度,第二天则口干。早晨起来,口干得很,于是就蹲在厨房的地上,吃怀远石榴(怀远石榴美名远播,以白籽石榴最为名贵)。年纪大了,突然发觉:蹲着吃东西很快活,是不是年纪大了就有了返童倾向?

三十七

昨天作协开会,推选全国八届作代会代表。文人宜散不宜聚。文人也很自恋,就那么几个名额,都想要是能推举自己则好,于是每人各怀鬼胎,根本谈不上什么公正心,也谈不上把真正在写的、青年作者推举上去。同样一个会,对有些老面孔,也则是会会朋友、吃几顿饭,而对心中还燃烧着文学梦想的年轻作者,则大不同。

三十八

下班从一路口过,见一推车上卖葡萄。那葡萄拇指大小,椭圆。一头青白透明,一头深红。已走过去,出于好奇,又回头,问:这葡萄叫什么名字?答曰:"美人指。"谁给起的?真是好听。刚从新疆回来不久,知道新疆葡萄品种多,说是有一千多种。我们熟悉的,有马奶子、无核白。还有一种玫瑰香,个特小,口味极佳。我从新疆带回一箱，一不留神，给我老婆捣烂做酒了，我说她“无法无天”，这么好的葡萄给糟蹋了。没想到做出的酒，有一种特殊的香甜，味道真是好！

三十九

多家报纸以重要版面纪念鲁迅，有人表示异议，引出话题。我倒是喜欢鲁迅的。鲁迅本来是个作家，后来承载太多，弄得里外不是，太累。我喜欢鲁迅，是发自内心的。首先是喜欢他的语言，他的语言极其准确，简洁有力，是白话的典范。其次喜欢他小说中的味道。他的短篇小说，真是篇篇绝妙。那一代人，小时候接触到许多旧生活——或者说是传统的底层生活——它留在记忆里。鲁迅的小说是极富生活的。因为对生活熟悉，所以下笔准确（不像现在的作家，有时杜撰得离谱）。再次喜欢鲁迅的幽默。鲁迅的幽默不动声色，他真是一个极其幽默的人。

四十

之所以喜欢读书，是因为读书能进入另一种生活。之后从“另外一种生活”里走出来，人便有一种甜美的、满足的感觉。这是一种奇怪的感觉。为什么阅读会给人带来这么一种感受呢？——这种“甜美满足”是任何别的东西所不能代替：金钱、食物，或者性——都不能像阅读之后给你带来的那种微妙的满足感。这种感觉给人一种向上的、自信而晴朗的滋味。什么叫晴朗的滋味呢？用“晴朗”这个词，我是有所考虑的。是的，一番从沉浸下去又走出来的那种特别的心情，就是一种晴朗天空一样的让人心情舒畅的心情。换句话说，心就像被打开了一般。对，心被打开了。

四十一

家门口有一家吴山贡鹅店,味道是本地最正宗的,因此我常去买。特别是中午,有时来不及做菜,顺带买它,是再好不过。说它正宗,是“油而不腻”。这四个字是十分难得的。我家乡也有这种卤鹅,名曰:“秦栏老鹅”,因产自一个名叫秦栏的古镇而得名。秦栏老鹅的口味绝对在吴山贡鹅之上,秘方就在卤上。听过一个笑话,也不是笑话,是个真实的故事:说是有一个省里很大的官,曾到我县考察,中午在镇上午餐,特地上了此道本地风味。大官吃了颇为满意,一再说味道很好。过了有一年,本县官员到省里汇报工作,闲话中,领导说,你们县的秦栏老鹅很是不错,中午吃饭,也上上一道。说者无意,听者有心,立即私下叫随行人员开车回去,捎上最好的卤鹅,于中饭前赶来。家乡到省城来回近500公里。中午宴会,如期上上,首长品尝之中,又是一顿夸奖。首长大快朵颐之后,并不知道,这个老鹅已奔波了500公里。

四十二

《那年秋夜》新书出版前,我想看看样子,就给责编打电话,问在哪个厂印的,我去看看。开车到西门蜀山区,找到厂子,见到一个胖胖的妇女。正巧她就是厂长。我对她说我有点书想印,于是她便领我到办公室,走到半途,她忽然说,我顺路带你到车间看看。我于是一脸平静,跟她到了车间。进到车间,见一堆一堆的书正在装订。我走过去,眼睛尖尖的,忽而就见到《那年秋夜》,正在一个架子车上,等着切口呢!于是我拿了一本说,这书先给我切一本。厂长说:“我送你这一本。”她拿了别人的一本什么书递给我。我说:“这是我的书,先切一本给我。”她一看书上的照片:“噢,真是你的!”工人们惊奇了:“好像!好像!”他们是说照片和我这个人很像。我顺利地拿到了两本书。书很好,心情很好。很高兴。

四十三

跟同事到医院去看一个病人,回来车在环城公园开了一截。正是人间四月天,车窗外桃红柳绿。一路的晚樱和碧桃都开着粉的、红的花儿。同车一位女士说:“天天忙些破事,年年辜负春光。”我说,说得好!她接着说,老师对我女儿说,为什么叫你们背古诗?就是让你们日后谈恋爱时——“人约黄昏后,月上柳梢头。”——在大好春光里约会,见到美景不要总是“我靠!我靠”的。

四十四

你是一个文人你就应该受气,因为你不衣衫鲜亮,因为你不投机钻营。遇到问题或矛盾,钻营之人捷足先登了,小人先告状了,“会哭的孩子多吃奶”。你别说,小人先告状就是管用。我用一世经验告诉你:“小(恶)人先告状,管用。”

四十五

看报。看到一句:“今日少年明日老。山,依旧好,人,憔悴了。”心中十分感念。想想自己的少年仿佛昨日,一转脸(真是一转脸)即年过半百,牙松了,头发白了。每次去登黄山,见一群青春少年欢呼着合影留念,那个快乐样子,我都十分感慨:黄山依旧,春则百花,夏则青翠，冬则覆雪，世世代代都会在那里，而世世代代登山之人，又到哪里去了呢？不管再过多少年，同样会有呼叫着的青年在群峰之巅合影留念。

四十六

朗朗说，一个高潮接一个高潮，这个音乐就失去意义。写作也是如此，有明快简洁，也得有冗长沉重去衬托，有灵动，也得有平实。一路都是明快简洁，就有人会说，不错是不错，就是轻了点。

四十七

要读书！读书！

四十八

朋友若齐，许姓，徽州人氏，实为一俊男。我们称他许员外，实在是再恰当不过。他 50 开外，工作、家庭都不用发愁，小殷实。他 40 岁后开始写作，内容多与徽州有涉，著有《夕阳山外山》《一钩新月天如水》《烟火徽州》和《刀板香》等四部。所记皆为简朴生活，文字淡而雅，多闲适。原来我们相交甚密，留下许多快乐的时光。近年大家都忙，散多聚少。而他还相对清闲，或会时感寂寞。他有时会冷不丁来个短信，有的我看后即笑了，笑后即摇头，脸上肯定挂着快乐。有一年阳历年底，是个难得的大晴天，他忽然来条短信："如此光天化日，有何想法啊！"我看后即笑。这样比喻一个好日头，还真新鲜别致。"光天化日"这样去用，出人意料，情理之中。还有一回，他约大家小聚，发来："明天本埠降温，今晚炮院羊肉如何？"气候、心情都在里头，让人感到温暖。他有时也会来一些莫名其妙的短信，比如一回发：“本埠三十岗有好去处。”秃头秃脑，仿佛是个邀约，也或无意中透出他内心的一点寂寞和小无聊。有一年秋天，若齐打来电话，约去皖南黟县塔川看秋叶。他那天来电，我正病着，回他两日后才能定，之后他却没了消息，我回电问他如何安排，他告给人约不齐，只有改期，于是作罢。中午我午休起床，见手机中一条短信：“你上午来电时，我正在数私房钱。老婆不在家。不多，打断了，得重数。”虽数语。却有明人笔记小品的味道。我看后又笑。我对家里人说，许员外越来越可爱了。

四十九

外面大雨，许多汽车的警报器在狂叫。有人家装修，电钻发出刺耳的声音。

五十

看报，读到一个叫和谷的人写的文章，他在文中引了一首诗：君生我未生，我生君已老。君恨我生迟，我恨君生早。看后颇有感慨，只是要反过来：我生君未生。男女之间难免不有红颜知己，一般来说都是男大女小，他们相见恨晚，却无奈各自已有家庭，心中难免不生出此感慨来。古今皆然。

五十一

天天嚷着要杀人的人，不一定杀人；而那整日闷声不响的，也许哪一天就弄出一个大动作来。正所谓“蔫人出豹子”。

五十二

单位的东西都不是你的，不管是荣誉还是职位，是财富还是机会。得到了算你幸运，没得到也是正常。你永远不要看得太重，贪图那一点好处。要以平常心待之。否则你就会自受其辱。别人得到一座金山，你也不要嫉妒，因为你要懂得：本来你得不到，为何要自生闲气？退一步：金山并不能管饱，而窝头却可以充饥。当然，这也只是自圆其说罢了。

五十三

朋友胡君极富才华，却极爱面子；而我则相反，喜欢自暴其丑。有时朋友相聚，取闹惯了。说某某暗恋某某，某某和某某好了。每说到我，本来没有的事，我都急着揽入怀中，恨不得真有。不是自己的，也替别人大包大揽，希望做个有故事的人。而说到胡君，不管是玩笑还是仿若有其影，胡君一概否认：没有没有，没有的事。要么就是，我不懂我不懂，我不懂你们说的是什么。他穿名牌，很干净很整洁，话又不多。自己说是腼腆。有研究者表示，若从性格组合论来分析：胡君少时属于好孩子。好孩子是夸奖大了的，爱虚荣。而我则是坏孩子，坏孩子多勇于自嘲，说夸张点，多有点玩世不恭。

五十四

一位半官半文的作家，为了炫耀自己，他欲擒故纵，问完颜海瑞："完颜先生，你是什么级？"完颜先生没理他，他于是自己说，"我是副厅级。"完颜于是说："我是皇太级（极）。"

五十五

女儿从英国发回来一组照片，是她学校周边的风景。我们看后给她回信：今天本埠空气污污，灰蒙蒙的。看了你一组校园照片，很不错。最喜欢窗户有花的和窗外开的那些不知名的花的照片。环境真美，拍得也很好，你多幸福啊，搞得我们都很神往了。以后有好的照片，特别窗户啊，住户人家的感觉，也发一点给我们。做菜的照片，感到土豆烧肉不错，建议起锅前加一点点糖，这样口感或更好。西红柿蛋汤也做得不错，放了几片黄瓜甚好，青青红红的，还知道配色呢！你妈妈说，以后有空可以买一点虾蒸一蒸——水开后上锅蒸，10 分钟左右即可，放点姜醋蘸着吃，应该也不错，且极有营养。一个星期可吃两次鱼类或海产品，肉啊，奶啊，蔬菜啊，一个星期搭配着吃，这样营养才会更加均衡，身体才会更健康。另，有空的话，要多走路。学业也要开始的时候多抓紧，分步骤去做，不要等到最后着急。另，外婆跟我们说，你打电话给她了，她很高兴。最后告诉你：妈妈的缝纫机找熟人修好了，很高兴，相当好用。这样的家书读起来很亲切。

五十六

看《看见》，介绍一批跳街舞的青年，其中一个叫冰冰的女孩，为了能有一个稳定的生活，选择了一份 4S 店卖车的工作。她说，我现在已是成品了，被塑造成一个方块，随时会被卡在一个位置上。因此职业套装、高跟鞋就是我的盔甲，必须随时穿上。我一下班回到家里，就把这些全甩掉，换上我跳舞时穿的帆布鞋。

五十七

4点钟,跑去看牙。右边一颗牙疼得不行——牙疼不是病,疼起来要人命。去到三孝口瑞特曼,黄医生一看,用牙钩捣一捣,正好捣到最里边的病牙上,那一下,疼得我跳了起来。他说,就这一颗,要拔掉:一个不好治,再一个是一颗没有用的牙。他又看了看:就这一颗,没有搞错。于是他就上家伙开始拨。先是喷消毒液,又用了许多棉球清洁之后,开始打麻药,他不断说没有事没有事,来麻痹我。忽然一针打在我患病的牙龈上,又涨又疼。我屏住呼吸,坚持着,果然一会儿,没有了感觉。再下来,也就随他去弄了。10分钟后,一颗带血的牙连根拔了出来,丢在了我的眼前。我将这颗病牙,当成宝贝,立即对黄医生说,不要丢掉,我要的。他说好,我给你包上,带回去纪念。皮肤毛发受之于父母,可是年龄慢慢大了,自己身上的东西渐渐老化,要逐步离自己而去,这是一件没有办法的事情。

五十八

拔了个牙,花了200块不讲,人还受罪。治疗了之后,先是要咬着棉球40分钟,之后是2个小时后才能喝水、吃饭。食物要不能太热、太硬。另外24小时后才能刷牙,晚上还不能洗澡洗头。总之是不能引起炎症。一切热的、凉的、硬的、辣的,统统是不能沾的,最可恨的是,还不能,还不能……

五十八

每次陪客人到黄山,自己都愿意上去,想:这一回也许能碰到奇景,比如云海什么的。可是云海岂是随便能撞上的?这次上山,依然是个大晴天,山倒是挺美的,可是没有神奇。在行知亭,看到两边廊柱上的对联:千教万教教人求真,千学万学学做真人。是民国三十五年二月所刻。陶行知真是了不起,从不讲佶聱之语,尽讲通俗的道理。他还有一句话:行动是老子,知识是儿子,创造是孙子。尽是大白话,可我们知道,深入浅出,是最难的。行知先生做到了。大象无形,大音希声。高僧都说平常语。

六十

来到飞来石,见一柱擎天。导游说,可以摸一摸石头:一摸官运,二摸财运,三摸福运,四摸桃花运。有人在边上问:那五摸呢?导游说:五摸怀孕。呵呵!看看中国人的智慧,再看看汉字的魅力。

六十一

周末,老婆早上睡到 9 点才起床。起来后我给她下面条吃。她边吃边说,人家日本和尚早上 3 点就起床了,5 点就吃过早饭了。我接过话说,我们家的中年妇女睡到 9 点才起床。说完我就到书房了。过一会儿,老婆在客厅叫:“老头子!坐过来吃早饭。”我第一次听到人这么叫我,身上都起鸡皮疙瘩。她还补充一句:谁让你先叫我中年妇女的?!噢,原来她是报复。人啊,都不愿意别人说他(她)老。

六十二

老婆前天炒了个素什锦,味道真是极好。她原来不会烧菜,因为她妈妈也不会烧菜。刚认识她时,有一回到她家,见她家所有的炒菜不用盘子而都用碗盛，这肯定是不规范的。我就知道她家不会烧菜。结婚之后，她自学成才，从不会到会，从会到创新，一步一步，走到今天，终于做出色味俱佳的菜肴来。这道素什锦，由七种材料组成，包括海带、白干子、香菇、洋葱、胡萝卜，均切成细丝。另加小蒜两棵，一小把木耳。油锅大火去炒，之后加点一品鲜酱油，少氽水，用小火焖几秒钟。出锅热吃，佐粥，味道真是奇美无比。

六十三

朋友聚会，几个老男人聊到性。其中一个问：你一月几次？要说实话。被问的羞涩，小声说，一次。有人笑：一次？一周一次还差不多?！最少五次吧？另一个人说，也不必害羞。人的一生是有定数的，好像是3600次。有人开始算划多少天一次？有人笑说，那是，早用早完！有人反对了：这个数字太确定了。这么精确，不科学。你这是机械唯物主义。有一个范围，比如多少到多少之间，还差不多，还是需要一点差异性的。那人决绝：不！就3600。我于是说：这不成了打火机？气用完了，就完了？

六十四

老婆做了一个慈姑烧肉，真是久违了！我所在的这个城市的人是不吃慈姑的，他们知不知道慈姑？我不清楚。反正不吃这个东西。慈姑烧肉还真是一绝。——慈姑与五花肉也是绝配。真的。慈姑，还真是蛮好吃的。有点苦，还有点甜，也不腻，还有点清香。原来在老家，多吃慈姑，也没觉着慈姑多么好吃。后来到外地工作，却渐渐把慈姑给忘了。读汪曾祺的散文，也有写到慈姑的。给汪先生这么一写，觉得还是蛮好吃的。文学还是了不起，把它（慈姑）给独独挑出来了。

六十五

老婆回来说，她们单位一个年轻的母亲说自己刚刚一两个月的妞妞："睡睡哭哭闹闹，看看天，吃吃奶奶。"这是文学！你看出来了吗？这里面有盈盈的爱意，仿佛在说自己养的一个宠物。

六十六

认识一个二十多岁的男孩，他的名字叫汪灵珠。我对他说，你的名字起得真好！他说，不好，像个女孩的。我说：好得很，很有灵气。谁起的？你爷爷？你爸爸？——我爷爷死得早，我就没见过！那是你父亲？——你父亲真有才华！他说，我父亲没有文化，是文盲。可我不相信。他说：他是孤儿，小学没毕业。我说，那他怎么能起这样的名字？他说：随口说的啵。

六十七

所谓人生苦短，是人生快结束时，或者是生命已走完一大半，才能懂得。青年人是不懂的（他们觉得有大把大把的时光可以挥霍）。比如我，现在经常五更就醒，之后再难入睡，直至天亮，都迷迷糊糊的。这就是老的表现之一，还有就是……这一切都昭示着生命向后转的迹象。

六十八

今天省文学院在大圩搞创作班，春樵叫去玩，见到那么多热爱文学的人。现在还有人喜欢文学,还那么执着,那么真诚,令人感动,也让人心中温暖。看来,不管世道多么混乱,多么堕落,人的心还是丰富多彩的,可以说:五光十色。见过四川的九寨沟吗?见过黄龙的五彩池吗?人心色彩的丰富,绝不亚于大自然。

六十九

今天去厦门。上次去厦门写了一篇《厦门小记》,自己甚满意。此番重游,对厦门又多了一番亲切。这个城市因在海边,令人向往。厦门大学还可一游,鼓浪屿上的植物也可看看。可是今天的合肥,一派雨意,已是一番入冬的样子了。

七十

在厦门从早上 6 点看窗外天空,从佛头青,到鱼肚白,到浅红色,天空还有一道道美丽的线条,像画家随手拖下的几笔。看到阳光移动,从山顶一处圆形顶上移至一片楼群,最终覆盖整片大地,一派明亮。

七十一

厦门的街道相当整洁,绿化亦好。见路边的紫荆花还有少许在树头上开着,三角梅也开得很好。凤凰树的树顶上的红花则是一点也没有了。朋友说,你明年 5 月再来,凤凰树开花才漂亮呢。我住的厦门金燕酒店的窗外即是筼筜湖,沿湖走不远即为大海。人们的生活整日与海为伍,海便是厦门人生活的一部分。海边的人,生命中也是有海的。

七十二

筼筜湖夜景非常漂亮,晚上比白天好看。夜色下的厦门有一种令人神迷心醉的感觉。我和夏水夫沿湖暴走,竟然翻过湖堤,走到滨湖公园,再往下走,就可以与鼓浪屿相看两不厌了。

七十三

有白鹭扇动着翅膀,一下,一下,贴着水面飞。飞得很慢,它那白色的身影倒映在湖里。我站在酒店 18 层房间的落地窗前,望着湖面,望着低飞的白鹭,只有一只。我第一次觉得它特孤独、沉重。做一只鸟,生活也不易。它飞了一阵,歇在了一棵树上,过了一会,又飞了起来,这时是两只,它们结伴而飞,贴着水面,不一会儿,远去了。

七十四

今天收拾了书房,心情好极。可以写点东西了。之前不愿进书房,是书房弄得像个狗窝,脚都插不进去——你真是个脏乱差的人!现在收拾得好一些,也只是好一些,就欢喜得不得了!心情则大好了起来——我的书房还是蛮可爱的嘛!我想:有这样的欢喜,一定能写出一点东西。反正我是信的。

七十五

买的书太多,读的书太少。时光在不经意中溜走。生命是脆弱的。人生苦短。一切仿佛可以以后去做,可是以后有多远。那实在是冥冥之中的事。

七十六

小区一个穿着制服的保安,走向两个搞卫生的妇女。两个妇女正在说话。保安边向妇女这边走边说:“你们两个交头接耳干什么?”(妇女抬头望他笑),他接着说“……要叛乱啊”,妇女还是笑,并不怕他。他走近了,严肃地:“我要镇压哦!”说着保安已走到妇女跟前,保安笑。(妇女用扫帚在他面前的地上掼了几下,以示打。)妇女笑。保安笑(无声地笑)。三个快乐的普通人。

七十七

权力具有价值感。丘吉尔说过,不热爱权力的人,是从来没有掌过权的人。要想使一个人变坏,你就给他非常大的权力,又不监督他,权力到哪腐败就到哪。所以权力必须进行监督。

七十八

我意写作一定要诚实,保持生活的真实,这才可信。前两天看到一个叫狄源沧(1926~2003)的老先生,是个著名摄影家,他喜欢汪曾祺,生前写过一首诗:喝茶爱喝冻顶乌,看书只看汪曾祺;不是世间无佳品,稍逊一筹不过瘾。“冻顶乌”是台湾的一种名茶。汪为什么迷人?除了文采和精气神,还有一个重要之处,就是真实,他写的人物基本都有原型,他自己说,要叫我瞎编,我编不来,我的写作,总是或多或少有些原型的。我写《忆读汪曾祺》,完全是文本意义,并无猎奇之处,更谈不上去以意为之。

七十九

写作虽为小技，然也同树木山川一样，也各有姿。若愚若智，多少有些差异。有的作家，写了一辈子，可语言不洁。这里的不洁，并非不雅，也非低俗，而是语言不干净，不准确，不精练。拖泥带水，眉毛胡子一把抓，脏兮兮的。好的语言，让人眼前一亮。既精神又俊朗。比如莫言语言，虽天马行空，有时还给人似乎不洁的感觉，但那是一张脏兮兮的孩子的脸，那脏兮兮的脸上的一对眼睛，却贼亮贼亮的，透着灵异之光，显出充沛的生命力。

豆豆

爱,使生命温暖。

——题记

一

早晨醒来,我赖在床上,正用手搓脸。

妻子说:“告诉你吧,豆豆死了。”

我听了一惊,立马心就凉了,没了情绪,翻过身去,背对着妻子。

我郁闷了一会,豆豆的一生像过电影一般从我脑海里滑过。

我禁不住:“怎么死的?”

妻子说:“第一天吃了鸡蛋,第二天就不对劲了。找来医生打针,已不行了。”

我说:“宝宝(我老家父母养的)死了倒无所谓,豆豆死了我很难受,毕竟是我一把屎一把尿弄大了的,有感情。”

妻子说:“哪个不难过?死了就死了。七八岁了,老了。”

我说:“哪有七八岁?是我2000年买的。”

过一会儿，我又问："死了之后怎么了？"

我知道他们肯定不会吃了她，但我担心被送给乡下人，让乡下人给吃了。妻子说，肯定埋了，屋后面。我再无话可说。

豆豆是我们家的一条小狗。从出生3个月到我们家，跟我们生活了好几年，在我们家主要由我来管理她。她也知道我是"家长"，因此几年中她对我感情最深，也最怕我。去年因为女儿初中升高中，怕影响了女儿学习，下狠心送回老家外婆家里去养，豆豆到乡下也快两年了，一直生活得很好。两年春节我们都回去了，豆豆都健康活泼，已适应了乡下生活。同外婆外公及姨娘（女儿小姨）相处得很好。前几天外公还打来电话，告诉说，豆豆挺好的。怎么说死就死了呢？

二

2000年二三月份的一天，女儿非缠着我要到花冲公园去逛宠物市场。我被缠得没办法，只得陪她去。第一次去花冲公园逛，那里面还真热闹。鸟，狗，猫，无数。各式各样，有趣得很，看得人眼花缭乱。特别是那些小狗，有的才出生没几天，眼睛还没有睁开，眯盹眯盹的，在一只只小篮子里爬来爬去。在一个老太太的摊前，有一堆小京巴，每只也就是两三个月的样子，身上的毛雪白干净。抱在手里，一团肉，暖乎乎的。可爱极了。

女儿看上一只塌鼻子的，本来说好的，只看不买，养宠物影响学习。可是她迷宠物迷呆了，像一根橡皮筋，缠着我不放，我见小东西们好玩，也是有点动心，一刀斩不断，于是同女儿黏黏糊糊。最后还是以200元的"聘金"，将豆豆"请"回家来。

刚到我们家来当然是不叫豆豆的。卖狗的也不会给每只狗都起上名字再“出嫁”，刚回来时我还叫她娜莎，可是女儿觉得她没这么洋气，就叫豆豆吧。

家里添了一口“人”，吃的，睡的，拉的，撒的，一样少不了。于是我和女儿开始为她准备窝，找一个纸箱，垫上女儿小时候的旧棉袄，棉袄上还铺了一层新“床单”——一条新毛巾；给她准备一个吃饭的盘子，喝水的“碗”，豆豆一回来就在客厅随意小便，为了从小教她“规矩”，还捺住她让她闻了闻自己的尿，又把她的尿弄到报纸上，把她“请”到卫生间，再闻闻有尿的报纸，告诉她这是她的“方便”处。一切妥当，把她“请”到窝里休息，可是她刚来到新家，哪里闲得住？把里里外外的几间屋都“考察”了一遍，她终于发现还是我们房间垫在地上的一张卡垫比较舒服，于是她死活不肯进窝，只赖在卡垫上不走，如是几回也不成。她是个“哑巴”，也不会说话，总是用一双水汪汪的大眼睛看着你，没办法，只得随她去了。

妻子晚上下班回来，见到这个肉乎乎的东西，妻子不干了，尖叫着说，养狗？人都养不活了！弄这么一个东西，脏死了，谁侍候她？要吃要喝的。我可不管，明天就得给我送走。妻子和我同女儿不一样，她并不喜欢小动物。没办法，我们只得觍着脸，跟在妻子后面。女儿也一个劲地说，不会影响学习的，她挺讨喜的，你过过就会喜欢她的。木已成舟，妻子也没有办法，只得留下来养了。

三

各方既已协调好，豆豆便成了我们家的一个正式的“成员”，日子就得正常去过。

刚买的时候，我们即请教了卖狗的老太太，这么一点大的小东西怎么养？老太太说，好养得很，现在就给她吃鸡蛋喝牛奶就行了。每个星期买一点鸡肝，煮一煮，给她吃。以前我们从来没有养过小动物，没有经验，不过按“方案”来，也不算难。于是我们每天一个鸡蛋，一碗牛奶。鸡蛋她喜欢吃，牛奶也爱喝。小东西不大，可食量不小。小碗牛奶，嚓嚓嚓，一会“碗”就见底了，稀的吃多了，尿就多。她还没形成大小便上“厕所”的习惯，于是家里到处都是她的“尿”迹，沙发下，餐桌肚，客厅，厨房，有时上班忘了关房间的门，她最喜欢在我们床前卡垫上“方便”，虽遇到我们全家的呵斥，可她还不能完全听懂，屡教不改，没几天家里便给她弄得尿臊满天，充斥着一股怪怪的难闻的气味。特别是小东西开始落毛，家里弄得到处是毛。我的裤腿上，整天毛卷卷的。

妻子一面牢骚，赶快送走，赶快送走，一面又说不清为什么，又有点喜欢上她。

豆豆是自有迷人之处的。她除了不会说话（其实她的眼睛会说话），几乎什么都懂，对“家里人”的脾气禀性，她很快便了解得一清二楚，比如她知道我是“家长”，又知道我特别心软，于是对我就亲近一些；知道她“妈妈”不太喜欢她，嫌她脏，就观察清楚，看“妈妈”的眼色行事，不可过分亲热，又要尽量保持可爱的样子；同她的“姐姐”，尽可随便！她晓得“姐姐”最宠她。

豆豆的洗澡基本由我负责。每过一周，我便把她弄进浴缸，用喷淋浴头，给她彻底清洗一遍。她平时很不讲卫生，什么脏的臭的都要闻闻。为此，不知给她“姐姐”教训过多少次。刚开始，她对洗澡并不喜欢，总想逃避，我一捉她，便知道又是洗澡，便夹着尾巴，低头小跑。躲到桌子下面，但很快便给我捉了回来。她无可奈何，日子长了，也知道洗澡是一件快活事。也晓得,反正是要洗的,于是积极配合,一洗澡便软肉一堆,随你去弄。日子长了,我对她身体的每一处都了如指掌,也可称为半个"狗爸爸"了。

四

两三个月后,我要出一趟长差,到西藏去一趟,一去就是20多天。

临走时我反复交代,要照顾好豆豆。每天吃什么,几天洗一次,否则毛会打结,也会生虱子。可是那天我一回家,便发现豆豆被关在阳台外面,窝也放在了阳台上,身上脏得像只野狗。我便煮了一个鸡蛋,并和了一大碗牛奶。豆豆似乎已很饿了,急急地喝了下去。我见她除了脏,精神也还好,便放心地去上班。可晚上下班回来,我一到阳台,就发现她不行了,睡在阳台的空地上喘着,肚子起伏的频率很快。

她见我回来,想站起来走过来,同我亲热一下,可走路时,腿一走一软,一走一软,立马就要倒下去的样子。我有点慌了。等女儿回来,我们立即送她到宠物医院。经医生检查,没什么大病,好像是肠炎什么的,给打了一针。回来洗个澡,没两天就好了。但她们母女俩可没少挨我的数落。妻子是一句口头禅,反正是你们要养的,我不管。女儿说我不会弄,是妈妈把她放到阳台上去的。最后弄得我倒是没理了。

天渐渐凉了。阳台上也给她糟蹋得不成样子。于是还是把她的窝搬了回来,放在客厅。可时间长了,连我也实在受不了。主要是冬天都关着窗子,她身上动物的气味又浓,你想想看吧,家里到处充斥着她的气味。她仍然不会上厕所，随地大小便，沙发肚里，有时过多少天还发现她的屎。

特别是她每天早晨5点多钟就起床，起来便“喊”我们。用两只前爪不断地在我们的门上抓来抓去，吵得我们没法入睡。虽不能睡，可我们并不去理她。天长日久，她把卧室的门抓的都是印子。没办法，我们下了狠心，把她“请”进了卫生间。连窝带盆一起请进去了。这下好是好了，她的吃喝拉撒都在卫生间解决。平时关上卫生间的门，她出不来。早上再也不能去抓我们的门了。

我们实在是太没经验。豆豆她毕竟也是个畜生，不能表达。我们哪里知道，卫生间的潮湿，是最不适宜动物生活的。没过多久，有一天又像上次一样，病歪歪的，站不起来了，连走都不能走了。女儿放学回来见到，已先哭了起来。我仔细一看，豆豆身上的毛全球了起来，再扒开毛，见贴肉的里面，密密麻麻的全是小虱子，在粉红的肉上爬来爬去。那后腿的地方，已给豆豆自己舔得皮开肉绽。妻子回来一看，说，不行了，不行了，扔了算了。家里这么小，我说不能养这些东西，你们不听话，偏要养！

女儿这时又有了哭腔。没办法，只有再带她到宠物医院，“死马当成活马医”了。

一到医院，那个姓马的医生一检查，就给我们急了，说，多么好的一条狗，给你们养成什么样？你们若不想要，送给我算了。说着批评我们，怎么能把她放在卫生间?！之后便把豆豆身上的毛全剃光了，将虱子全都除净，又给涂了许多药水，打了一针，拿了一些药。吃的涂的，一共让“狗爸爸”花费了一百多，才算完事。

回来豆豆已成了一个小秃子，样子难看死了，我连着几天给她涂药喂药，总算慢慢好了起来，也慢慢有了精神，神气了起来。

五

这一回我们学乖了，再也不敢把她“赶”到卫生间里了。只有放在客厅，由她去糟蹋。

时光真如白驹过隙。转眼过了一年了。豆豆长得快得很，已老大了。

一年多下来，我们对她已非常了解。对狗的习性，也懂了许多。豆豆快乐地成长。

转眼豆豆成了一个“小姑娘”了，也越发地靓了起来。

我的女儿，对她是爱得不能再爱了。每天放学回来，总是豆豆长啊豆豆短啊。女儿平时是最怕脏东西的，见到蛾子、虫子，便尖声怪叫。可她对豆豆，则一点不嫌脏。打扫屎尿，洗澡，用手在豆豆脸上搓来揉去，在豆豆嘴里掏吃下去的脏东西……只要是关于豆豆的，一切一切，女儿都能做，俨然是一个大姐姐兼小妈妈。

只是豆豆的胆量总是小得很。

夏天的晚饭后，我们带她到小区的草地上散步，在家关了一天，也让她散散心，顺便解决一下大小手的问题。（她每次“方便”之前，总是要头撵着尾巴快速转上几圈，之后才能安安静静地出“恭”，不知是何道理？）刚一出家门来，她便箭一般射将过去，撒欢起来，在草地上一派欢跑，像个小疯子。每每一玩，便不想回去，你要是想捉她走，她总和你躲来躲去，让你无法接近她身。可是你若带她走远了，她便极其小心，走走停停，还不断在一些树下做些记号。如若再远，她便再不肯走。你怎么拉，她也不动，夹着尾巴往回小跑。要是过个马路，她就蹲在路边等你来抱，你不理她，走过马路，她无可奈何，也只得自己过去，便夹着尾巴，猥猥琐琐地溜了过来。样子滑稽得很。

我因是“家长”，担当着豆豆“成人立事”的重任，所以对她要求要严格得多。她对我的了解，也令我惊奇。比如，有时她确实太淘气了，我便用眼睛瞪住她，狠她一下，她便很快知道，立即退到桌子下面，用带点怜悯的眼神看着你。然只要你脸上稍微一放松，她便会发现，就轻轻地走过来，用两只前爪试探性地放在你的脚上，你若再一放松，她知道你气已过了，便立即将两只前爪搭到你的腿上，并一跃一跃的样子，似要蹿上你的身，要你来抱。

我喜欢把豆豆翻过身来，像抱婴儿似的，往空中扔。刚开始她紧张得很，总是要翻过身，企图逃避此役，有时扔在空中还想急着翻过身来。这样我接起来便很危险，于是下来，我便做出要打她的样子。可是每一回，她终是犟不过我的，还是被我强行往空中扔了几回。时间长了，她摸索到规律，发现并没有危险。于是我每次将她翻过身，准备往空中扔时，她便积极配合，早早将四个爪子收拢起来，仰着不动，成一堆肉，一副任其自然的样子。有几次我小人发昏，将她越扔越高，终于一下没有接住，将她摔得哇哇乱叫，那叫声极似婴儿的啜泣，让人心里顿生怜悯。

豆豆最大的“缺点”就是好吃。你有时有意咂咂嘴，她正玩得好好的，突然就竖起耳朵，观察一会，立即就跑过来；或者正在睡觉（她每天中午一大觉，有时睡沉了，呼噜打得还挺响，跟人没什么两样），立马睁开睡眼，一副馋猫的样子。家里每天开饭前，她一听到锅响，便先兴奋起来，在厨房和客厅跑来跑去，显出一派忙碌的景象。我一坐下，刚跷起二郎腿，她便把两只前爪搭在我脚面上，用一双大眼睛眼巴巴地望住你。我心一软，总要挑几块好吃的给她：一块排骨，半只鸡块；有时我有意逗她，把半只鸡块，放在她鼻头给她闻闻，并不给她，她等待一会，便跟你发火，"喔呜喔呜"的脾气大得很；有时为了逗她玩，将半个火腿肠拿得高高的，她便踮起两条后腿，两只前爪悬空，站着转圈，还腾空一跃一跃，俨然一个跳小天鹅的优秀的芭蕾舞演员。但她毕竟人小体弱，又是"女同志"，如是两三回，便不高兴了，快快而去，再不理你——为吃一点东西，遭人如此奚落，也羞愧得很。

六

去年，为了女儿的中考，家里实在没有人"伺候"她。于是全家讨论，决定把她送到老家外婆家去。

外公外婆几年中也到我们家里住过一段时间，每年春节我们回家，豆豆也是跟住我们回家过了年的。外公外婆，同豆豆也算是"熟人"。于是由外婆来接，准备了一个纸袋，也备了水和火腿肠等吃食，豆豆上路了，离开大城市，到乡下小镇生活去了。

刚到乡下时，外婆家的人并不是很欢迎她的到来。特别是我的小姨子，她并不爱狗，而且人爱干净，娇气得很，最厌小狗小猫之类。可是，豆豆是外甥女的最爱，也没办法，只有接收。

豆豆是何等机灵和聪明之"人"，没过多久，她便和她的"小姨娘"搞好了关系，并从此成了最铁的朋友，以至于小姨子大有取代我之势。我们春节回去，我的小姨子已是家里最喜欢她的人了。小姨子一边在厨房里忙活着，一边总是豆豆长豆豆短地说给我们听，并不时说，豆豆最乖了，不晓得多听话。又是念叨，豆豆最胆小了。我要是一去逗弄豆豆，小姨子总是说："不要弄她，豆豆胆小。"我不管不顾，俨然还是以家长的身份，继续弄她，把她扔得高高的。小姨子就不高兴，有一次竟和我翻了脸。

我们进家门的情形实在有趣。到春节的时候，豆豆已回老家三四个月了。她一个畜生，记忆力毕竟有限，可能已把我们给忘了，我们推开外婆家门的时候，她俨然成了一条忠实的看家狗，汪汪汪、汪汪汪，冲了出来。我们并不惧她的，她于是边叫边退，最后一直退到了大桌子底下，还不服气，哼哼叽叽，发些穷狠。

可过了一会，她似乎醒过梦来，我们才是她真正的“亲人”，于是便有点羞涩的样子，慢慢走出来，围着我们，这嗅嗅那嗅嗅，终于一下想了起来，便撒了欢，围着我们狂跑一气。又跑得远远的，冲回来，因兴奋过头，一不小心一头冲到墙上。就像一个乡下孩子，见到在城里工作的父亲回来，带回许多好吃的东西一样，想让满村的人都知道她的喜悦。

外婆告诉我们豆豆这段日子的情况，女儿是最想听这些事的。外婆说，刚开始，豆豆可能不习惯于乡下的日子，特别是没有城里的小伙伴。镇上的狗，都是很大的土狗，凶得很。豆豆每每出门见到他们，便夹着尾巴飞跑回来。渐渐地，她便不再出门，总是一个“人”在家自己玩。

外婆说，在这里，吃得也好，也经常洗澡，快活得很，你们就放心吧。我们见豆豆也是一副很快乐的样子，不但又长大了许多，而且干净漂亮。“人”也活泼得很，于是便很放心了。可怎么说死就死了呢？

七

而豆豆如今确乎真死了。怎么说死就死了呢？这个豆豆！

妻子说，豆豆也许是忧郁而死。她 4 岁了，没有小伙伴，也正是要谈恋爱的时候，不让她出门，在乡下，外面都是大狗子，她又搞不过它们。你没看到，我们每次一回去，她就想往外冲，是不想待在家里啊。

是啊，人是只顾自己的感受，哪里理解得了动物的心思呢？

豆豆也许真是忧伤而死的。

辑四

莎士比亚，我们隔壁的老头

法朗士说过:关于莎士比亚,我所说的只是我自己。

今年是莎士比亚逝世400周年,报纸上有很多报道。我们对莎士比亚为什么不能像隔壁卖水果老头一样亲切?我见过一张莎士比亚的照片,这个四百年前诞生的艺术巨人,是个大脑门、目光十分锐利的人。可这不是我们不能亲近他的理由。

莎士比亚在英国已经走进了人们的日常生活,而在中国莎剧还是一个比较高雅的艺术。其实不仅仅是莎士比亚,就是咱中国的汤显祖,咱们的《牡丹亭》,不是同样是小众的艺术吗?

莎士比亚其实是个奇人,他只受过九年的基础教育,却具有那么广博的学识。他的经历也十分奇特。他于1585年离开家乡到伦敦,整整7年的生活痕迹无人知晓。当他出现在人们的视野之中时,却是受到一位成就极高的艺术家的讽刺,说他抄袭别人的作品。这当然是一段公案,后来的学者则说他“化腐朽为神奇”,善于从古今不同的戏剧家那里借鉴、组合,形成自己的东西。不过话说回来,没有一个人不是站在别人的肩膀上走出自己的路的，因为我们都是学而知之。

我在青年的时候看过《罗密欧与朱丽叶》，在青春少年，自己朦朦胧胧，当然希望一位纯洁的少女走进自己的生活。我们对女孩子的爱，其实是需要学习的。学习的课本就是这些伟大的作品。

其实，作为浪漫主义文学作品的《罗密欧与朱丽叶》，它是用诗写成的。它的比喻那么新奇，人物那么鲜明、那么俏皮。瞧！茂丘西奥、班伏里奥和乳媪的台词，听起来像音乐一般的美妙。我给来一段？

罗密欧：哪一次撒野没有你这呆头鹅？

茂丘西奥：你这话真有意思。我巴不得咬你一口才好。

罗密欧：啊，好鹅儿，莫咬我。

茂丘西奥：你的笑话又甜又辣，简直是辣酱油。

罗密欧：美鹅加辣酱，岂不绝妙？

茂丘西奥：啊，妙语横生，越拉越横。

罗密欧：横得好。你这呆头鹅变成一只横胖鹅了。

茂丘西奥：呀，我们这样打着趣岂不比呻吟求爱好得多吗？此刻你多么和气。此刻你才真是罗密欧了。不论是先天还是后天，此刻是你的真面目了。为了爱，急得涕零满脸，就像一个天生的傻子，奔上奔下，找洞儿藏他的棍儿。

班伏里奥：打住吧。打住吧。

茂丘西奥：你不让我的话讲完，留着尾巴好不顺眼。

班伏里奥：不打住你，你的尾巴还要长大呢。

茂丘西奥:啊!你错了;我的尾巴本来就要缩小了;你的话已经讲到了底,不想老占着位置啦!

这些语言像疯长的野草一般有生机,又俏皮,又贴切。

其实莎士比亚是特别善于写人物的。一切的文学,说到底是人的文学。莎士比亚的语言特别鲜活,不管是王公贵族,还是街坊邻里,他都能用活泼泼的语言,把他们生动地表现出来,而且他打比方信手拈来,毫不费力。在《罗密欧与朱丽叶》里,罗密欧将朱丽叶的脸比喻成"神龛",而将自己的手称为"卑贱之手":"若是我这卑贱之手,将神龛玷污,请让我这样来接受你温柔的惩戒。我的双唇像朝圣信徒,满面红羞,就等那一吻抚平我粗鲁的躁虐。"

且歌且咏,倾泻而下。阅读这样的作品,宜在春天,宜在春天的风中,宜在满世界的花中,更宜于一群男女,不分老幼,随便扮演其中的一个角色,用黄莺一般的歌喉,配以自创自导抒情曼妙的动作,尽情地袒露内心奔腾的感情。

我们要将莎士比亚从神坛接下来,走进我们的生活。我们每一个人都可以是罗密欧或者朱丽叶。而莎士比亚,最好成为我们隔壁的老头,隔壁的卖水果的、卖茶叶蛋的、卖鲜花的——老头。

2016 年 3 月 27 日

张迷和汪迷

我们每个人都是那么偏狭，自己熟悉的、喜欢的、在里面浸淫久了的、像朋友一样的东西，就以为是最好的。书也是一样，我们读熟了，读出了感情，就会排斥其他的书，以一书“障”目，认为别人写的书都没有他的好。比如我对汪曾祺，或者对《红楼梦》。

前不久我到“时光旅行咖啡馆”讲《红楼梦》，以“今生有红楼，人生不寂寞”为题讲红楼梦故事。我去时带了三本书，一本《红楼梦》、一本马尔克斯的《百年孤独》和一本汪曾祺的《晚饭花集》。我对参加沙龙的朋友说：“有这三本书就够了，随时翻翻，随时都能快乐。因为你花一辈子的时间，不一定都能全部背下来，所以你随时看看随时都是新鲜的。它们像你的老朋友一样，随时能给你带来快乐。”

几日前的一个饭局，饭桌上有四五个80后女生，当然也都是30多岁的人了，在社会上混，也是以文化的名义。每个人都读过一些书，甚至可以说不少书。至少自己是这么认为的。每人都是正好的年龄，青春靓丽，喝了些红酒，更灿若桃花，大家说着话，气氛还是不错的。我突然冒出一句：“邵先生有一回曾悄悄地对我说过，张迷的格没有汪迷的高。”

大家都听得懂汪迷和张迷究竟代表谁。我说完没有人接话了。一个叫屠屠的，快言快语，她说：“邵先生是谁？”

我说：“邵燕祥，一个有风骨的作家、诗人。”

依然没有接话。屠屠又说：“邵燕祥，这里除我知道一点，估计没几个人知道。”

我对面的两个美女，都在媒体工作，她们显然是资深的“张迷”，此时目光愕然：这样的话怎么能说出来？我边上的一位年纪稍长，40多一点，她平和一些，对我说：“我也是张迷啊。”

可这句话之后又都不说话了。她们都不说话。刚才热烈的气氛忽然一下子都没有了。每个人都想重新换一个话题说，可一时又不知道如何去说。一个女士说，差不多，结束吧。

倒是桌上一个文化学者，他虽长发飘飘，却要宽容得多。他爱护般地对我说：“张爱玲和汪曾祺怎么能放在一块比呢？他们的风格完全不一样，他们的时代和性别也不同啊。汪淡雅平实，他大部分的作品是老年时写的。而张的作品多写于年少，张不是有一句名言吗？‘出名要趁早啊’。汪多清风明月，张则浓烈繁复。汪多写人性之美，而张多是写人性的幽暗。更况张的时代、张的情感经历等等，这些八卦传闻都够吸引眼球的了。”

我后悔自己的唐突。我记得邵先生当年给我说完这句话时还特别说了一句：“这句话不能给张迷知道，否则他们会打死我的。”今天的冷落，叫我领教了厉害，这比“打死”还要难受啊。

我为何会有如此的想法？不知是我被汪曾祺遮蔽了双眼，还是她们被张爱玲遮蔽了双眼？或者说，是汪曾祺和张爱玲遮蔽了我们——我们无端地放大或者缩小了他们？有时我们真很难认识我们自己，正如我们并不能知道蝴蝶的翅膀是没有颜色的。世界上总有许多我们不认识的事物。前不久我才知道有一种生长在东南亚的巨型的花叫大王花，而它巨大的花朵竟然是臭的。原来我们一直以为世界上所有的花都是香的。这种大王花发出臭气，目的是吸引苍蝇来叮，好为它传授花粉。当然还有一种猫屎，是特别香的，因为这种猫身上带有香腺。有一个笑话，说这种猫要拉屎时，游客会尾随其后，拼命地去闻，那是一种奇异的香，所以有一种咖啡，叫猫屎咖啡。

这已是题外话，我想说的只是我们的认识是多么有限。还是回来说他们两位，我说汪好，是汪的书，随便翻到哪页，都能够感受到一种汉语之美、文字之美，那种清俊是一种无以言说的感觉。一次在三联书店座谈，孙郁先生说，从五四以来，以他个人来看，也就是周氏兄弟，还有就是沈从文、张爱玲，之后就到汪曾祺了。其实，我读汪，也读张。张的语言，确乎没有汪的俊而美。当然，张爱玲的尖刻、促狭、刁钻，汪曾祺是没有的。而汪的清雅平淡、超然有趣，在张那里也是找不到的。话说回来，对于文学而言，淡雅当然不失一种美，而尖刻、乖戾也同样不失一种美，只要是充盈着智慧和人性的光芒的，而不是喷狗血。

这一次饭局，使我受了教育，也让我睁大了双眼，这个世界是多么丰富。有些饭是可以吃的，而有些话是万万不能随便讲的。

2015 年 6 月 23 日

『忙这颗小小的心灵呗！』

一

朋友若齐每次见面都说，麻烦，麻烦，人生就是个麻烦。他此言的基础是他的岳母。岳母 80 多岁，住在一个条件不错的养老院，可是她并不安生，经常同子女闹，说子女不孝顺。岳母原为教师，多年形成好为人师的习惯。见人好讲道理，遇事十分顶真。多年前她还经常给市里领导写信反映各种问题，小区有人偷偷搭建违章建筑啦，夏天小区垃圾不及时处理，有异味啦，等等。有一年春节学校给退休教师每人发了一条真空包装的臭鳜鱼。可能真空包装漏气了，臭鳜鱼真臭了。因为一条鱼，她给学校反映学校没重视，她又给市里领导写信。信中说她是某某大领导的中学同学，从事教育工作多年，任劳任怨，兢兢业业，如今退休了，在人生的晚年，就给发一条鱼，还是臭的，这样一点小事，给学校反映不能解决，只有给市里领导反映，如果市里不能解决，她还要向省里和中央反映。吓得市里领导亲自拎着一条新鲜的鳜鱼上门道歉。近几年年龄大了,没有精力管社会上的事,于是精力便集中用于对付子女,隔三岔五便要找女儿谈谈,一谈就是两三个小时,滔滔不绝的,直到自己叹息一声:我累了,不管你们听不听得进去,作为母亲,道理我是要跟你们讲清楚的。近几个月,唠叨又少了,原因是交了个男朋友——同一个敬老院里的90多岁的老头。有时母亲进市里来,正和女儿"上课",忽然手机响了,在电话中能和老头聊上个把小时,一副热恋中的样子。有一天两位老人更做出意外之事,老头竟然打的将老太从郊区的敬老院带到市内公园去玩,一跑几个小时,吓得敬老院到处找,电话一直打到朋友的手机上。朋友和妻子也吓一跳,也在相熟的人中打电话。直到晚上,两个逛公园的人才迟迟回来。

若齐说,麻烦!麻烦!人生就是个麻烦!所有的一切一切,要直到眼一闭腿一伸,一切就好了。

二

同事小王,相当聪明好学,就是人胖了点。因为胖,还自卑。我对他说,人有才,心灵丰富,外在的就无所谓。他对我叹一声:唉!自卑死了!于是就给我说起一件小事:一位客人来访,领导安排他陪同。这位客人是位女性,人苗条清秀,吃斋信佛,说话轻言慢语。这么一位清秀之人,却很任性。从一下飞机见到小王的第一刻起,就说小王胖。上车坐座位,不肯与小王同坐,轻声细气地说:"我不跟你坐,你胖,身上有一股肉味。"陪她去参观景点,她不肯与小王照相,说:"你太胖了,我不跟你照。"弄得小王一点办法也没有。小王后来对我说,真给她搞死了!因为这事,小王又对我说了一遍:"我倒自卑死了!”

小王不仅聪明,还热爱文学,睿智博学,很有才华,只是这种才华在单位无用武之地。他每天从事单调无味的工作,被人使唤着,他都默默地承受,态度十分谦恭。可是他是一个活生生的生命体,虽然胖了点,可情感的丰富,一点不比一个正当龄的女子差。他与我关系甚好,喜欢与我聊聊,他有时笑着对我说,人生就是煎熬。表情颇为滑稽。他有时也快乐地对我说:我不断鼓励自己,还有10年就退休了,那时就解放了。我对他这个“鼓励”很是赞赏,两个字道出了一个积极的人生。

三

我也喜欢向朋友道心迹。我常说的是,人生就是孤独。一个作家说过,人生就是孤儿。年少时不能理解。后随年龄增长,慢慢有所领悟。他这里的“孤儿”,其实说的是人的寂寞。人的内心,最终是寂寞的。这种寂寞亲人也无法化解,不管是父母还是妻儿,都不能够化解。每个人自己内心里的巨大寂寞,也只有自己能够感知。这是人生的宿命,与生俱来,古今中外,概莫能外。

我的朋友亚妹,喜欢《红楼梦》,在朋友圈中弄了个“红迷会”,整日忙忙叨叨,不是忙红楼诗会,就是忙红迷家园。我久不见她,忽然一天见面,我问她:“整日价忙些啥啊?不见人的。”她脱口就说:“忙这颗小小的心灵呗!”说完顽皮地用手一指胸口。是啊,这颗小小的心灵,看不见摸不着的,却是个麻烦。

咦,说到麻烦,麻烦就来了。因为写这则短文,忘了今天是三八节。老婆在客厅里给书房里的我发短信:“你该出来煮饭了!”我正写到劲头上,没理她,过一会儿,她又往我这发微信:“今天菜场应充满着爱家的男士,女人休息一天。”她发来时我没看到,等看到已 11 点多,赶紧出门去买了一枝香水百合,待回到家,厨房里的老婆没了。菜切了一半,银鱼炖鸡蛋的银鱼泡在碗里,两个鸡蛋放在桌上。饭也没煮,人没了。我知道坏了!生气了,过节没重视她。看看!麻烦又来了!我中午吃啥?文章不能吃,电脑也不能吃。我中午吃啥?

真是的,你瞎操心这些没用的干啥?

2015 年 3 月 8 日

贾宝玉的任性

但凡公子小姐，多少都会有些任性，不然就不叫公子小姐了。贾宝玉对女孩儿好，视女孩儿为“水做的”。但若是一味儿做个“没骨”的男人，也就没意思了。曹公的高明，是写出了一个有个性又有情义的少年公子。刘再复先生一再说贾宝玉是“少年基督”，固然不错，可这个“基督”食人间烟火，又多有公子哥们的任性使蛮，这才有一个活泼泼的贾宝玉。

在《红楼梦》中，任性的人很多，老一辈的，像贾赦为几把破扇子把儿子贾琏“不知拿什么混打了一顿”，连脸上都“打破了两处”。而贾琏，也是任性的。他与鲍二家的胡搞，不巧被凤姐撞见，凤姐大闹，贾琏急了，从墙上取下剑来，“一齐杀了，我偿了命，大家干净”，吓得凤姐拔腿飞跑，一直跑到贾母处，滚入怀里，“老祖宗救我，琏二爷要杀我呢！”贾琏还拿着剑赶来，撒娇撒痴，口内还“涎言涎语”地乱说。凤姐呢，也是任性的，她动不动叫下人“当心腔子上有几个脑袋”。贾琏偷娶了尤二姐，她风闻后，叫来旺儿和兴儿审问。兴儿刚开始还想瞒：“奶奶问的什么事，奴才同爷办坏了？”凤姐一声喝：“打嘴巴！”旺儿过来就要打,凤姐又骂,“要他自己打,用着你吗?一会儿你们再各人打你那嘴巴子还不迟呢。”兴儿于是噼里啪啦打了几十个才得住手。连丫鬟也有任性的,头号任性者晴雯一高兴撕了好儿把扇子不说,就一个司棋,也是惯使性子的。为吃个“炖得嫩嫩的”鸡蛋没吃着,带了一干小丫头子把厨房的东西全扔了出去,还“连说带骂”的,半天才被众人劝住,赶紧给炖了一个,却被她“全泼在了地下”。

这些个主子和奴才的任性,也各有趣味。但他们都不如贾宝玉任起性来可爱。《红楼梦》中,有许多宝玉任性的细节。且不说小时候茗烟大闹学堂,皆是依仗宝玉的势,才敢与金荣大打出手。茗烟从小儿跟随宝玉,可谓是宝玉的死党。第四十三回宝玉去水仙庵祭金钏儿,茗烟不知,跪下祝道:“我茗烟跟二爷这几年,二爷的心事,我没有不知道的……”宝玉踢了他屁股一脚(这一脚很任性,这一脚又很友好)说:“休胡说,看人听见笑话。”仅这一小小举动,就凸显出宝玉的可爱来。只这一句“倒像我的儿子”也只有宝玉这样任性的“富贵闲人”能说出口。贾芸是后街五嫂的儿子,父亲早亡,可人偏最是机灵,他想在贾府谋个差事,先找贾琏,又求凤姐,他大约是《红楼梦》里最懂得行贿的人,为谋在园内植树的差事,赊钱买冰麝行贿凤姐,又将米办的白海棠送与宝玉,以企靠近宝玉。第二十四回,宝玉从贾母处出来,见到贾琏回来,边上站着一个人,并不认识。贾琏告给是后街五嫂子的儿子,宝玉便说了句极为任性的话:“你倒比先前越发出挑了,倒像我的儿子。”没想这贾芸顺竿而上:“如若宝叔不嫌侄儿蠢笨,认作儿子,就是我的造化了。”(宝玉也才十二三岁,而他已 18 岁了)。宝玉的一句玩笑话,便被他给利用上,来套宝玉的近乎,倒是贾琏一句“认儿子不是好开交的呢”,点破了贾芸的奸猾,可宝玉并无一丝察觉，仍然嘻嘻哈哈地说："明儿你闲了，只管来找我玩。"足见出宝玉任性中的天真烂漫。

罗马城不是一天建成的。公子哥儿的任性，也不是一日养成的。薛姨妈搬来不久，一回冬天他在姨娘家吃了一点酒回来，先问晴雯早先东府送来的豆腐皮包子吃了没有。晴雯说，唉！正想吃给李奶奶拿去给孙子吃了。正要来喝茶，见早起泡的枫露茶也没了。问谁喝了，又说是李奶奶喝了。李奶奶仗着是宝玉的奶妈，自是拿大些的。宝玉借着酒劲，腾地火了，把茶盅子咣啷一摔，掼得粉碎，跳起来道："她是你哪门子奶奶，你们这么孝敬她……"说着便要去找贾母，撵了他乳母。

贾宝玉的任性，确实惹了不少的祸。他喜欢女孩子，对女孩子好，这是事实。用他的名言是："见了女儿就清爽，见了男子便觉得浊臭逼人。"但他仗着众人都宠他，有时未免又太自恋。他到王夫人这里来，就能滚到王夫人怀里"扳着王夫人的脖子说长说短"，王夫人也是"满身满脸地摩挲抚弄"，连到邢夫人这边，也受到同样的礼遇，"拉他上炕坐了"，又是"百般摩挲抚弄"，正因为众人都宠着他，他才有如此的任性，猴到鸳鸯身上扭股糖似的说："好姐姐，把你嘴上的胭脂赏我吃了罢。"又敢去惹贾环的相好彩霞，"好姐姐，你也理我一理儿"。（贾环是受不到这般的宠爱的，所以处处充满戾气。）如此的溺爱，使他身上充满了公子哥儿的任性，才有了猛地一个窝心脚，将袭人给踢得吐了血。

这事说来也不能全怪宝玉。在这个春天的下午贾宝玉无所事事，心情不好。先是说宝钗像杨贵妃，被薛宝钗狠狠呛了一顿，之后挑逗金钏惹下大祸（此直接导致后来金钏之死），在雨中看龄官痴痴画“蔷”，以至于淋得湿透，像个“雨打鸡一般”自己还没觉察。待冒雨跑回怡红院，把个门拍得山响，没人应答。好不容易里面听到拍门，袭人慌忙跑去开，宝玉已气极了，口内说着“下流东西，我素日担待你们……”抬腿就是一脚，正好踢在袭人肋上。这一脚踢狠了，踢得袭人当夜口吐鲜血。

这是贾宝玉任性之极致。

当然，贾宝玉并非有意去踢袭人。他气愤之中想踢的是小丫头们。但，难道小丫头们就是可以随便乱踢的不成？可见这个任性的公子哥们，也是分人的。他虽平时对女孩子们好，但蛮横起来，也是不讲理的。

最难得的是同林黛玉拌嘴，盛怒之下将胸前的“通灵宝玉”给砸了，边摔还边说：“什么劳什子，我砸了你完事。”弄得黛玉也大哭不止，“一行啼哭，一行气凑”，把那玉上的穗子死命给绞了，闹得不可开交，把贾母、王夫人都给引来了，气得贾母叨叨个不停地抱怨：“我这老冤家是那世里的孽障，偏生遇见了这么两个不省事的小冤家……”说着说着，老太太自己也哭了。

把贾母气成这样，也只有贾宝玉这个“心头肉”才能干得出来。

贾宝玉虽然任性，但他任性得纯真，任性得可爱。他的任性不同于贾赦、贾琏们，更不同于薛蟠之流，那是有天壤之别的。甚至连这样的比较也是一种亵渎。刘再复先生说贾宝玉是“基督心灵”，是赤子之心，是“开天辟地创世纪第一个黎明的婴儿的眼睛”，我完全同意，我十二分地同意。我以上所叙述的贾宝玉的任性，更是想说明贾宝玉的人格之精彩、之丰富、之复杂。说穿了，是赞美和歌颂。

2015 年 10 月 6 日

去找一本书

——笔记一种

北京安静的窗外的雪。晨7点20起床。来北京两天，一直是下着雪。今日雪停了。我背上包，要去涵芬楼和三联书店看看，去找一本书。

从南礼士路坐地铁。这个地方我应该是熟悉的。多年前我曾在离此不远的公主坟工作，每每骑自行车从此经过。我踩着雪轻轻地走着，可方向还是有点晕。走了一截，忽然看到中国化工那个“试管瓶”的LOGO标志，一下子反应了过来。多年前我每次从这里骑车而过，都会想起我的一个女同学。中学时我曾和她一起补习，上学时总是能遇到她。遇到她时我就在她后面走。我并不能知道她有没有发现我走在她后面，而我就是要走在她的后面才觉得安全和幸福。我有时在后面踢石子，弄出一点响动，她依然如故地走。她不知道我走在后面吗？她那么敏感的一个女孩。后来她考取了北京化工学院。虽说化工我弄不懂，也不是一个美丽的词语，一想到化工鼻子里就会有一股怪怪的气味，可是她考上了这个学校，我便对化工充满了好奇。

再往前走是复兴商业城，这我也是熟悉的。这里都还是老样子。我从门口走过，店里的员工们都在门口铲雪。多年以前，也是在一个大雪的冬天，我曾和朋友在此吃过一顿难忘的晚餐。那回朋友带了一瓶好酒，叫我抱着。我们冒雪在北京城游荡，找这个叫复兴商业城的地方。

我上了地铁，列车呼啸而过，几个站一会儿便过去了。在灯市口地铁站，我下了车，往外面走。在地铁出口处，一个戴着大口罩的男孩把一个女孩紧紧抱在怀里，恨不得把她揉碎。他们并不顾及来往的行人——这算是一种什么行为艺术？

我往地铁出口走去。在一处，我问一个地铁员工：涵芬楼或者三联书店怎么走？这个高个子小伙子一无所知。他通过对讲机问，涵芬楼、三联书店谁知道怎么走？对讲机里哇哇了半天。小伙子说，不知道，没人清楚。我出了地铁，又往前走，过了一条小街。在一个超市，进去买了些水果。结账时我问收银员：请问涵芬楼或者三联书店怎么走？收银员是一个好看的小姑娘。她说，什么楼？是个饭店吧？我说，书店。另一个女孩，同样青春美丽，她抢着说，噢，书店，这一条街多得很。往前走就是王府井书店，要什么书有什么书。我无奈，只得出来，往前踏雪而走，只拐了一个弯，就见涵芬楼在眼前。

嘁，这叫个啥事！

我进到书店，打问我所要的书有没有。之后匆匆浏览，便出得书店。我已走出书店好远，踏着雪轻轻往北走。忽然觉得来了一趟，不带走一本书有欠厚道。于是又转回来，匆匆选了一本法国女作家的《花事》。给我结账的小店员，是个小姑娘。她站在那里，不断地用手捶自己的小腹。她正跟另一个店员聊天，是说自己有了小肚子，很忧心。我对她说:“苦恼的是肚子问题,是吧?”她笑。我说:“担心有小肚子?”她笑,非常开心、漂亮地笑着。

我继续向前走,踏着吱吱的积雪。去三联书店,找我想找的一本书。

2015 年 11 月 27 日

闲读《儒林外史》

“正经人”潘三

《儒林外史》里有个人物潘三，又叫潘三爷，又叫三老爹，大号潘自业。这个人物一出场，他就对匡超人说：“做人，要做一些有想头的事。”这里“有想头”，大约就是有出息，有实惠，或者是有用、能挣钱的事。

起因是匡超人与景兰江、赵雪斋等一帮酸呆文人在一起混。匡超人本是温州乐清人。从村里来杭州时，村里的潘保正对他说，我有个分房兄弟在杭州，在布政司里当差。我写个条，你去寻他，也有个照应。可是来到杭州，寻到潘三家，潘三却出门了，要一个多月才能回。匡超人无着落，便相与了景兰江、支剑峰等。

潘三知道这些，劈头就是一句：你到省里来，和这班人相与做什么？——这一班人是有名的呆子！说到景兰江，说，这个姓景的，开头巾店，本来有两千银子的本钱，给他一顿诗做光了。他每日在店里，拿一把刷子刷头巾，嘴里还哼哼着：清明时节雨纷纷……又说到支剑峰,因吃醉了酒,深夜在街上吟诗,被革了职。潘三说:“将来只好穷得淌屎!”之后便拉了匡超人上街吃饭。叫了一只整鸭,一大盘白肉,烩了一个海参杂烩。要了两壶酒,热热地吃起来。饭店里的人见到潘三爷都屁滚尿流,吃完也不结账,只说一句:“是我的。”走了。回到家里,见一屋子人赌钱,潘三说:“你们这一班狗才,无事便在我这里胡闹!”匡超人上前施礼,潘三一把拽住:“……你且坐着。”

我也是和这位潘三爷刚刚相与,读到这里,心下敬佩:这位三爷,是个热心肠的好人!

可是往下读,越读越发笑。这个潘三,是个什么玩意!鸡鸣狗盗之徒!

先是乐清一大户人家的使女叫荷花的,逃出来被一伙光棍给轮奸了,被官府抓住。荷花正要被解回乐清,当地一个姓胡的财主看上这丫头,想瞒下这事,用几百两银子买了去。开赌场的线人王老六来报,潘三叫找来差人黄球,三人商议,如此这般,先要弄回一张乐清已解到的回批,这边托人弄出本县的一个朱批,半路上将荷花赶回,把与胡家。当下议定。我以为潘三也是有头脸的人物,当地豪绅,托关系搞这些文本。可是一扭屁股,潘三叫上匡超人,上到后面工作室,便干了起来。原来这潘三有的是豆腐干刻的假公章。即刻叫匡超人写了回批,这边又写了一个赶回文书,取出朱笔,叫匡超人批了,盖上假印。一切妥当。OK!

奶奶的,这潘三原来是个办假证的。第二天早晨,二百两银子送到。潘三当即给了匡超人二十两,说:“像这些都是些有想头的事,也不枉费一番精神。——和那些呆瘟缠些什么?!”他还有些愤愤的!这个潘三,倒是个“正经人”!

又过了些时日，有个叫金东崖的人，在衙门里挣了几个钱，想叫儿子进个学。可这儿子金跃却一字不通。想找个替身代考。这事找到潘三来了。潘三找来匡超人，又如此这般，让匡超人装扮成差役，吆喝着混入其中，之后暗处换了金跃的衣裳，让金跃戴着高黑帽提着水火棍站着，自己进去替金跃考了。发下榜来，金跃高中秀才。潘三得了五百两银子。潘三也不苛刻匡超人，给了他二百两，对匡超人说："你如今得了这笔横财，就不要花费了，做些正经事。"超人说："什么正经事？"潘三即为他提亲，将一个朋友郑老爹的三女儿说与他，让匡超人倒插门。

你还别说，潘三对匡超人，还真是不错，可谓有情有义，时时事事，替超人着想，十分细心。成亲那日，潘三备了几碗菜，约超人吃早饭。席间，潘三说："二相公，我是媒人，我今日送你过去，这一席酒，就算你请媒人了。"这一说，十分可人，很是具有人情味。难怪匡超人自己听了也笑了。吃喝完毕，叫匡超人洗澡，里里外外换了新衣，方巾，新靴，潘三又拿来一件新宝蓝缎直缀给他穿上。叫了轿子，打了灯笼，送了郑家入赘。新郎进门，还要开门钱，潘三又拿出二百钱来开门。翁婿相见，拜了又拜。家宴款待，坐下吃酒。过了一日，潘三又送一席酒给超人谢亲，郑家请了潘三来陪，又吃了一日。

转过一月，郑家屋小，不便居住，潘三又替超人另处觅房。真是事事帮衬，十分尽心。超人过意不去。潘三说："愁日后为不着我的情怎么的？"又说，"日后添一个人吃饭。又要生儿育女。比不得你在客边。你我是一个人，帮你几两银子，分什么彼此？"说得十分入情入理，怎么看也不像一个刻假公章的人口贩子。

潘三长得高颧骨，黄黑皮，几缕黄胡子，一双直眼。——直眼是什么眼？世事苍茫，岁月更迭，可亘古不变的，是人心。君不见，现在街头不是到处贴的那些刻假公章、售假发票的小广告？这些小广告的背后，都藏着一个个的活人。这些活人中，就没有一个潘三爷？

《儒林外史》的不朽，正因为它所刻画的人物，可摸可触，活人一样。

胡三请客

《儒林外史》里有个胡三，也是个宰相家的出身。可是，不是当朝的宰相。俗语说的“死知府不如一个活老鼠”。这胡三也是个悭吝之人。典型的事例就是他借西湖边的花港一人家花园摆酒席，欠了人家两桌酒钱，拖一年也不给。最可恶的是，煮饭剩下两升米，还叫小厮背了回去。

这日相约西湖宴集游玩赋诗。大家的聚资是凑份子，一人杖头资二星。“杖头资”就是聚餐费，因晋人阮修将买酒的钱挂在手杖上而得名。集资款由胡三保管。于是严格来说，还不能算是胡三请客。赵雪斋、随岑庵、卫体善、匡超人、浦墨卿和支剑峰等来到西湖。本想借花港一用，可是人家很不高兴：不借！扫兴至极，只得来到隔壁于公祠的一个和尚家，借地方一用。

大家落座。胡三便拉了景兰江出去买吃的。匡超人无事，也想跟着玩玩，于是一并走到街上。先在一家鸭子店，想买点鸭肉。胡三担心鸭不肥，便掏出耳耙子，用耙子头戳戳，看肉厚不厚。之后买了鸡、鱼和蔬菜；主食想吃包子（肉馒头），店家要三个钱一个，胡三说买三十个，要批发的意思，只愿出二个钱一个。两人相持不下，就在店门口吵了起来。——斯文扫地，回去还作什么鸟诗！幸亏景兰江劝解，才负气而去。不买肉馒头，就买点索面吧——索面，就是挂面——回去下了吃。下酒的小菜也得配一点，又胡乱买了点瓜子、熟栗子、笋干、盐蛋之类，让匡超人捧着，景兰江则拎着挂面，浩浩荡荡回来了。支剑峰见着说："三老爷，为何自己去忙？何不叫个厨役？"胡三也不回避，舌头一伸（还挺可爱），说："厨役费钱。"

酒菜聚齐，大家围坐喝酒，寡喝无趣，于是大家抓阄分韵写诗。胡三给了一点碎钱，叫小厮去买米煮饭。大家吃了一天，也有几分醉意。反正支剑峰大醉，嘴里说着："李太白穿着宫锦袍，夜里还走！"浦墨清也有个七八分。只有景兰江和匡超人还醒着。胡三临走，还是老毛病，又将和尚煮饭剩下的米，问清楚剩多少，拿着走了；同时还不忘将剩下的骨头一股脑同果子一并打包，叫家人提着，带走。书中说，胡三"押着家人，也进城去"。实在是又可爱又可笑。这个胡三，一个活人。

《儒林外史》中的小气鬼不少。严致中（贡生）算一个，严致和（监生）算一个。这弟兄俩也是一对活宝。老二死不瞑目，为的是两茎灯草，还有些可怜可悲；老大诈人家船家，把几片雪片大糕，说成是含有人参的药，欺负人家老实巴交的船家，实在是可恶，但细想想，也实在是滑稽极了。

但这些叫人无奈的人物，一个个活生生的，也蛮有味道。不像现在的小说，写人，寡然无味。

胡屠户的手

《儒林外史》第三回写范进中举后欢喜疯了，必须找一个平时最惧怕的人打他一嘴巴，吓他一吓，把痰吐出来，才得好。于是众人就想到胡屠户。

胡屠户平日对这个女婿很不满意。也难怪,范进也太不堪。50多岁了,考了20多年,也没中出个秀才。幸好遇到了主考官周进,也是个吃了多年科举苦才出道的学道,把范进的卷子看了三遍,果然读出妙来,给加了三个圈,让他中了头名秀才。

中了秀才,胡屠户并不害怕,反把范进开导了一顿:

“我自倒运,把个女儿嫁与你这现世宝穷鬼。历年来不知累了我多少。如今不知因我积了什么德,带挈你中了个相公。从今以后,凡事要立个体统来。比如我这行子里都些正经有脸面的人,你怎敢在我们跟前装大?那些种田的、扒粪的平头百姓,你若同他拱手作揖,平起平坐,就坏了规矩。你是个没用烂忠厚的人。所以这话我不得不教导你,免得惹人笑话。”

说得范进哑口无言,点头如小鸡啄米。胡屠户还不满足:

“我女孩儿也来吃些。自从进了你家的门,这十几年,不知猪油可曾吃过两三回。”

于是大家坐下吃饭。一直吃到日西时分。胡屠户吃得醺醺的。横披了衣服,腆着肚子去了。

范进中了个秀才还不满足,还想着同一帮同案去应乡试,想中举人。可是没有盘缠,便厚着脸皮来找老岳父借钱,却遭到老泰山一顿臭骂:

“不要失了你的时。你自己只觉得中了一个相公,就癞蛤蟆想吃天鹅肉来。我听见人说,就是中相公时,也不是你的文章,还是宗师看见你老,不过意,舍与你的。如今痴心就想中起老爷来。这些中老爷的都是天上‘文曲星’。你不见城里张府上那些老爷,都有万贯家私，一个个方面大耳，像你尖嘴猴腮，也该撒泡尿自己照照，不三不四，就想吃天鹅屁！趁早收了这心，明年在我的行子里替你寻一个馆。每年寻几两银子，养活你那老不死的老娘和你老婆是正经！你问我借盘缠，我一天杀一个猪还赚不到钱把银子，都把你丢到水里，叫我一家老小喝西北风！”

夹七夹八，把个范进骂得狗血喷头。哪里还借得银子！范进没得法，只得向同案借，瞒得丈人，到城里乡试。

这一考，真给范进给考上了。范进考完回来，家里已饿了两三天。范进的母亲已饿得两眼看不见。母亲说：“把一只生蛋鸡，拿到集市给卖了，换几升米来煮顿粥吃。”范进于是抱着鸡，插个草标，到集市上，卖鸡去了。

范进走了不到两个时辰，送喜报的来了。一片锣声，报道：“恭喜老爷高中了！”

可是范进还在集上卖鸡。一个邻居跑去找他。见范进怀里抱着鸡，手里插个草标。一步一踱，东张西望，在那里寻人买。邻居告他中举人了，范进道是哄他，只当是听不见，低着头，往前走。邻居急得夺他鸡。范进急了：“你夺我鸡做甚？你又不买。”

邻居说：“你中了举了，叫你回家打发报子呢。”

范进说：“高邻，你晓得我今日没得米，要卖这鸡去救命，为什么拿这话来混我？我不同你玩，你自回去罢，莫误了我卖鸡。”

邻居见他不信，劈手把鸡夺了掼在地上，拉他回去，果见报录的人在等。

范进进屋，见那报帖已升了起来。上写道：“捷报贵府老爷范讳进高中广东乡试第七名亚元。京报连登黄甲。”

范进看了一遍,又念了一遍,自己把两手一拍,笑了一声:

“噫!好了!我中了!”说着往后一跤跌倒,牙关紧咬,不省人事。众人慌了,忙将几口水灌了过来。范进爬起来,又拍着手大笑:“噫!好!我中了!”笑着就往门外跑,把报录人和邻居吓了一跳,走出家门不多路,一脚踹在塘里,挣起来,头发都跌散了,两手黄泥,淋淋漓漓一身水。众人拉他不住,拍着笑着。一直走到集市上去了。

范进疯了!

2008 年 5 月 4 日

青春的投射

每个人的青春都是自卑的，不管你是多么骄傲的人。这是由青春的性质所决定的，因为青春是迷惘，青春是恍惚，青春是无尽的忧伤。然而青春又是飞扬的。青春是无限旺盛的精力。在那个物质贫乏的年岁，阅读便成了青春的不二选择。我工作的第一站是来安县的半塔镇，在那个镇上我度过了20岁的生日，正是在那个日子，我不知怎么遇到了冰心的作品。那时能拥有的是冰心的《寄小读者》。我并不小了，不是读《寄小读者》的年龄，可是作为文学，《寄小读者》给了我文学的启蒙。我几乎是怀着虔诚的心，将里面的《通讯一》至《通讯二十九》仔仔细细看个遍。我读书还是非常细的，尤喜欢默念。《通讯三》中说道："今早过济南，我五时便起来，对窗整发。外望远山连绵不断，都没在朝霭里，淡到欲无。只浅蓝色的山峰一线，横亘天空……"那时我并不能知道济南有多远，对于山，也印象模糊，因为我从来没有见过。

可这本书后来却被我爸撕了。那是我爸第一次撕我的书。他还是支持我学习的。可我迷上文学之后，整日泡在书里，呆头呆脑，他可不满意了。有一天下雨,我从外面回来,发现桌子上的本子和书被撕了许多。这本心爱的《寄小读者》,也被撕成了两半。这可心疼死我了。这是我最爱的一本书。父亲撕我书的理由是,我老大不小了,不去考虑个人问题,整日埋在书里,看这死书,又有何用?他已说过我许多回:你总是比别人慢一拍!别人读书你忙玩,别人忙工作你忙读书,别人忙成家立业,你忙这没用的劳什子!于是怒不可遏了。

我其实是不会理他的,我有无尽的青春,我才 20 多一点。青春是用来干什么的?青春就是用来挥霍的,青春就是用来“作”的。后来我又买了《冰心选集》和《冰心评传》,这两本书现在还在,在书的扉页上,至今还留有我青春的笔迹:“购于南京雨花书店,1984 年 4 月 5 日。”冰心写《寄小读者》时,也才 23 岁,只比我大一点点。

冰心的许多小说我也读过。《小橘灯》印在我童年的心里。那个穷困的人家,那个八九岁的小姑娘,总是那么浅浅、淡淡地在心里跳动着。我是怎么学会最初的文学描写的,是从“我掀开帘子,看见一个小姑娘,只有八九岁光景,瘦瘦的苍白的脸,冻得发紫的嘴唇,头发很短,穿一身很破旧的衣裤,光脚穿一双草鞋……”我曾在 21 岁时写过一篇散文《滁州赏秋》,里面记到在醉翁亭边,曾遇到过一个小姑娘,所用的描写,大致离不开这样的学习。

我不知道青春为什么会那么自卑,也许每个人的青春都多少有点自卑,那是来自迷惘的人生。文学往往是抵抗自卑的最好的盾牌,把自己沉醉进去,用文学的金光将青春投射。

后来我走出生活了十几年的小城,来到一个山区的小镇,在那里我读了许多的世界名著。当然,青春依然是需要投射的。在那个镇上,我可以看到许多的报纸,《中国青年报》《人民日报》和《光明日报》是单位订阅的。我从这些报纸上,知道一个女孩叫张海迪,她那么顽强,高位截瘫,却发奋自学了英语,还读过那么多的书。报纸上登有她的大幅照片,她的笑那么健康和单纯,她那一头乌油油的长发,深深地吸引着我,我剪了许多登有她事迹的报纸,夹在书中,以抚慰我那颗脆弱的、敏感而怯懦的心灵。

你别说,这些阅读还真起到了作用。在我后来走出来读书,语文考试时,作文是一个关于理想的话题。我在作文中引用的张海迪的事迹,因为具体生动,布满细节,而感染了阅卷老师,他给了我作文高分,使我得以顺利考入,进到学校,又因作文好而当上了写作课代表。这一切的"果",都是有我之前热爱上文学的"因"。

当然,这又是另一番的投射了。

2015 年 9 月 10 日

那一头青丝属于谁？

我用我的这些文字向那些我所崇敬的、优秀的作家致敬。同时，也抵制，或者告诫那些不知所云的家伙。

——题记

我的三卷本文集《苏北作品精品集》出版了。感谢安徽文艺出版社有这样的胆识和勇气。

这三本书：《城市的气味》（散文集）、《秘密花园》（小说集）和《忆·读汪曾祺》，是我近三十年来创作的最重要的作品了。我非常喜欢。拿到书的一刻，我幸福得要死。我反复摩挲着这三本书精装的封面，有一种爱不释手的感觉。我现在终于知道“爱不释手”这个成语的真正含义了。

这三本书是我的生命密码。有心的读者会从这些文字里读出我曾有过的爱、善良和悲悯，也可以读出我曾有过的罪孽、仇恨和无知。但这些文字，都是诚实的、诚恳的。我信奉“修辞立其诚”。我的老师汪曾祺说过，他的小说只是相当客观地记录对一些人的印象，对未见到的,不了解的,不去以意为之地做过多的补充。我这集子的这些文字,也可作如是观。

有一天,我会离开这个世界,可是这些书它会留在人间。书总是比人的寿命长——哪怕仅仅是一本书的寿命。有这些书的存在,表示有那么一个人,曾经来到过这个世界,曾经爱过,恨过,作过孽,行过善,行走过这个纷繁的世界。这就够了。

我在这套书其中一册的序言中写过,读纪昀的《阅微草堂笔记》,记到一个老学究赶夜路,遇一冥吏同行,适途经一文士家,但见其所读之书"皆吐光芒""烂如锦绣"。老学究于是问冥吏,我也读书一生,光芒几许?冥吏极其为难,嗫嚅半天才说,昨过君塾,君方安寝,见君胸中高头讲章一部,墨卷五六百篇,策略三四十篇,字字化为黑烟,实未见光芒,不敢妄语。

这真是一个绝妙的比喻。这套集子所写下的这些文字,我不企求"烂如锦绣",但愿也不是"字字黑烟",不见一丁点儿光芒。

这套书出版后,我也分送了一些给朋友。不久前,在朋友圈见到一张照片,一个年轻的女人,慵懒地仰卧在一张铺了洁白床单的床上,床单有些褶皱,仿佛扎染前的准备。她捧着一本书,那打开的书脊挡住了她整张的脸,只有那一头的青丝斜泼在床单的一侧,仿佛在洁白的宣纸上随意泼的墨,构成了一幅写意的图画。而那本书倒是清晰的,书名是《秘密花园》。

这一刻,我心中涌起一股暖流。感觉到温暖得都快要融化了。人生有这一刻,自己所有的劳作和辛苦,即刻化为翻飞的、幸福的泪珠。

——呵呵!这也见得,俺也好歹略有些许光芒啊!

2015 年 11 月 6 日

《书犹如此》小序

我读的书很少。

少年时几乎没有读过什么文学书。18 岁之后接触到文学作品，先是读了几十本西方名著，无非是《红与黑》和《复活》等，两三年读下来，除了培养了一点自负的气质外，其余皆不得要领。20 多一点，转来读中国文学，除读了一点《红楼梦》（实话实说，我是抄过一遍的）外，古典名著确实读得很少。忽然一下接触到许多现当代作家，喜欢得不得了。说喜欢的，也无非是这么几个作家：鲁迅、废名、沈从文、孙犁、汪曾祺等。对这几位作家的喜欢，基本是同等的，没有之一；要说多一点，大约是汪曾祺。概因我与汪先生生前有些接触，觉得更亲切一些。

可是我的口味确乎太窄，这几个作家耗了我大半辈子的人生。这从另一个角度说，人生确实太短暂，经不住几次“折腾”。

这本书里收录的文章，多是读这些作家作品的心得。写作时间跨度很长，有些还是 30 多岁时写的。分为三辑：

辑一以记沈从文、季羡林、黄裳、丁聪、孙犁等作家为主，计十六篇。

辑二的十一篇，都是写汪曾祺的。坊间有人戏称我为“天下第一汪迷”，这当然是玩笑。但我喜欢汪曾祺是真的。我写过一些汪曾祺其人其文的文字，发表在大陆和港台地区的一些报刊，影响还好，又分别收在《一汪情深：回忆汪曾祺先生》和《忆·读汪曾祺》中。这里的十一篇，都写于上两本书之后，也是在发现一些新材料的过程中有感而发。

第三辑，杂七杂八，多为读书随感，兼及几位当代作家。

我这多半生都是业余写作。我觉得这样也挺好。几十年来，我的业余时间几乎都耗在读书和写作上了，给朋友的很少，给家人的也不多。真有点愧意。尽管如此，也没能写出什么像样的作品。我床头堆着一些书，有一本《汪曾祺书画集》，还有一套《红楼梦》和一本马尔克斯的《百年孤独》。有时睡前翻翻，觉得有些书，真是天才之作，百读不厌。这样想来，做一个阅读者，还是蛮幸运的。在阅读的过程中，还能留下一些文字，这也不赖。我很满意自己的这个角色。

感谢安徽教育出版社给这些文字辑集出版的机会，也感谢何客兄的精心编排和校正。何兄是我所敬重的。他读了很多书，是个有理想的出版人。

这个书名我是喜欢的。我想不过是两层意思。一层，书、读书、读书人，也不过如此。它寓于天地万物之中，左不过是个情和理。另一层，收在此集中的短文，也不过尔尔。

本书中的个别篇什，在我过去出版的集子中也曾收录过。这是要特别说明的，也请读者谅解。

是为序。

2015 年 2 月 17 日

考王蒙

王蒙来讲课。老先生围着一条极艳的印花围巾,极有范儿。他讲的题目是《文学的生命力》。他一坐下来便开讲。一口气讲下来,下面鸦雀无声,倒是他自己停下来说,已讲了一个半小时,按例要休息10分钟。下半场开始,依然是鸦雀无声,他将课的节奏掌握得极好。按例也是有一个互动环节的,于是剩下的时间留给提问。

为听这堂课,我特意上街一趟,到涵芬楼去买他的书。我是不能逛书店的,一进去就会犯迷糊,本来就想买一本《红楼启示录》,请他给签个字,意思意思。可在书店的一层,一整排都是王蒙的书,有几十种。真是豪华啊!我冲动之下,又买了《老子的帮助》和《中国天机》。当然三联版的《红楼启示录》是必买的。

原来不太喜欢王蒙的东西,觉得他写得太聪明了,太急了,不够从容,因此激情有余而韵味不足。去年在北戴河也曾遇到过他,那时《人民文学》刚发了他的短篇小说《杏语》。我见到他说,刚看了《杏语》,文中的“喜大普奔”是什么意思啊?网络词语吗?他说是的,快乐之意吧。我又说,你何时能写一篇节奏极慢的小说,让读者和评论界一愣:这是王蒙写的吗?王蒙居然写出这样的小说?他笑笑,并没言语,径去食堂吃饭了。可是他对《红楼梦》的研究,我真的很喜欢。20年前有过一本《红楼启示录》,搬家丢了。于是得了这一本,又埋头读起来。一口气读了许多篇章,依然是喜欢。他是真正以一个小说家的眼光去写的,贯以他几十年的人情的练达,写起来风摇雨动,有见有识,竹炉汤沸,读之心中快慰。

我也是喜欢《红楼梦》的,于是心生一念,何不找出一个《红楼梦》的小细节,看他如何回答?于是我在一张纸片上写道:

王蒙老师:请教一个问题:为什么金钏儿叫周瑞家的"周大娘",而薛宝钗则叫她"周姐姐"呢?

我不安好心,想看看他对《红楼梦》究竟熟悉到何种程度。

王蒙将我的纸条念了一遍,说,金钏儿怎么能和薛宝钗比呢?宝钗和金钏儿地位不同,一个是主子一个是奴才;在封建社会,长幼尊卑有序,则是有严格的规定的。之后他说,我其实回答不上来,所以东扯西拉的,只能这样了。

他的回答当然不能尽如人意。因为金钏儿姓白,是家生的奴才。她父亲死了,她的娘还在,她娘和周瑞家的其实是一辈儿。王蒙不晓得,其实我也回答不了。以上想法,也是想当然耳。

设这样刁钻的问题,显然不厚道,但也无伤大雅,因为没有恶意。倒是王蒙先生的"我其实回答不上来,于是东扯西拉,也只有这样了",真是十分可爱。他很真诚,他不掩饰。通过这次讲座,我忽然非常喜欢王蒙这个人。他太有才华,太有激情,太热爱生活,太热爱文学。他是一个智者,又是一个充满激情而又有无限活力的人。

扎辫子的王安忆

最早一次见王安忆，在1989年的鲁迅文学院。她坐在二楼东头女生宿舍的床沿上，几个人正在聊着。有人说："王安忆来了。"我进去坐了一会儿。王安忆扎着一副长辫子，文静地在那聊天。她斜着身子坐着，手和腿并拢着，坐得很挺拔，一副安闲的样子。像我见过的一幅油画上的人。后来我买过一本《王安忆散文》，里面有20多幅她的不同时期的照片。我看那些照片，不管是站还是坐，她都很"正"。没有见过她的慵懒和闲散。有一幅在法国的，她坐在巴黎左岸莎士比亚书店的门口，头有点微微仰起，有点似我当年见到的那个样子，感到甚是亲切。

这有点像王安忆的散文。王安忆自己说过，学府的生活，在她心目中，是有圣意的，她因为没有进入过而感到遗憾。但这也正是王安忆的亲切之处，使她的文字很平易，没有学院气。前不久读到她的《去汪老家串门》，写探访汪曾祺故居的。写得自在自由，十分放松。与我同喜者，还有一位鲲西先生，他看到这篇文字，也大为赞赏，称"文亦别致"。

两年前读过王安忆的《今夜星光灿烂》，写得九曲回肠。“星儿走了一年多，我们继续生活着。因不是至亲的人，所以造不成什么改变。”似乎平淡的开头，其实极为沉痛，一种真爱深入其中。王安忆自己说过，她是以生活经验为基础的作家，“我无法想象跳出经验来进行创作”。这篇纪念陆星儿的长文，充满了两人在日常交往中的琐屑细节，又揉进了内心的真情实感，读了让人贴心贴肺。

王安忆是一个对细节很执着的作家，“研习细节，安守寂寞”。同样是这篇《今夜星光灿烂》，王安忆写到陆星儿知道自己的病情后，打开衣橱，见许多新衣服还一次没穿过。她洗洗，熨熨，叠叠，要送给朋友。其中有一段花布，要送给王安忆，说特别适合她。让王安忆带给尺寸，为她做一条背带裙。如今“拉开衣橱，这里那里，都是星儿给的衣服，叫人怎能不肝肠寸断”，这样的细节，同样使我们读者“肝肠寸断”！

她的小说我看得少，因为近年我不看小说。她早期的《小鲍庄》什么的，我当然是比较熟悉的。她的一本散文集，我没事就看看，对她的文字，心生敬意。

当然后来我与王安忆也有过一些联系，好几年前我出了写汪曾祺的一本书，知道她喜欢汪先生，曾给她寄过一本，她回信并寄了一本她的散文集《海上》给我，在书的扉页上，有几行清秀的钢笔字：苏北先生指正。王安忆，2009 年 5 月 8 日。

那封信也写得十分简洁：

苏北先生，谢谢你的书。汪老亦是我所感到亲切的前辈，他以抒情的姿态，抵抗了那时代的霸权语系。有一本书你可找来看看，是一位程绍国所写《林斤澜说》，大约会有同感。寄上一本书，请查收。

王安忆

2007年5月8日

2010年李娟作品讨论会在上海作协举行，王安忆亲自参加并作了发言，她给李娟以很高的评价："她的文字一看就认出来，她的文字世界里，世界很大，时间很长，人变得很小，人是偶然出现的东西。那里的世界很寂寞。"会上我带了《王安忆散文》，请她在扉页题签，她又规规矩矩地写到"苏北先生指正"，见出做人的低调和谦恭。

近来有一件事，让我对王安忆又有了新的认识。我们这里一个单位青年员工较多，想请王安忆就青年人的阅读与写作给讲一讲，报酬甚丰厚。我托一位朋友去请。隔了一天，收到王安忆的回复："有关讲课之事，还烦请替我婉拒，我不惯作此类演讲。"

现在社会一切以金钱为中心，有很多人见到这么多钱是会眼红的。再忙再累，也要把它挣回来。再说也不忙不累，随便讲讲，见见面，就搞定了。而王安忆却不为所动。在这个浮躁的风气下，能够讲操守、有定力，做人有底线，已经不是一件容易的事了。

最近王安忆出版了她的新长篇《匿名》，看过的朋友说，写得比较特别。我也在报上见到她的一些专访，并配了近照。我见照片，王安忆明显老了。再也不是27年前那个扎辫子的王安忆了。岁月就是一把杀猪刀，谁见到都要挨一刀。这是没有办法的事情。不过王安忆虽不是那个青春的王安忆，而另一个有思想、有独立人格和见解、充满了知性的成熟的王安忆在我们面前了。

2016年4月6日

阅读何立伟

我将何立伟的《白色鸟》裁开，贴在书房的墙上，大声朗读："设若七月的太阳并非如此热辣，那片河滩就不会这么苍凉这么空旷。唯嘶嘶的蝉鸣充实那天空，云和风，统不知踅到哪个角弯里去了。"我还对何立伟引用的那句外国民歌"夏天到来，令我回忆"充满感情。因为我的童年似乎是永远和夏天联系在一起的。我的写作也多描述童年的夏天。我曾写过一篇《顽童记》，里面有这么几句话："童年夏天的天空真的是蔚蓝无比。那是从孩童眼睛里望出去的天空。我整日无所事事，在县城的大街小巷转悠，见到公家办公的窗子开着，便顺手将墨水够出来……"我有时突然想起童年的一些事情，嘴里会忽然冒出"夏天到来，令我回忆"这两句诗。这真的是实情，并非妄言。

何立伟对我的创作应该说是有影响的。我那时有一本阿城的《棋王》、一本何立伟的《小城无故事》和一本徐晓鹤的叫《疯人院》的红色封面的什么书。我那时还在高邮湖边上的一个小县城里猫着。突然有一天得到一次到省里学习的机会，而且时间还是一个月。那时省里对我们来说，就是天边。这句话毫不夸张。我们觉得省里太大了。于是我便带着这几本书,来到省城。其实是在城乡接合部的一个什么干校,开始了会计方面的学习。一个月里,课余我便坐在公共汽车上,在城市街道的高大的法国梧桐下的马路上转悠,抓紧分秒时间熟悉这个城市的每个角落。上课,我便带着这三本书,将《白色鸟》和《棋王》抄在一个大笔记本上,边上还自作多情地加了许多批注!这种抄读,印象相当深刻。这三位可以说是非常有文体独特意识的作家,因此对我后来的语言影响非常大。

后来我和何立伟有了些交往。那时已到了1996年,这年冬天何立伟他们到北京参加全国文学方面的会,我也已借调至北京的一家报社管副刊。于是我便请何立伟一行吃饭,请他给我们的报纸写稿和画漫画。果然过了不久,何立伟给我寄来了他的散文和漫画。有几幅漫画,我记忆深刻。一幅是路灯下擦皮鞋的孩童给一个戴礼帽男人擦鞋。下款题的是“把皮鞋擦得锃亮是为了照见街角少年的不幸童年”。还有一幅是一个结发穿着古装的男人捧着一本书,边上墙上还挂着一把剑,下款是“男人的一生不是与书打交道就是与剑打交道”。

之后我离开了报社,我们便又中断了联系。去年我要出散文集《像鱼一样游弋的文字》,因出版社要一些插图配到书中去,让我自己找一个人画,于是我便找到了何立伟。何立伟一口答应,让我把书稿寄去,果然没过多久,他便给我寄来了根据我书中内容画的20幅漫画插图。我一幅一幅仔细看过,心中甚是高兴。那些漫画线条简洁、稚拙,而文字又简洁,有书卷气。

何立伟的早期小说充满诗意。汪曾祺曾说他“写直觉,没有经过理智筛滤的,或者超越理智的直觉……是用绝句的方法写小说”。后来的《花非花》，便有了些古怪，那时他正是壮年，一心求变，亦可理解。但我始终认为，何立伟的早期作品要比后来的好。作家这个行当，出作品是不分先后的，许多大作家，都是处女作或早期作品是代表作，沈从文、徐志摩、张爱玲等，都是这样。创作有时通俗地说，就像母鸡下蛋，你看那母鸡的第一个蛋，带着血丝，可色泽红润，鲜艳饱满，可以说，营养又是最好。

何立伟后来小说写得少了，但他编杂志、搞摄影、画漫画、写散文，样样都做得很有情致。他是一个有味道的人。他所做的一切事情，也竭力显示出他为人的本质和个性。他去了一趟拉脱维亚，在《文汇报》发了一组黑白的摄影作品，取其名为《黑白志》，每一幅作品都充满照片之外的弦外之音，非常美。那是艺术品，不是照片。他写了大量的散文，他的散文接近笔记，或者说，他是用笔记的方式写散文，散文既短，意思又淡，只写人生的那么一点小小的叹息，或者小小的无奈和可笑。

何立伟曾给我写过一点文字。他说我是“简约不繁，质朴文风”，其实，反观何立伟文字，何尝又不是这样呢？

徐星片断

认识徐星在25年前。

1989年3月,我到北京鲁迅文学院进修,是鲁院的第五期进修班,简称“五进”,比现在的“高研班”时间长一点,4个月。我们班上,现在出息一点的是虹影,就是写《饥饿的女儿》和《上海王》的那个虹影。她结业后去了英国,在那里写作,获得了广泛的名声。她是重庆人,那时她瘦瘦的,很单薄的一个女孩。

而徐星那时正上鲁院的另一个班:鲁院和北师大联合办的第一个,也是唯一一个研究生班。那个班上大腕云集。包括那时就是“大腕”如今仍是“大腕”的莫言、刘震云、余华、洪峰、迟子建等。虽然那时他们已是“大腕”,可那时“大腕”并不稀奇,他们同我们一个食堂吃饭,一个宿舍住着,一个教室上课,下了课一起瞎玩:散步的、打球的、踢球的、玩单双杠的。学校有个篮球场,一群人在那里抢一个球,莫言也在那抢,抢了就往篮里扔——有时是抛。莫言的动作抒情极了,他是“一个中国式抒情的篮球运动者”。余华是独来独往、身材单薄的一个浙江青年。这个青年不常笑,表情冷峻,他总是一个人活动，一副先锋的样子。

徐星在这个班也是一个另类。他在学校是有一个床位的，可是他不常来睡，上课了就来一下。他那时好像在忙着一个电影，也是一个先锋的。电影可能不是他在拍，而是给别人帮忙，他在电影里蹭了个小角色。这些是他将电影拿到班上放时我知道的。第一次见他正是他来放电影的那次。他瘦长如白杨，哐啷着两条长腿。电影在五楼大教室里放，男女同学20多人或坐或躺（躺在椅子上，脚跷在桌子上），我记得迟子建也在，她蜷在椅子里，或者是披了个大围巾，反正像一只安静的猫。徐星坐在最后，看着大家看。在电影中，徐星也是哐啷着长腿，一副失魂落魄的样子。

鲁院的学习是松散而自由的。过去说西南联大的校风，只有两个字：自由。我们那个鲁院，在20世纪八九十年代，也可以说是十分自由的。莫言、刘震云等，多少也得益于鲁院三年的生活。

鲁院结业后我回到了县里，徐星据说出了国，一个烤鸭店的小伙计，因为文学，走了出去，并且走了很远。

再次与徐星重逢，纯属偶然。七八年前他到合肥来放映他的纪录片《五加五》，在牧云人酒吧，我过去了。见到徐星，他还是那个样子，几乎没有什么变化，还是瘦，只是老了一些。过后的一天，我陪着他，一起吃饭、喝酒，聊了许多，对他的生活有了些了解。因为他多年无业，这是最好的状态，这是最坏的状态。对文学肯定是好的，但对于生计，也许这不是最好的。

后来他又来过两次合肥，我都陪着他。他的纪录片大约在合肥这个城市放映的是最多的。就《五加五》，我先后看了四次，除在牧云人外，在安大和保罗的口袋（书店）又看了一遍。每次我都认真地看下去,总是会有会心的笑。这样的纪录是十分有趣的,当然是有价值的。他另外的几个片子,《我的“文革”编年史》《罪行摘要》,我都看过。他做的这项工程,是一个人的战斗:一个人跑,一个人拍摄,一个人剪辑。我去过他北京的家,两间不大的房子,一台大电脑,他就在那台电脑上工作(我去时他正剪片子,于是他说,你看一会片子等我忙完,我于是又将《五加五》看了一遍)。屋里除一个大沙发,就是几个书橱,书橱里胡乱地插满了各种书籍。书橱边斜靠着三脚架和一台普通的摄像机。

在北京他请我吃过一次饭。他的生活是简单的,喝了一种什么牌子的白酒,他说很好,是朋友送的。他特地给我拎了两瓶,说:“这个酒很好,你喝喝看。”我不太会喝酒,对酒也兴趣不大。饭是吃的羊肉馆,吃了许多羊肉。他一个人喝了许多酒,我只是象征性地喝了点。席间说了许多他的同学的事,谈得最多的是莫言,说到莫言的作品,我们还争论了几句。

徐星的作品不是很多。他自己说他是文坛边缘的人。他的《无主题变奏》和《剩下的都属于你》,当然是有意义的。不仅是有文学史的意义,就其文本本身,也是十分有意义的,因为他的写作是用生命写作的。他的写作是毫无功利的。他所写的都是他跑出来的。原来沈从文说:一个作家,还是要能跑,能吃苦,能受冻挨饿。这一点,徐星做得最好。不是第一,而是唯一。

至于他作品的价值,自有历史检验。这不用我饶舌。

2014 年 11 月 22 日

王奎山先生的两封信

我和王奎山先生不大熟悉，见过两次面，他给我写过两封信。我读过他的一些作品。我觉得他的小说写得特别好，尽管那叫作小小说。其实管它叫什么呢，只要写得好，能叫人记住，就是好作品。王奎山的东西我读过一些，每篇我都能记得，而且过些时日，偶尔再读，还是一样会心，一样叫人莞尔。我觉得王奎山的小小说非常好。他应该是中国极好的小小说作家之一。其实我不想说“之一”，可是不说“之一”，有人会有意见，而且也太绝对了，还是“之一”吧。

王奎山给我写过两封信，我也特别珍惜这两封信。不仅仅是他说了我一些好话。我是觉得他这人特别真诚。而且我无端地觉得，他是好人。

可是，好人不长寿。他前几年去世了。这也是我特别怀念他的原因。

也因此，我念念不忘要给他写篇文字，可一直拖着。这几日无事，我找出王奎山赠我的唯一一册小小说集《别情》，翻来翻去，将里面一些我曾经读过的篇什又随便读了读，可读完一篇，我就轻轻一笑:“真是好!”这是我唯一的一句话。集子中统共只有二十五篇,也就几万字。可我读了《红绣鞋》《在亲爱的人与一头猪之间》《偶然》《一群蜜蜂》和《别情》之后,十分感叹。看《别情》,读到莽子最后赌气地说:“咱乡下人,办个事真难哪!”我笑了,莞尔一笑,之后我便相当愉快。这是阅读的愉快,是享受智慧的愉快。

王奎山的小说为什么好呢?他写的不是简简单单的小小说,而是对生活的认识。每一个独到的对生活的认识,特别是你意想不到的认识,那是相当有意思的。

我和王奎山先生见的两次面都是在郑州小小说笔会上。第一次可能是认识了,但我记不清怎么认识的,之后他给我写过一封信,算是强化了我们的关系;第二次我记得很清楚,我们住在同一楼层,而且只隔一个门。我去给他送我的一本什么书,他留我坐了一会儿,聊了聊,他依然说我:“你写得不多,但有特色。”话是同第一次给我写信的内容一样的。

第一封信是这样写的:

苏北:

您好!

昨日我到银行去领工资,领完之后在营业大厅看《大河报》(平时我不看这个报),很偶然地读到你的小说。我很喜欢你的作品,年选上的《钢卷尺》和《读者》第六期上的《老婆和我的幸福指数》都很喜欢。文章不在多,有特色就能让人记住,你的文章应属这种不多但能让人记住的一类。有作品集望能寄我一册让我学习。我也喜欢汪曾祺的文章。我这里有陆建华先生的

《汪曾祺的春夏秋冬》,你如没有,寄你一阅。

报纸上有责编姓名及电话号码,你可与马丽联系。

王奎山

2006.5.10

信中所说的我的小说,是我发在《小小说选刊》的《金市国》,被《大河报》转载,他无意中看到了。信中提到的马丽,是《大河报》副刊的选稿编辑。

之后我记得按他要求与《大河报》联系了,可既没得到样报,也没收到稿费。也就算了。

第二封信写于2009年4月,又是3年了:

苏北:

你好!

去年就想给你写这封信,但一直犹豫,恐怕交浅言深,引起你的责怪。促使我下决心给你写这封信的,是前几天看了你发在《文学报》上的文章《与黄裳谈汪曾祺》。我觉得,你与其零零散散地写此类文章,不如集中精力写一本《汪曾祺传》。陆建华的《汪曾祺的春夏秋冬》我读了,不过瘾。陆是搞评论的,文笔不行。而汪的子女写,由于距离太近,也写不好。你与汪有直接交往,且交往有数年之久,距离不远不近,正好。美国人金介甫写的《沈从文传》也不行。大约搞理论的写人物传记都难出彩。倾数年之精力,写一部精彩的《汪曾祺传》,一辈子也值了。你在散文创作上也搞出了一定的成绩,但我觉得散文领域也是鱼龙混杂,那样的人都能当×奖评委,你还写什么散文?苏北,你是有才气的人,万不可将自己的才气轻抛零卖了。前面我已说过,交浅言深,万一有什么话说得不妥当,千万不要见怪。也没有你的电话号码,有什么事,只好写信。如有新书,请寄我一读为快。

敬礼!

王奎山

2009 年 4 月 10 日

我在重读这封信时,眼睛都湿润了。我实在没有什么才华,也无雄心。可王奎山先生这么看重我,苦口婆心,言真意切,我真有负于他。虽然我无才华,也无雄心。但我热爱文学,我会一直阅读和写作下去的,以此也了却奎山先生之意了。

王奎山去世几年了?我都不大记得清。也懒得网上去查。大约好像是我们第二次见面不久的事。一个人死了,他很快被人忘记。他的作品,好像也没有多少人在读。因为他的书,在他去世后,似乎就没有再出版过。

可我不能忘记。这是个优秀的作家,他的作品很好。而且这个人很纯粹,是个好人。

2014 年 10 月 6 日

门多萨、舒晋瑜及本人

日前，看文化评论家朱大可先生接受凤凰网采访，说现当下没有文学批评家，只有职业表扬家，最擅长给人擦皮鞋，看后叫人失笑。笑后又心生悲哀，泱泱大国，十几亿人，是全世界拥有作家最多的国家，却找不出有影响力的、叫人由衷敬佩的文学批评家，真叫人糊涂。问题究竟出在哪儿了？

舒晋瑜出了一本书，叫《说吧，从头说起》，是一本厚厚的书，叫人敬重。我愿意写一点文字，可又不知从何处说起。几个月来已有许多人评论，我基本都拜读了。所谈无非是其人或其文，观点我都同意。我对舒晋瑜敬重，是觉得她所做的是一个系统工程，采访了十几位作家，都是当代文坛重量级的，用了十多年时间。这样的事，不是一日可以做得的，它需要日复一日地坚持。我有时对女人是充满敬意的，她们做事的细致和耐烦是叫人惊奇的。舒晋瑜的这个工程，就叫我惊奇，所以我佩服她。看，我又开始做“擦皮鞋”的工作了。

得找个角度说，从哪儿说起呢？所以我就想了这么一个题目：《门多萨、舒晋瑜及本人》。我把这三个不相干的人放在一起说，是不是有点牵强附会？不知道。先说说吧。

知道门多萨，是缘于一本叫《番石榴飘香》的书，这个书曾特别流行了一阵，这当然与对加西亚·马尔克斯的发现有关。门多萨是记者，也是著名作家，出版过短篇小说集《逃兵》，并且获得过哥伦比亚国家文学奖。这是一场非常有质量的对话，对话将加西亚·马尔克斯的生平、文学修养、创作实践和风格特色进行了详尽的剖析，并且连对话的方式都充满魔幻色彩，文字相当生动。这样的对话不仅是有价值的，而且是可以留在文学史上的。通过此书，我就想，人家多么认真，积多年精力，做一件事，而且这件事做得有意义了。外国人多有特别的，研究什么的都有，而且他们那么执着，究其一生做一件小事。这一点很值得我们学习。

舒晋瑜的这本书，对十六位作家进行了深度的访谈。面对这么一本厚厚的书，我一时真的无从下手。好在这十六位作家，他们的作品多数我是知道一些的。就说莫言吧，晋瑜与莫言的对话标题就是《土，是我走向世界的原因》，这里的"土"，不是传统的乡土文学的"土"，而是"个性"。莫言的个性。用莫言的话说，是思想的个性、人物的个性、语言的个性，这些"个性"构成莫言"浓厚的中国特色"。这篇对话卷首的"采访手记"，就十分精当和别致，对莫言的拿捏，准确、适度。正文的对话十分从容，非常有质量。比如有关短篇小说的问题，晋瑜问得好，莫言答得妙。而且，真诚，让人舒服；关于莫言的"想象力""词锋"和"锐气"对谈，都给人很大的启发。贾平凹也是我们十分熟悉的作家，对贾平凹的采访，晋瑜确定的是"中国气派"，贾平凹不像莫言那样天马行空，但贾平凹更深地扎根于黄土地，将贾平凹对文学的敬畏和虔诚之心把握得很是准确。舒晋瑜文中有一句话很精彩:“有时候更觉得他像巫师,在云雾缭绕中编织自己的王国。这王国里有苦难,有不幸,有批判和反思,更有无尽的希望。”在舒晋瑜的这本书里,经常会冒出这样的奇思妙思。她以女性的直觉,给我们许多文本之外的细节。这其实更难得,这也是她这本书中无处不在的一个自由飞翔的“精灵”。

迟子建更是不用说的。关于迟子建在写作中对死亡的关注和具有的宗教情怀的表述,就很有意思,而且也符合迟子建悲悯的、孤独而温情的写作。其他像对铁凝、王安忆、张炜的对谈,也多有新意。看晋瑜访谈的文字,温暖而安静,文字皆有温度,像她的名字和人一样,给人以好感。

这样的采访,如果舒晋瑜还愿意做下去,我倒是觉得,晋瑜在文学采访的同时,不妨再往深里做做,选择几个或一个作家,进行持续性研究,这样“开口小一点”(这是新闻和写小说的技巧),能研究得更透。一个人究其一生,做一件事,总会做出一点点成绩的。这是我的一点建议,不知晋瑜以为然否?

我本来写一点小说,之后写一点散文,在大陆和港台地区的一些报刊上发表。我年轻时迷恋文学,迷恋了之后,又迷恋了一个叫汪曾祺的人。那时迷恋他,只是想从他身上偷师,学习写小说的技巧。后来机缘凑巧,得以认识汪先生本人,府上我跑来跑去跑过几年,再后来他突然去世了(本来我们以为他不会死呢),这一下让我震惊了!一个人说没就没了!就特别怀念他。没想到这个人有那么大的磁性,死后的影响力远远超过生前。他的书不断地以各种方式,翻着花样出版,影响了下一代又下一代。我因为怀念他,就写了一点纪念文章,没想到越写越多,之后竟然出了书。小说、散文没写出来,一不留神弄成研究汪曾祺的人了！其实我想说的不是我能，我想说的是“坚持”。是的，坚持是多么重要。也别嫉妒我这个“超级汪迷”被许多人知晓，我也花了本钱啊！我前后用了二十多年时间（网上有一个人说我：有个叫苏北的人，好像大半生都在品鉴、欣赏汪曾祺的人和作品）。——一个人一生才多长啊！

本来要表扬舒晋瑜，一不留神，反而弄成自我表扬了。但这是事实，管不了那么多了。人顾虑太多，什么事也做不了。

2014 年 10 月 27 日

书生南宋

认识南宋非常偶然，能成为朋友简直是天意。

几年前，我到厦门学习，住在厦大。因没有太多事，就在网上溜达，发了条微博说我在厦门。没想过了一会儿，就有一个人问："你是写《忆·读汪曾祺》的那个苏北吗？"我说是。他很盛情，说："太好了！我在《厦门日报》工作，也喜欢汪曾祺，有空见面聊聊？"我当然同意。于是他便约了下午在筼筜湖边的一个地方见面，喝杯咖啡。

筼筜湖非常美丽，水面很广，而且在厦门的市中心。我坐在湖边的铁椅上，非常快活，看着湖面，有湖鸥在水面慢慢地飞翔。真是非常慢，像电影中的慢镜头。而且大鸟清晰，因很近，又是展开了翅膀，让你感到它比想象的大得多，看得人心中有点震撼，也稍稍有些感动。因为它很从容，又十分沉重，它严肃而认真地飞着，两边的翅膀一下一下，一下一下，让你感觉不到平时见到的一般的鸟的轻盈模样。

这时候南宋来了。他清清秀秀的，第一印象感觉他还太年轻。他热情地招呼我到里面酒店的咖啡厅喝杯咖啡。于是进到大厅，点了个东西坐下聊天。

所聊无非是读书之事，谈得很高兴。天色向晚，他忽然说："我请你吃一碗米线，之后我们到厦大的一个旧书店去坐坐，我再找几个喜欢读书的朋友，看看厦大的谢泳教授在不在，也请他过来坐坐。"

我们所去的是一家叫琥珀的小书店。在厦门大学院外的一个巷子里。南宋一通招呼，几个朋友陆续到来，谢泳教授也从学校过来。

这家小书店以卖文史哲类的旧书为主。书店两层，楼下满满当当的图书，虽满满当当，可布置和收拾得很有情调，不经意处会有一些用心。二层只一个大长条桌，可坐八九人，专供清谈所用，墙边空隙处也做了些装饰，摆放一些版本书籍。我们上楼，就坐在这张长条桌前喝茶。福建是不缺好茶的。福建人亦善饮，没事一个人也总是一盅一壶的。大家于是团团坐下，边喝边聊，所聊无非是文学，多是围绕沈从文和汪曾祺展开，话题漫无边际。店主是一位年轻女性，她身上有一种说不出的味道，仿佛她走到哪里哪里就是一道光。她不时过来续续水，也聊几句，可见出来人都是她的常客，非常熟悉的。从所聊之中，我知道她并非厦大毕业，仿佛学历并不是很高，可她却开了这么一个极有品位的书店，对阅读又是那么有兴趣。我现在完全想不起来她的模样，可她的那股气质，她的笑，却清晰地印在我的心中。

她的美丽，非常特别，使人久久不能忘。

没几天我离开了厦门，于是一切慢慢淡忘。虽有南宋的一个手机号，不过联系甚少，年节也没有问候。但心中是有这么一个人的。

我说与这位老兄是有缘的。今年我得到去鲁院高研班进修的机会，3 月我坐高铁入京报到。在火车上，来了一个电话，我一看显示

"南宋"。我想这个老兄好久没有联系,怎么这会子来个电话?是不是他在哪里见到了我的什么文章,要说两句。我打开电话,喂了一声,那边就说了:"你住501。"啊!这个家伙也来学习?我一下子就反应过来了。啊呀!太妙了,还没有到班上,我先有了个熟人,你说妙不妙?

到了学校,进宿舍放下行李,我就迫不及待地去找南宋。见到自然是一番拥抱,高兴地说了一会儿话。

世事往往是这样的:有的人,见一面觉得挺好,可一有机会慢慢相处,反远了,气息不对。我们刚入学,来自全国有几十人,每人都有些来路,于是大家纷纷认识新朋友,也摸摸底细,各是什么来路。学习生活是紧张而充实的。每天都有"人物"来讲课,也不断有朋友来访,沙龙座谈也挺多,在这忙碌中全班同学也渐渐熟悉了起来。熟悉来熟悉去,南宋与我还是接触较多。他先是偶尔叫我一起去食堂吃饭,进我房间坐坐。我是一贯地脏乱差,走到哪里,没几天便铺上一个大摊子,桌上床上地上都是。南宋来了,就在我能插脚的地方站站,等我一起下楼吃饭。吃了饭就捣台球,饭厅出来就是一个台球房。我甚喜此技,没想他也有此好,且球技相当,难分高下。这样玩玩谈谈,彼此又多了了解。

此兄极好读书,逛书店买书是他所好。他一来北京,便把北京的书店摸个门清,之后就计划一个个地去跑。我也喜买书,可买后总是不看,把家里弄成了灾。之后我便不太买书,还给自己找个理由:天下的书太多,其实都差不多。好书也就那么几本,人生短暂,能读熟几个作家就不错了。而南宋不厌其多,每每跑去书店,就抱回一大摞。我有时去他房间,他总是像毛泽东似的把书斜排在床里,书脊朝上。床头柜上也摞一些,准备随时去翻,而且这一摞书边,总是有一个笔记本,也随时记一些碎片式灵感。

时间都到哪去了?两个月过得很慢,又过得很快。我和南宋越来越熟悉,也越来越随便。他之后每天都叫我一起吃饭。因为他下电梯要从我这边经过。他喊我吃饭的动作也越来越大,老远就扯着嗓子喊:“苏北大哥,吃饭啰!”有时我正在看书或洗衣服,他也进来和我闹一会,嘻嘻哈哈的。

他总是叫我同他一起逛书店。我有时为了陪他,但经不住诱惑,也会放松警惕,买一些书。我们逛的书店很多:三联、涵芬楼、库布里克、三味书屋、万圣书苑。有时就在街上吃一碗兰州拉面,他还说带我找的是一家最正宗的店。

我对他逐步多了了解。他热情、聪明、兴趣广。我老批评他兴趣广,说他白耗费了精力。他好奇心重,什么都想懂得,什么都想学习。好读书整个成了他的一大缺点。好读书必好发言,每次有什么讨论,他都要参加,并做发言。他的发言也多有些新意,不让人烦。他真是爱书爱得要命。好在他既读又作,文章还是多多。他的文笔灵活,笔下多情。小说、散文、书评都能来。著有《雕刻时光》《随遇而安》等多种,文字也多可爱。

两个月里,特别是随着时间的推移,我们几乎形影不离,用鲁迅爱用的一个词是“酱”在一起:打台球,看戏,逛街,上书店,下馆子。学习结束,临散伙的晚上,大家都比较伤感,我和南宋还跑到台球房打了半宿。

临结束的前几天,他即开始往家里寄书,有些书他看过了,就直接寄给朋友去,或捐到什么地方。他寄了好几次,也陪我去寄过一次。离开的那一天，因我上午走，他下午才走，他于是要送我下楼，帮我提提东西。我因东西多，叫了一个朋友用车送我到车站。约 11 点，朋友来了，我们把东西先拿下去，之后在下面聊天，我准备走的时候再打电话叫他下来。可我电话还没打，他却找到了我的房间，见房间一片狼藉，人和行李都没了。你看他慌的，仿佛一下子失去了恋人似的，到处找。见到我后说："你吓死我了！我以为你走了。"

看来我这辈子要被南宋耗上了，要与他成为终生的朋友了。

2015 年 8 月 20 日

刀背的力量

曹乃谦的《到黑夜想你没办法》不是用刀尖写出来的，而是用刀背砍出来的。那些文字，也不是用柔软的指尖所写，而是一双皴裂的大手，生生剥出来的。

我是重温这些文字，早在这些文字发表之初我就在一些刊物上读过。我相信这些文字的力量。我相信汪曾祺的眼力。不久前在汪曾祺去世 10 周年座谈会上，一位作家（铁凝）说，汪先生的那双眼睛有时清澈如孩子；有时一凝神，又犀利如兽物。是的，汪先生的眼神是特别的。他在读到曹乃谦的这一组文字时，他的眼神是犀利的。他集一生的阅读经验，是不会看走眼的。绝不会！汪先生在阅读此文的读后感开篇说："一口气看完了，脱口说：好！"

这个"好"字，在汪先生口中，是难以得到的。

这样的文字被埋没了十多年，在马悦然的疾呼下，又得以重见天日。马悦然说：我简直不能懂中国的文学评论家没有足够地注意到曹乃谦的作品。马悦然几乎是千呼万唤，终于把个曹乃谦给呼了出来。

曹乃谦究竟有什么值得马悦然如此呼唤?

我说过曹乃谦的文字不是用笔尖写出来的,而是用刀背深深地在那片土地上砍出来的。他的那些乡村不是牧歌,也不是部落风俗。是那个叫"温家窑"的地方20世纪70年代真实的生活状态。

曹乃谦自己说:食欲和性欲这两项人类生存必不可少的欲望,对于晋北地区的部分农民来说,曾经是一个何等的状态。我想告诉现今的人们和将来一百年乃至一千年以后的人们,你们的有些祖先曾经是这样生活着。

他写出了我们生活的严重性。他用自己独特的文笔,给我们描述了一个特定的地域,一个特殊的时代,一种特殊的生活。——"温家窑"只有一个。"这一片生活",即使放在世界文学之林,它也是特别的。这就是曹乃谦的价值。

同样是乡村,曹乃谦的温家窑,不是废名《桥》中的史家庄,也不是沈从文《边城》的湘西。它没有牧歌式的,也没有童年眼中的乡村的人情。他那里的生活相当严峻。饥饿,性,通篇缠绕着我们。就仿佛那些雁北民歌,那些"麻烦调":"你在圪梁上我在沟,亲不上嘴嘴招招手。"或者:"红瓤西瓜撒白糖,不如妹妹的唾沫香。"这就像我们的苏北民歌:"吃鱼要吃鱼脊梁,撩姐要撩大姑娘。"可是又是多么的不同,这些雁北民歌,明明是喊出来的,饱含了辛酸和渴求,那么迫切,又是那么无奈,根本没有里下河地区的民歌的挑挞和轻浮。

曹乃谦实在可以算一个天才作家。他似乎没有早期的训练,也没有习作。他写了这些,就是一个成熟作家的样子。曹乃谦的语言非常有风格。汪曾祺早说过:写小说就是写语言。曹乃谦自己也说,细节、语言搞好了,才能把读者灌醉。细节是下酒菜,语言是好酒,缺一不可。曹乃谦用雁北语言写作,带有浓郁的莜麦味。马悦然说曹乃谦他是“一个真正的乡巴佬”,我不同意马悦然的说法。曹乃谦不是一个乡巴佬,他只是用适合他笔下的人物的语言写作。他的作品并不土气(他不是一个乡土作家)。他的叙述语言和人物语言完全融在了一起,浑然天成。这就是曹乃谦的天才。

当然,在曹乃谦笔下,又不完全是严峻。有时也有些冷幽默,有一种苦中作乐。《锅扣大爷》这样写道:

碰到酒醒些,他们就逗他:“锅扣大爷给蹦个老虎呗。”他说:“老了老了,蹦不了啦。”

“不老不老。”人们说着就拔些草,拧节绳。锅扣就撅起屁股,用屁沟子把草绳夹住,四脚趴在地上一下一下往前爬。

“蹦! 蹦!”人们喊。

锅扣大爷就张开大嘴“吼呜——”吼一声。吼过,瞄住那人,一用气就向他扑来。

然而,在这本叫《到黑夜想你没办法》的书里,这样的时候并不多。他给我们的,多是这样的场景:

“总比杀了人好。”

愣二妈跨坐在锅台边,就看愣二裱炕席就想。想一会儿撩起大襟揉揉眼。想一会儿撩起大襟揉揉眼。(《愣二疯了》)。

黑蛋撩见女人那两只萝卜脚吊在驴肚下,一悠一悠地打悠悠。

黑蛋的心也跟着那两只萝卜脚一悠一悠地打悠悠。(《亲家》)

马悦然说,他(曹乃谦)会用不超过五百个字,把一个人的命运或者一个家庭的灾难都写出来。马悦然又说,他会把农民的语言搬进他的小说里。"我自认为他的文学艺术成就非常高。"(马悦然)我同意马悦然的这些说法。这也正是曹乃谦的成功之处。离开这些,曹乃谦就不成其为曹乃谦了。

我还要说,用曹乃谦可以证明多年的一个理论:曹乃谦是中国的,曹乃谦也是世界的。

汪曾祺他说"好",恰似真好了。曹乃谦会走得更远的。

有理由相信。

辑五

有关文学批评的断想

一

当前文学批评，当然是好的。那么多文学工作者在从事这个事业，世界上哪个国家有如此多的文学批评家？说文学批评边缘化，那是批评家自身的感受。现代这个多元的社会，谁也不能包打天下，各人吃各人自己的饭，各人干各人自己的营生，如《红楼梦》里贾宝玉所说的"各人得各人自己应得的眼泪罢了"。

二

批评没有人爱看，是批评自身的问题。批评的枯燥、单一和"馆阁体"，让读者索然无味，这是一个重要的原因。批评家建立了很多的理论框架并具有一定的理性的眼光，而使得天然的直感、形象的思维逐渐萎缩，使得批评变得枯燥、刻板，貌似很有学问，其实有的批评多是"多余的、正确的废话"。昨天在三联书店，参加孙郁和房伟的对话《汪曾祺与王小波——革命时代的文学选择》，这让我很有感受，孙郁先生多次谈到批评的趣味性,说到现在的作家和批评家多没有趣味,这当然有时代的局限和个人学养的问题。这里对一个批评家个人的情趣和学养提出了要求。当然现代的文学批评理论多来自西方,但你是一个中国人,特别是有五千年文明史的中国人,还是要用中国气派的语言说话比较能让人接受。文学批评不仅要让大学教授听(看)得懂,也要尽量让普通人听(看)得懂。《红楼梦》里凤姐批评贾琏偷娶尤二姐,从国孝、家孝,到避着父母停妻再娶,几层意思,一层一层推进,言之有理有物。从某个方面说,她就是一个很好的批评家。

三

好的批评生态应该是作家和批评家共成长。记得上海的几个评论家曾为我的一个散文集做过一个讨论,我就很有收获。在会上,杨扬、王宏图、杨剑龙、郝雨等的发言给我很大的启发,他们归纳我的散文创作是"低姿态写作",对此我过去是没有意识到的,他们这一说,点醒了我这个"梦中人"。

四

批评首先是文学批评,所以批评的文学性还是非常重要的。极端地说,我认为一个批评家首先应该是一个文体家。这话极端了点。汪曾祺曾说过,写小说就是写语言。他说这个话其实是在大声疾呼。他敏锐地感觉到当代作家的学养太差了,语言都过不了关。他进一步说,语言和内容是不可分割的,语言就是内容。我以为此言对批评家也是适用的。不能说一个批评家思想深刻、见解独到,就是语言差了些。语言不是衣裳，可以随时脱掉，也不是橘子皮，可以剥下扔掉。语言的准确、清晰、透明、简洁和智性，实际上体现了思想的清晰、透明和智性。

五

好的批评的标准，我以为就两条：表达的准确和语言的清晰。好的批评是直达事物的本质的，而不是雾里看花，很美很大概齐。李敬泽是我尊敬的批评家，他曾对余华的《兄弟》发言，说余华从来不是个处理社会复杂经验的作家（大意）。这句话说过多年了，我还记得。我特别喜欢汪曾祺经常引用的两句话：一句是韩愈在《答李翊书》中的“气，水也；言，浮物也。水大而物之浮者大小毕浮。气之与言犹是也。气盛则言之短长与声之高下者皆宜”。另一句是苏东坡的“吾文如万斛源泉，不择地涌出”，“但行于所当行，止于所不可不止”。

六

说批评边缘化了。纸媒确实是边缘化了，而现代传媒却发达了，发言的方式有多种。用微信朋友圈的方式我看也很好。另外我想说，当前的评论为什么一窝蜂地瞄准小说和诗歌？当前的散文创作那么好，我就知道鲍尔吉·原野、凸凹、李娟、钱红莉、胡竹峰等都是很优秀的散文家，难道散文创作就没有高度和难度？我觉得好的散文家也是非常不容易的，他们真是在用心写作，批评家多关注他们，是可以推动批评家和作家共同成长的。

七

一个批评工作者，最可贵的是真诚、独立、有勇气、甘于寂寞。其实，我是没有资格谈论批评的。我对批评了解不多。但我从事文学创作这么多年，也有一些切身的感受。因此我只是从写作者的角度，插上一嘴。顺便说一句，我还喜欢许多作家写的批评文论，对我有影响的，如加西亚·马尔克斯与门多萨的对谈《番石榴飘香》、林斤澜先生的《小说说小》和汪曾祺的《晚翠文谈》。他们的文体形态多亲切自然，而且对创作真是有直接的指导作用。

八

参加蒋一谈新书《庐山隐士》的座谈。蒋一谈的作品我还是熟悉的，也是喜欢的。他有短篇小说创作的野心。

他之前的两本书《鲁迅的胡子》和《赫本啊，赫本》我都有，因为我也非常喜欢短篇小说，自己也写短篇小说。我和蒋一谈的气息是相通的，追求有相同的地方，想写出自己不同于别人的短篇小说。或者说，从浩如烟海的短篇小说之林中把自己与他人区别开来，这当然很难。但这样的追求一定是有的。我没有和一谈兄交流过，但我想他内心一定有此想法。

关于短篇小说，汪曾祺二十世纪四十年代在上海曾写过一个长文《短篇小说的本质》，那几乎可以说是汪曾祺短篇小说的宣言了。在文中他提出他不相信有长篇小说，他认为长篇小说不符合现代人的生活节奏，而且他说，人生是一个个短篇小说的连缀，而不是一个长篇小说，同时他说，短篇小说是两个朋友的促膝谈心，读者和作者共同完成一个短篇小说。这些观点，现在看来还是非常先进的。

这本《庐山隐士》我看了一部分，《鲁迅的胡子》我前两天也看了。我有一点困惑：《庐山隐士》的许多篇什我是喜欢的，如《村庄》

《裙子上的苏格拉底》等，他的小说语言都极干净。这是很好的修养。有许多作家的语言是“飞流直下”，真叫人受不了。好的语言一定是有节制的语言。但文中有些篇什短得已成了格言，我不知道蒋一谈是怎么想的。我记得原来汪曾祺先生给我们写过一篇序，在序里他说，你们现在就写这么短，到我这个年纪还有什么可写的呢？他对我们的太过简洁质疑，我想是的，蒋一谈此集中有的篇章几乎是几行，这样的追求是危险的。

九

听文学批评家施战军讲课，非常之美。他是用抒情的方式讲文学批评，讲得很有文学性。他说，批评首先是从审美的角度，是建立自己的审美自信的一个系统的事情，所有带有悟性的批评，都像是有一把审美的钥匙。

我们的批评工作者，应往此努力。

2015 年 4 月 13 日

阅读使我安静了下来

——答《合肥晚报》问

1. 您觉得读书在您的生活中占据着怎样的地位？平时会花多长时间在书房里？

答：我小时候不读书，主要是玩。玩的花样五花八门，钓鱼，滚钱铜（滚铜板），打架，偷梨偷瓜，夏天的中午在街巷里游荡。当然，也背过一些书，主要是中学语文课本上的古文。能记住几句的是李白的《梦游天姥吟留别》：“海客谈瀛洲，烟涛微茫信难求。越人语天姥，云霞明灭或可睹……”范仲淹的《岳阳楼记》：“庆历四年春，滕子京谪守巴陵郡。越明年，政通人和，百废俱兴，乃重修岳阳楼……”还有就是欧阳修的《醉翁亭记》：“环滁皆山也，其西南诸峰，林壑尤美……”17岁左右开始读一些书，主要是得到一本《现代散文选析》，里面有朱自清的《背影》《绿》《温州的踪迹》，刘白羽的《长江三日》，孙犁的《山地回忆》，魏巍的《谁是最可爱的人》，秦牧的《古战场春晓》，还有杨朔的《荔枝蜜》和《海市》。你别看杨朔现在在散文史上地位不高，但当时他的散文集一本难求。我有一本《杨朔散文选》，真是认真读过，可以说给过我最初的营养。当然还有冰心、巴金、何为、袁鹰、碧野、峻青、杜宣等作家的散文。

现在读书在我生活中占了绝对的时间，我已经成了一个书迷、书痴。特别喜欢书。我开车，车上乱七八糟，都是书和杂志，堵车时就看几行，很过瘾。有时前面车跑了，剩下我一个车在路中央，自己反吓了一跳，赶紧开起来。至于上厕所，等个什么事，也是在口袋里掏掏，掏出个小纸片（我身上小纸片甚多），专心看起来。我就喜欢字，有字就看，什么小广告、说明书，都看，成了个真正的字迷。我小时候可不是这样，对书一点感觉也没有。不知怎么搞的，人的变化咋那么大呢？

2. 您喜欢阅读哪类书籍？有没有一些您特别喜欢的作家？为什么？

答：主要是文学书。因为自己写作。其实应该多读文学之外的书，可是读书都是随意性的，很少有一本书整体看完过。所以阅读是零碎的。我比较"偏科"，说特别喜欢的作家，我倒是有，汪曾祺算一个。此外是加西亚·马尔克斯的几本书，包括《百年孤独》和《霍乱时期的爱情》，他的中短篇小说我也喜欢。这是一个神奇的作家，他的才华远远超过许多伟大的作家。再就是《红楼梦》，这本书啊，啊呀呀……怎么说呢？翻开哪一页都好看。一辈子读不完。

3. 您的书房经历了怎么样的变迁？在这过程中，您经历了哪些不得已的割舍，或者您为了保护这些藏书做了哪些努力？

答：书房的变迁当然很多了。原来在县里，为了安静地阅读，在蚊帐的后面放一张课桌，趴在上面读《小说月报》。后来成家，自己请人打过一个书橱，放了自己买的各种书和杂志。再后来到北京工作，没有地方住，睡在单位办公室里，但床头的书还是有几本的，而且是到一个地方时间越长，书会积累得越多。我曾在来安的半塔工作过两三年，在镇上的书店、县里或者南京等地，买过一些书，二十世纪八十年代初正是世界名著重印的时候，于是买了许多世界名著。之后到滁州上学，那些书被我装在一个大木箱子里。那时出门都坐长途客车，行李等东西都是要放在车顶上的。在来安县转车，自己去车顶拎时，因为太重了，人差点从车顶栽下来，幸亏被我的一个在来安车站工作的女同学托了一把，否则会连人带箱子砸下来，自己不被摔伤，也会砸了别人，箱子摔烂，书再散落一地，那后果不堪设想。后来到合肥工作，因年头太长，二十几年下来，书越聚越多，从书房堆到客厅，再到床头，成了书灾，可没有办法。自己只有在书堆里翻来掏去，反正总有一天，会给书埋起来的。

4. 您藏书大约有多少？都是怎样收集起来的？说说您和书房中书的一些故事。

答：两三千册吧。也说不好，反正乱七八糟。书大都是买的。在书店买的。我至今不会网购，我的书大多是在书店买，逛逛书店，喜欢了就买走。现在逛得少了些，过去逛得多，三孝口、四牌楼书店常去，还有一家爱知书店，我也是常客。现在有许多书是朋友送的，认识的写书的人多了，送书是雅事，各类书也收集得多了。当然我有许多签名本的书，包括汪曾祺的、黄裳的、黄永玉的，当代的也很多。要说我的藏书有什么特点，就是我有各个时期汪曾祺作品的版本，有几十本汪书，有些版本非常好。

5. 给您印象最深、最有感触的一本书是什么？对于它您有着怎样的故事和回忆？

答：印象最深的、最有感触的书，其实不止一本。对于我，至少有三本，一本是《现代散文选析》，它使我喜欢上散文；一本是《晚饭花集》，它使我成为十足的汪迷（汪曾祺迷）；一本是《红楼梦》，它使我越读越喜欢——有时甚至想，天下有这一本书就够了，为什么翻到它的任何一页，总能读出喜悦的心情？

6. 您有哪些特别的阅读习惯？为什么选择这样的阅读方式？

答：我读书喜欢在书上画来画去，不像有的人，在书上一个字不能写。我在年轻时，还把书裁成几册的小本本，这样便于阅读，也减轻心理压力。我觉得不管什么书，能读到肚子里是最好的，那种把读书当仪式，或者把读书当表演的人，我是最不喜欢的。这绝不是危言耸听，因为这个世界上，并不缺乏表演的人。

7. 您是如何喜欢上阅读的？童年的时候是谁在这方面给您的影响？

答：我的阅读较迟，应该是高一的时候，那时刚恢复高考，学校抓教育，我的一个同学写了一篇作文《教学楼的灯光》，被油印几百份，发给不同年级的同学作为范文。他是写实的，我们那时教学楼的灯光是相当灿烂的。晚上去看，一楼的灯火，也十分安静，就是那时的气氛。我印象极深，被他写的作文感染了。等到我参加工作，集中到滁州的一个宾馆学习3个月，七八个学员住一个大会议室，有一个高个子白脸的同学，整日价“圣母玛利亚”“聂赫留朵夫”“于连”的，相当迷人，正好我有一个中学同学在滁州师专读书，他名为“读书”，其实并不读书，我们那时经常去他的宿舍玩，他的床头有一本《世界文学名著选读》，他也不读，于是我就拿了回来。我按照书上的篇目，读一个片断，之后“按图索骥”，去买原著，这样越买越多。

8. 您作为一个藏书人，对于书的保存有着怎样特别的要求？会不会有点小洁癖？

答：没有特别要求，只要好放，便于拿就好了，可是办不到，书总是里一层外一层，拿取很不方便，有时根本找不着了。为找一本书，能忙半天，弄得什么事也没干成。

9. 您觉得阅读给您的工作带来哪些特别的收获？对您的生活和个性有哪些影响？

答：阅读给我最大的收获，是使我安静了下来。我童年是十分顽皮的。当我刚开始阅读的时候，我并不能安静，总是不耐烦。但读着读着，自己发现了阅读之美，便十分安静了。我现在成了书迷，弄得到处是书，即使再一般的书，我也翻翻看看，"开卷有益"嘛！

至于对个性的影响，主要是培养了一点自负的性格。其实这样的性格也说不上好坏。也许坏处多一些，自负，多少包含一点小小的骄傲，有什么骄傲的呢？觉得自己读了点书，仿佛多懂一点东西（其实不见得）。好处倒是有一个：使自己更多关注精神的东西，对物质的需求要少些，对有些东西会看淡些。道理很简单，此多彼则少，因为你的精力有限。

2015 年 7 月 22 日

『喜欢汪曾祺，把《晚饭花集》手抄一遍』

——答《厦门日报》记者南宋问

1. 在文坛您以资深汪迷著称，由此而研究汪曾祺，并与汪曾祺私交极好，可否介绍下这一渊源？

答：我写的汪曾祺的文章较多，书也出过两本，还有一本新书《湖东汪曾祺》（暂定名）也会在汪曾祺逝世20周年之前（2017年5月）出版。这里梳理一下。我读汪曾祺的书大约在20世纪80年代初，首先是在《北京文学》等刊物上读到，那时我们县里几个青年一同学习文学创作，大家都说，这个汪曾祺，像我们家乡人，所写的事、所用的语言（特别是个别词，如说妇女穿得“格铮铮的”），都和我们家乡相近，后来知道他是高邮的，也就是我们的邻县，湖（高邮湖）东的，我的家乡天长在高邮湖西边。后来我得到一本他的《晚饭花集》，喜欢得不得了，就用了一个夏天、一个秋天，抄在了四个笔记本上，一个偶然的机会，听说汪曾祺在北京京剧院工作，一冲动，就给寄过去了。寄去也没有收到回信，很久没有消息，我也就忘了，估计不一定收得到呢。上天是垂顾痴迷的人的，1989年我得到机会到鲁迅文学院进修，是那种4个月的短训班。在那年5月，鲁迅文学院的第一个研究生班开班，这个班就是莫言、刘震云他们的那个班，在五楼的大教室（我住在大教室边上的501室），我见到一群人走了过去，我一眼就见一个熟悉的背影，那不是汪曾祺先生吗？——我浸淫在他的书里，太熟悉他了。我一打听，果然是的，他是来参加研究生班开班典礼的。我激动万分，等待机会。一散会我就走过去，拽住汪先生的袖子，我说我是天长的，曾给他寄过四个笔记本。汪先生这个人外表冷淡，内心极热。他到我房间坐了一会儿，并没有表现出我抄过他的小说他很激动的样子（一个人的书被别人抄一定是快乐的）。我又问了他一遍，他嗯嗯啊啊的，我不能确定，也就算了。这样就认识了。过几天，我就到他的蒲黄榆的家里了。他对年轻人极好，一般的青年人，只要不是太过分的，他都会对他们很好。他当然对我是好的，从欢迎上门，到留饭，到给书给字画，这样一来二去，就是常客了，也慢慢熟悉起来。

结业后我回到县里，可是我们的联系并没有断，他还给我寄书，我偶尔到北京，也到他家里去过两次。1993年初，我又得到机会，借调到北京的报社工作，这一下方便了，去的机会就多，也带过许多朋友去拜访他。后来我搞了一年多报纸副刊，这样更方便了，他给我们报纸题过字、画过画、写过文章，对我很支持，有求必应。我们原来以为他身体很好，不会死，嘻嘻哈哈不太珍惜。1997年5月，我到湘西采访，我的朋友龙冬给我打电话，说汪先生去世了，吓我一跳。从这个时候，我才反刍与汪先生的交往。也是从这一刻起，想起写一点关于汪先生的文字，这样一写写了20年，在全国，我“大约是最多的”（孙郁语）。从爱好者，到汪迷，到研究，一点点地深入，这么些年来，算是对汪先生有了一些把握。从《忆·读汪曾祺》到《湖东汪曾祺》，我算是从一个“忆读者”到一个“有一点研究价值的”研究者。要说遗憾，就是他在世时，我们不能理解他，对他的了解也不多，没能更深入他的内心，做一些基础性的资料的积累，因为我们也年轻嘛，也很浅薄。这是没有办法的。

2. 汪先生对您的影响，除了创作，还有哪些方面？

答：对我创作的影响，这可大了。就像家乡电视台采访汪曾祺，问他这一生谁对他影响最大，他想了一下，说，一个是他父亲，一个是沈从文，“就这么多吧”，他说。对我的影响，主要是汪曾祺，可能还有一点马尔克斯（在夸张变形方面）。之后杂七杂八的书，不计其数，也很难去叙述。我在鲁迅博物馆和北京市文联联合主办的“汪曾祺逝世10周年座谈会”上有一个发言，那个会铁凝也去了。我的发言大致可以代表了。大意：一是通过汪曾祺，学习了创作的方法。二是通过阅读，长时间地浸淫，就不仅仅是学习创作了，他的作品，其实影响了我的世界观、人生态度以及审美观，而且使我学会了观察生活的方式（观察生活的方式也是要学习的，有的人敏锐，有的人就迟钝些）。三是我体会到一个人对一个事物入迷是一件多么幸福的事情。一个人专注于一件事，时间就过得快，生活也较充实（没有时间给你去瞎想），而且总是感到生命不够用，有紧迫感。我就是，这么七弄八弄的，人生还没有过，汪曾祺的研究还没有展开，20年了，我回头一算，自己50多了，都忙了一些啥？用我的工作来换算：人生是多么短暂啊，一件事都做不完。所以人生要抓紧。

3. 见贤思齐，读一个人的书，肯定是不愿意只当他一辈子粉丝的，还是希望在写作上闯出一条自己的路来，可否介绍一下您的小说、散文创作经验?

答:刚刚过去的 2015 年,我出版了四本新书,包括一本随笔集《书犹如此》,三本作品精品集:《城市的气味》(散文集)、《秘密花园》(小说集)和《忆·读汪曾祺》(随笔集)。这大约是我 30 年写作的最精华的东西了,也可以说我的创作经验都在里面。我们每个写作者的创作都那么特别,方法和经验不尽相同。我的经验是从一个喜欢的作家的作品出发,以这个点,来带一个面,或者一根线。这样比东一头西一头靠谱些。当然,这个作家要足够优秀,值得你用尽一生来研究他;再一个你要真喜欢他,不是假喜欢。离开这两条,忙一生,也是白搭。我的创作,大约属于性灵一类的,不是大主题。追求文章之美,讲究韵味。写小人物、小事情、小情趣。大概是归有光的《项脊轩志》和张岱的《湖心亭看雪》一路的,或者是沈从文的《边城》、孙犁的《荷花淀》这一脉的。当然我很难达到他们的水平,但大致的路子是这样的。

4. 您来过厦门多次,印象如何?特别是对厦门大学的印象。

答:我来过几次厦门,对厦门的印象好至极,真羡慕厦门人,想做个厦门人,但这辈子机会不大。我曾写过一篇散文《厦门小记》:厦门就是一座大花园。鼓浪屿是花园中的花园。从渡船一脚踏上鼓浪屿,迎面一棵高大的凤凰木,树顶大片大片的红云,像洒了鸡血。造物主和大地,我深深地爱着你们。你为何如此神奇?

其实,在厦门,美是随处可见的。人们说,中国有两座最美的大学:武大和厦大。武大因坐落于珞珈山下,面对东湖而闻名;厦大因坐山面海,气候宜人,而令学子向往。我于早晨的雨后,来到厦大。一切都是湿润的。空气中有些水雾弥漫着。那些南方的亚热带的植物,遍布校园。

5. 请为读者推荐几本你喜欢的书。

答:我推荐《红楼梦》,鲁迅的《呐喊》《彷徨》,沈从文的《边城》和《湘行散记》,汪曾祺的《晚饭花集》《蒲桥集》,还有马尔克斯的《百年孤独》。要特别推荐西班牙作家阿左林的《塞万提斯的未婚妻》,这真是一本好书,是一本难得的好书。翻译者是戴望舒。译者的文学修养和文字水平让人敬仰。这本书写了一个西班牙小城的故事,有人说它是小品文,我认为是短篇小说。它充满了文章之美。学习写作从这本书开始是有福的。它的语言那么简洁、优美。笔下的文字、人物真诚。叙述那么平静、优雅。汪曾祺原来竭力推荐阿左林,可是原来很难见到这本书,现在由三联书店印出了,我买来一读,喜欢得不得了。阿左林是一位培养作家的作家,刚开始写作从他入手算是走了捷径。另一本萧红的《呼兰河传》,这本就是一幅北方小城的风俗画。写这个长篇小说时萧红在香港,她才29 岁。萧红 31 岁就去世了。这是一个天才作家。我看过萧红在去日本的船上写给萧军的信,字也写得很漂亮。她一生命运多舛。这个小说在香港写当然比在家乡写好。文学有一个间离的效果。香港病困中的萧红,对家乡的思念是深切的。在遥远的地方回忆童年的故事是最恰当的。那一代作家多长于白描。对于汉语,白描是多美啊。这种美是无以言说的。这些书可以反复读。这样就可以得到写作的技巧,也学习了观察生活的方式以及审美的眼光。

2016 年 2 月 1 日

附：

记者手记：与苏北交往二三事

我与苏北交往已有多年。有一年，苏北在微博上说自己在鼓浪屿闲逛，我赶紧联系他，请他吃汪曾祺爱吃的过桥米线，然后约了几位文友，到琥珀书店二楼谈书论文。他很低调，少说多听。其实，他除了是汪曾祺的密友，以研究汪曾祺著称外，还是小有名气的小说家、散文家，但他对此闭口不谈。

去年3月的一天，我到北京鲁迅文学院进修文学评论，看到名单上有苏北的名字，一打电话，果然是他，还是我的同班同学。在校期间，我们除了谈沈从文、汪曾祺，会会文友外，去得最多的地方就是书店。我们都不爱网购，非要跑很远的路，从书店把书一本本抱回来，才有买书的快感。

一个月后的一天晚上，他神秘地说，今天去吃汪曾祺的饭了。原来，他记得汪先生的忌日，约了几位文友去扫墓。汪曾祺的儿子汪朗感动地说："你们不提醒，我们当儿女的反倒不记得了。"扫墓回来，他们一行还到汪先生生前住过的房子看了看，来到书房，顿感物是人非，百感交集。苏北记下了汪曾祺大部分藏书的书目，后来写了一篇《汪曾祺的书单》，让同好大呼过瘾。

离开北京的前一天，他看中了我买的一本李健吾写的《咀华集·咀华二集》，喜欢得不得了。他让我陪他坐地铁赶往涵芬楼书店，结果迷路了，在胡同里转了两个小时才赶到。一打听，书卖没了。苏北一晚上闷闷不乐。回厦后，我整理书房时发现一本另一家出版社出的《咀华集·咀华二集》，把书悄悄寄给他。他高兴了一星期,天天在微信上汇报读书心得。

在京时,我们为他的散文集《玻璃女孩》开了一场研讨会。我建议,苏北应该尽快摆脱汪曾祺的影响,写出自己的特点;另外一位同学说,苏北学习汪曾祺没学透,应该继续深入学习。苏北听了,笑了笑……其实,对于影响自己至深的汪曾祺,他到底是应该"摆脱",还是继续学习,大家可以听其言,读其书。

(《厦门日报》2016 年 2 月 14 日)

旧书店老板和他的书

朱传国这个名字，现在在合肥，已经是家喻户晓了。出名的原因是，今年4月的一天，中央电视台在《新闻联播》用4分钟时间介绍他和他的增知旧书店。

朱老板这个店开了十多年了，一直波澜不惊，怎么突然就火爆了？起因是一条微信。4月初的一天，合肥著名文化人、《新安晚报》记者章玉政照例早晨起床刷微信，一条不起眼的、朱传国发的消息引起他的注意："昨天，淫雨霏霏下了一天，这是人间苦难泪水的汇集，天阴沉沉的，似乎高兴不起来，天堂里也在缅怀亲人。我在床上躺了一天，全身无力，感觉不舒服。下午，咬咬牙起床，打伞和太太出去转转，谁知走到大门口，便无力返回。晚上七点感到全身发热，用体温表一量，38.5℃……唉！人生有二难，求人难，登天更难；人生有二苦，贫穷苦，病死更苦。"

章玉政立即感到，老朱的身体出了问题了。章玉政对老朱还是很熟悉的。多年来他总在老朱的店里淘旧书，老朱一直是开朗的。老朱做旧书店也有"怪癖"：不卖盗版书，不卖低俗书。来他书店,对脾气的亲热如兄弟,不对脾气的,理都不理。忽然一下老朱发出这么一条悲观的微信,定有原因。出于职业的敏感,章玉政进一步了解到,原来老朱年前就生病了,书店关了近一个月的门。这几天太太来开了一会儿,希望朋友们能来买一些书,帮帮他。具体什么病,章玉政也不敢太冒昧,还是老朱主动打了电话,说:"几年前查出直肠癌,经过治疗病情稳定,可不久前被查出复发了,需要继续治疗。近几年书店生意不好,去年才挣了两万多,仅够房租钱。这一段老有朋友打电话要去买书,我不好告诉他们病情,但只要我老朱身体还好,一定将旧书店撑下去,一座城市不能没有一家旧书店。"

章玉政被感动了。放下电话,他在自己报社的微信平台上发了一条消息,吁请爱书人帮帮老朱,多去老朱那里买书。没承想这条短信激起了巨大的反响,一天刷屏十多万次。第二天一早,许多人到老朱的旧书店买书,章玉政打电话过去询问,老朱激动地说:"书店里来很多人,我爱人都忙不过来了。太谢谢大家了!"

就这样,一个小小的爱心传递,激起了人们心中的涟漪,一直传到中央电视台派来记者采访。

中央台报道后,来了更多的爱心人士,要求捐款的人很多。可老朱态度坚定,坚决不接受捐款。他说:"我不接受任何捐款。我是个卖书的,大家能来买我的书,就是对我最大的支持。"

章玉政觉得老朱太过固执,靠卖书短期内可能有点效果,长此以往肯定不行。这间书店是老朱的"命根子",章玉政曾听老朱说过,他有几本多年来淘书的笔记,本想整理出版,可苦于没有门路。章玉政于是萌发念想:这几本笔记是老朱几十年来从事旧书行当的心血的结晶，能不能联系帮助出版？他将这个想法同几个文友一说，大家纷纷表示支持，于是经过一阵联系、商榷和筹划，精美的《最后的旧书店》终于呈现在了我们的面前。

11月8日一早，《最后的旧书店》首发了，我早早赶到省图书城，为这本凝聚了许多人心血的新书去捧场。首发式气氛很温暖，很感人。我受到感染，写下了以下一段：

> 周日，以一个读者的身份赶去参加《最后的旧书店》首发。因为我觉得这是一件有意义的事。我与老朱不太熟，只见过一面，互加了微信，于是我便每天在朋友圈里见到老朱。他每天都会发一点感慨，有快乐的，也有忧伤的。连雨、晴或者风都连接他的心情。每次他都贴一张照片——一张他站在增知旧书店门前招牌下戴一顶鸭舌帽的照片。看到这张照片，看久了，我觉得，老朱内心是激荡的，但也是平静的。他眷恋这个世俗的人生，但也很淡定闲适。每天从手机里见到他的自语，仿佛一个人在不断给你轻轻地絮语，日子久了便觉得是朋友了。这么一个朋友，本来倒腾旧书是为了赚钱养家糊口，一不小心，弄出了情怀。人一旦与书联系上，便给人感到清爽明澄。更何况老朱不倒腾坏书、淫书，内心有臧否，做人有底线，这样的一个人便让人敬重。他现在有了许多朋友，包括许多陌生的朋友。朋友使内心温暖，温暖有利于健康，有利于老朱的病。这本新书，这本《最后的旧书店》，是老朱人格的化身，是合肥这座平淡的城市的温暖。合肥本来稀松平常，这本书却是一张名片，向外面的世界传达合肥的正能量，传递合肥的

美丽。它的力量不亚于一个著名的企业，也不亚于一个什么开发区。一个企业可能倒闭，可能消失，但一本书不会死去，若干年后它也会存在于某个小书店的一角，某个人家书橱的一角，某个大学图书馆的一角，存在于像增知旧书店这样一间旧书店的一角。一个人会因为一本书的命运而流传。朱传国这个名字，会像英文字母的大写一样，进入各种传媒中。虽然他是个小人物，但他会随一本书而游走于这个世界，游走于现实和历史。感谢这个阴雨的周日的上午，感谢这位小个子的但有大情怀的媒体人章玉政，感谢老朱那几册草草的但有生命温度的笔记本，它像丑小鸭一样霎时间变成一只白天鹅——这本素雅而高贵的《最后的旧书店》。

它会使我们认识爱的力量。

（香港《大公报》2015 年 11 月 18 日）

『打开多扇滑动的门』

——读徐芳散文集《月光无痕》

写散文以诗人和小说家为好。小说家善于描摹，诗人长于移情。各执一端，多有异彩。徐芳是散文诗人，文多斐然多姿，加之女性文笔，或放声歌咏，或颔首低吟，斐然中又多细腻。枝枝摇曳，异香缤纷。

我将徐芳的《月光无痕》读了大半，又将书中诸篇浏览一过。在夏日的周末，我坐在自家阳台的木质沙发上，望着窗外的蓝天和楼群，我想：徐芳是什么？

我想了多时不得其解。

我将她文集中单篇的《月光无痕》读了一遍，又朗声诵读一遍（自编的配乐散文罢了），我忽然有所体悟：《月光无痕》写了什么？她似写月光，可通篇并不见月光。她要告诉我们什么？再通观她这本集子中的所有文字：《有味》《“榆园”》《阿妮头》《两个外婆》《搬家的故事》《城市生活》等等，她从来并不好好地描写一个场景。

可那些文字是真实的。合起书,“记不住样子,却忘不了味道”(刘兆林语)。

徐芳在自序中引苏珊·桑塔格的话说:在散文中,诗人永远哀悼伊甸园的丧失,请求记忆说话或哭泣。

噢,记忆的哭泣?记忆在说话?徐芳说,认可了记忆性质(絮絮叨叨,一地鸡毛),却是“灵魂的片光零羽”。

《月光无痕》许多篇章,场景多是些“破碎的记忆”,有些更像是呓语。

她是散文中的“印象派”。

她的文字总是跳来跳去。我想捉住“徐芳”,可她总是躲闪着。徐芳的散文,你不能用传统去套她。她实在是诗性的。正如王蒙先生所说“她的散文里有诗”。

我并不在乎徐芳写了什么,我更关心的是她怎么写,她从何而来。我们每个人都是特别的。人的丰富性比世上其他所有的东西都要广阔,写作的无限性也就在其中。

我企图破译出徐芳的密码,我找出自己的一些藏书:蒙田的随笔,伍尔夫的《普通读者》,我试着与徐芳交叉去读。可最终我是徒劳的。

徐芳就是徐芳,徐芳只有一个。

倒是伍尔夫有一段话启发了我:“我们的印象像成千上万的微粒所构成的不断的骤雨,从四面八方袭来。落下时,它们便形成为礼拜一或者礼拜二那天的生活。”阅读徐芳的散文,不管是《有味》的“孤独的味道”,《这苍老而年轻的歌声》的“来来回回地回荡”,还是《诗,我的心灵花园》的自语,都是徐芳“微粒的骤雨的礼拜一或者礼拜二”。还是王纪人先生说得好，徐芳从来不拘泥于一人一事，她的散文总是有好几扇滑动的门，随时滑向另一时空或场地。她是散点式的。比如《两个外婆》就有“几扇门”，滑动在不同的时间和空间。徐芳的“外婆”也仅仅是个“外婆”。——本是局外人，又何必追究够明白呢！生活本来是一圈光轮，一只半透明的外壳，徐芳的意识，只是被它们所包围罢了。正如威廉·詹姆士所言，“意识是主观的生活之流”。

徐芳所捕捉的，是千变万化的精神的状态，是感觉的体验。《前世的落叶：悼亡母》，也是这一实践的代表。这完全不是一篇传统意义上的怀念文字，通篇没有一个亡母生前的具体细节，也没见出刻骨的怀伤，有的只是意象上的“片光零羽”。比如，“我曾一再固执地认为，你依旧坐卧不宁地在床上、窗前，在病房里，就像个等待回家的小孩子。风吹动了你的窗帘，总会从你身边路过的会是谁？”“我也只是路过在你的路上，在你伤痛的路上”，与此交叉的就是落叶、树和秋天的感觉。我甚至怀疑在文中出现过两次的“杉”字，也是某种隐喻（难道母亲的名字叫杉？）。

我以为《城市生活》是徐芳一篇重要的作品，这个篇幅较为庞大的散文，纷繁而斑驳，给了我们那么多的意象。“孤零零的袜子悬垂在晾衣竿上”“肉柜排队的竹篮或砖”“挂着一把油腻锁的碗橱”“哭泣的妹妹”“惊心动魄的争吵”“一摊都市人围观的血迹”“一间屋子里知名和不知名的写作者”。徐芳说这些碎片是由梦、联想和希冀组成的，在密布的语言中跳跃着，刺激着我的神经。

徐芳在书的自序中曾宣布向罗兰·巴特学习，巴特说过：“二十世纪是不稳定的，浮动的。外部世界与人的内心都像是迷宫。

我不理解这个世界,所以我写作了。”徐芳这种更多的感觉式的体验,也许正基于此。

说穿了,徐芳的写作是别具一格的。她是有自己的追求的。她不苟同于流俗。她只是对自己“记忆断片式存在”的尊奉。

2014 年 6 月 9 日晨

猜谜

——读沈从文《来的是谁》

《来的是谁》是沈从文在中华人民共和国成立后唯一的一篇小说，尘封了35年，新近被发现，发表在上海的《文汇报·读书周报》上。我晚上边洗脚边漫不经心地看。实在是好得很。

我曾读过沈先生1957年写的一篇散文《新湘行记——张八寨二十分钟》，我以为不好。沈先生自己也说过："我是落伍了……跟不上时代了……"现在从《来的是谁》的情形看，事实并不是这样子的。这是一篇非常完整的小说，手法似乎还有一点西方短篇的方式；而文字的作风，仍然是沈先生的一贯作风。从这篇文字里，可以看出沈先生30年代的经验。沈先生曾说过：要能驱使手中的笔……要首先想法把手中的笔弄活。从这篇文字，能看出沈先生自己是怎么做的，那真是一支灵活的笔。

这篇小说还有点神奇。那个神秘的老人，到最后也没有告诉读者是谁，可是从通篇来看，还需要点明来的是谁吗？——如果说出来，那是多么愚蠢！

小说开头写道：

一九七×年十一月间，北京城里照习惯天气本来十分晴朗，还不太冷。大街上两旁白杨树高高上耸六七丈，许多还是“木叶微脱”的景象。

接着写道：

某一天下午3点左右，因西北寒流的突然侵袭，气温忽然降到约零下十度。到六点前后，大街上行路人，下班的、散学的、买货的、借公事办私事的、各色各样的人上百货公司闲逛的、走路的、骑车的，凡事先没有准备的，多缩住个脖子，显然有点招架不住，难于适应……特别是从南方来新下火车的，一出了站，自然觉得格外寒气逼人。

沈先生说过：写人或者写什么东西，把这个地方风景或者插进去写。人是在这里活动呢，容易出影响出效果。这篇《来的是谁》，沈先生用了近两千字交代北京城某天下午三点，突然寒流袭来的街面和车站情形，写得又轻松又幽默。——那种幽默是不经意的。那个神秘的小老头子就在这样的风景中活动，一派北京城快入冬的景象就出来了。

沈先生是写气氛的高手。他在西南联大时，曾给学生布置作文：记一间屋子里的空气，记一个黄昏街面店铺各色人等的活动……汪曾祺先生著名的小说《异秉》，就是在“记一个黄昏街面店铺各色人等的活动”的情形下产生的。沈先生喜欢做各色各样的试验。他晚年还说“一切都在试验之中”。他曾把自己的小说裁成窄条，试验各种组合方式；他曾许诺为张家的小五写故事，于是写下了《月下小景》；他的《泊曾家河》《水手们》，为写给“三三（张兆和）的专利读物”；他晚年还称自己的作品为“习作”。他不是自谦，他终生都在学习，都愿意去学习。打开沈先生文集，煌煌12卷。他这一生写得真是多啊！他喜欢说“耐烦”，他一生性情温和，他实在可以算得上“耐烦”的。——我晚上写此小文时，曾翻了翻沈先生的文集，写完睡在床上，却翻来覆去睡不着。如我辈之流，何日能写出沈先生这许多文字？我们当代的作家，连写书信的耐心都没有了，又有何“耐烦”可言呢？

在这篇小说里，我们还看到了许多人的影子。首先是他自己，“那个神秘的小老头”，也许是他从湖北咸宁干校回来——肯定是从咸宁干校回来的。张永玉、张梅溪、张黑蛮、张黑妮……那是黄永玉一家，还有汪曾祺！那个“做导演的还是戏本原执笔的汪伯伯”。

沈先生在开篇写“一九七×年十一月间”，究竟是一九七几年呢？这个“×”是沈先生涂改过的，我反复贴着字面看，也不能确定是七“几”年。七一年？抑或是七六年？实在无法明白。从沈先生手迹看，他用的是文具商店一贯都有的“通讯稿纸”，是 20×23 = 460 的，沈先生在文前注明“计二十页约八千字”。

一切仿佛是在猜谜！读这样的文字，真是有意思得很！

好书相伴

周末，在书房瞎转，转了多时，甚感无聊，便将书橱中的乱七八糟的书乱翻一气。翻出阿城的《威尼斯日记》、汪曾祺的《五味集》、艾特玛托夫的《白轮船》和契诃夫的《契诃夫手记》四种，一一翻读。古人说，无聊才读书。因此对书中的内容，并不求甚解，只是随手去翻。见到有趣的便读一段。

其实，这四本书我过去都读过。读熟悉的书，如阅熟悉的人，有一种特别的亲切的感觉。汪曾祺有诗云："往事回思如细雨，旧书重读似春潮。"

我翻到《五味集》的《家常酒菜》一篇，他写塞馅回锅油条：油条两股拆开，切成寸半长的小段。拌好猪肉（肥瘦各半）馅。馅中加盐、葱花、姜末。如加少量榨菜末或酱瓜末、川冬菜末，亦可。用手指将油条小段的窟窿捅通，将肉馅塞入、逐段下油锅炸至油条挺硬，肉馅已熟，捞出装盘。

他说此菜比炸春卷味道好，我真想自己试试。汪先生说这道菜为他首创，并说："很多菜都是馋人瞎琢磨出来的。"

汪曾祺实在是“馋”的。关于吃食,他的所著甚多:《故乡的食物》写炒米、焦屑、慈姑、昂刺鱼、斑鸠、野鸭、蒌蒿、马齿菜;《食豆饮水斋闲笔》写豌豆、黄豆、绿豆、扁豆、芸豆、豇豆、蚕豆、小红豆;《肉食者不鄙》写狮子头、镇江肴肉、东坡肉、乳腐肉、腊肉、火腿、白肉火锅、霉干菜烧肉;《鱼我所欲也》写石斑、鳜鱼、鲥鱼、刀鱼、鮰鱼、鳝鱼、虎头鲨和黄河鲤鱼。

汪曾祺所写谈吃的文字,都不长。句式短小,间作小考,甚是好读。

阿城亦似汪曾祺,都受古白话的熏陶。不似另两册:《契诃夫手记》和《白轮船》,都有很重的翻译体的气味。虽然两位译者都是大家:贾植芳和力冈。

阿城的《威尼斯日记》,是阿城 1992 年 5 月在威尼斯旅行的两个月里所作的日记。阿城的好,在于敢把日记拿出来出版,而且还有许多人说好。阿城是个聪明人,我当年被他的《棋王》迷得颠三倒四。日记开篇即写道:“威尼斯机场海关能闻到海的味道。”之后“乘小船进入威尼斯,海面上露出许多粗木桩。薄云天,一切都是明亮的灰色”,使我们知道,威尼斯是一个水很多的地方。

他住进旅馆,从顶楼望出去,满目皆红瓦。红瓦之上,露出一远一近一东一西的两个钟楼。

这本日记的好,在于进出自如,文笔自由,娓娓道来,不着急不上火,人从容疏淡,时间仿佛是“无聊”,这也恰合了读“无聊之书”。

他在 7 月 2 日写道:“就要离开威尼斯了,瑞雅尔多桥下的一条船上,有个老人唱歌,高音,面容像极了列奥纳多·达·芬奇的自画像，一曲才歇，桥上和两岸掌声雷动，总有几千人吧，小船却独自沿运河向南漂去了。”这个老人，又仿佛是中国的庄子，抑或中国古代的山林隐者。

这或许说的是阿城本人吧。他不是也要离开了吗？

读《契诃夫手记》和《白轮船》，是读文字里的一种全新的东西，或叫作观念吧？西方人的文字，没有中国的留白，即“以白计黑”之说。它好的，是作品整体的一个东西，整个作品可能有一个总体的寓意，或者就是一个大寓言。比如《百年孤独》，比如这本《白轮船》，那个叫莫蒙的孩子，其实是个寓言。

我还有《从文自传》、苦雨斋的《雨天的书》、孙犁的《芸斋小说》和废名的《田园小说》，都是极薄的书，都是我喜欢的书。可以说，都是好书。

有好书相伴，人生不寂寞。

闲读琐记

十九号房

诺贝尔授奖词说多丽丝·莱辛的作品“如同一部女性经验史诗”。有人不同意,说是对女性的歧视,“女性经验”就不是“人类的经验”?为什么要单单列出“女性”,而不列出“男性”?这个质疑是有道理的。不过我读莱辛的《十九号房》时有一个强烈的感受:莱辛对女性的“发现”是有力的,甚至是残酷的。这是一个非常平常的故事,或者说,是没有“故事”的故事。作者只是絮絮地往下说着,她并不期待你耐心地读下去。她并不停下来描述什么,而只是努力地“交代”,或者是对心理的描述。可当你读完整个作品时,那个叫苏珊的女人来到“浮德的小旅馆”,躺在十九号房的床上,打开煤气。“她仰卧在绿色的床罩上,双脚觉得冰冷……静静听煤气微小柔和的咝咝声,流入房间,流入她肺部,流入她的脑中。她漂入黑暗的河流中”,这时你才感受到深深的打击。你知道一个孤独的人生是多么可怕,一个孤独的婚姻是多么可怕,甚至想一想,生命又是多么可怕。我们只有庸常地活着啊！不能去追问我们自己的生活。如若去钻这个牛角尖，真的是多么可怕。

由此我也懂得，在一部作品中思想是多么重要。其实是“发现”。发现了我们庸常的生活中被我们麻木的神经忽略了的东西。我们的许多的写作，过多地注意了细节，注意了细节的罗列，而没有对我们生活的“发现”。这样的“发现”是难能可贵的。我的一个多情的朋友，曾经对我说，你没有什么思想。当时我还颇不以为然。我对他说：“我永远钟情于现象，而不去做一个懂得‘道理’的人。”我的意思是：文学要永远钟情于形象，而不要生硬的道理。可是反过来，你拥有一串生动的形象，而没有一个“发现”的“主脑”，这一串鲜活的“形象”，又何以能支撑起一个“活生生的人”？而且是独特的“这一个”。

这一个不足两万字的东西，给了我一个教训。文学不仅仅是给读者提供一个活生生的“人”，还要有所“发现”。发现我们人类共通的东西，比如孤独、无助，甚至绝望。

红楼悟语一百则

出差带了一本《万象》，开宗第一篇，就是刘再复先生的《红楼悟语一百则》。我在合肥飞往桂林的飞机上，一口气读完了二十则，真如醍醐灌顶，脑子一下子开了窍；我不管飞机如何遇到云层颠簸，一门心思看下去，痛快淋漓！

何哉？我对《红楼梦》算是比较熟悉的，20 多岁时抄过一遍，之后又陆续翻翻看看，不敢说每个章节都能背下来，但翻到哪个章节，亦都是眼熟的。多年前也看过一些关于研究《红楼梦》的书，不管是阶级斗争论，还是才子佳人论，不管是索引派，还是考证派，不管是“见淫”“见《易》”，还是“缠绵”“排满”，我都乱翻一气；窃以为自己是学习创作，不是研究“红学”，看人家曹老先生的文字就够了。最近一段，见天津《今晚报》连载王蒙先生的《漫说〈红楼梦〉》，一周一篇，说真的，我也只是看看，并没有心有所悟；而刘先生的这一百则，却给了我当头一击，这真真是天才的发现。刘先生说“《红楼梦》没有宗教，但有宗教情怀”。这种“宗教情怀，便是兼美、兼爱、兼容的大宽容与大慈悲”；刘先生说，贾宝玉“像个少年基督”，他是“把审美放在宗教之上的地上‘圣婴’”。

这些“发现”真让我感到十分温暖啊。我说怪道世人痴情于这部“奇书”，原来它是文学的“《圣经》”。它的大慈悲、大情怀，以及那些富有诗意的生命，才是真正吸引我们的神奇力量。唉，一个“呆”读书的人是没有出息的，人不能“陷”入书中，否则就“蒙蔽”了双眼；精读还要兼读，否则不能融通。有一点领悟，也不能超然，也只是一堆“死知识”。

成也潇洒，败也潇洒

立在书店，看董桥《文字是肉做的》，恰翻到《早也潇潇，晚也潇潇》一则，说：“蒋坦的《秋灯琐忆》写娟秀的秋芙种芭蕉，叶大成荫，秋来雨风滴沥，枕上闻之，心与俱碎；蒋坦于是在叶上题句云：‘是谁多事种芭蕉，早也潇潇，晚也潇潇。’”读到这我忍不住扑哧一笑，吓了边上看书的人一跳！你道为何？是我从“早也潇潇，晚也潇潇”这八个字的字面上想起一件趣事来。

十年前我在北京一家报社做编辑，编到一则来稿，内里写到一个人,成事是他败事也是他,于是作者用了成语“成也萧何,败也萧何”。那时报社都有专门的校对。负责我这块版的那位美女校对,送清样给我时,竟用红笔大大地将“成也萧何,败也萧何”改成“成也潇洒,败也潇洒”。我看后忍俊不禁,也是失声笑了,吓了边上一位编辑一跳。我边笑边摇头晃脑,口中一迭声不住道:“妙哉!妙哉!”我绝无讥笑这位校对的意思。不知者不为过。我只是觉得这改得实在是机智和妙巧,可以说是神来之笔。这从她那牵出的红笔线条的干脆和毫不犹豫大笔一挥的形态可以看出,那确乎称得上是神来之笔。

说她是美女,也绝非奉承和恭维。她个头不高,但生得很丰满,夏天她领口开得很低,胸口像矮矮的树上结了很大的果子活活地动着。她用了很浓的香水(并不难闻)。她走过去,一阵风都是香的。她穿短T恤,牛仔裤,一头长发,发梢蓬松,染了金色,青春的活力和旺盛的生命在她身上涌动着。她很健康,也很机智。

我调离报社不久,就听说她也离开了报社,去了一家广告公司。有时新年,还收到她寄来的贺卡。近十年过去了,偶尔听旧友说起她,说她成了款姐,在北京有了自己的房子,自己的车子,还开了一间自己的公司。后来又听说,她有了一点麻烦,和一个犯事的高官有些瓜葛。之后就不大听得到她的音讯了。

沈从文先生说,读书不是受影响,而是受启发。可是影响和启发又有多大区别呢?启发可能更多的是引发开去,由此及彼。比如我现在立于这个小书店,由蒋坦的这句“早也潇潇,晚也潇潇”,而想到这件深埋于心底的无厘头的旧事,就是一个意外的例证。

读于丹

于丹到合肥来讲演，我去听了一下。说实话，很是不错。人家真是训练有素。走上台，款款坐下，第一句就是："谢谢今天来到这里的各位朋友，在这个周末的下午，我们大家聚集到这个地方探讨关于成长、关于感悟的话题……"上来就进入主题。之后滔滔不绝，就觉悟、仁爱、智慧、成长等话题进行探讨。她字正腔圆，娓娓道来，非常之从容。她不是做报告，也不是聊天，她就那么出口成章，非常有亲和力地给大家说着。她说，仁者就是爱人，智者就是知人；她说"觉悟，就是见吾心"，真正的觉悟是你看见了自己内心真正的愿望。她说孔子曰：仁爱，有五者行于天下："恭、宽、信、敏、惠。""恭而不悔"，宽则得众，信则人任焉；"敏则有功"，敏锐有大智慧，才能建功立业；"惠则足以使人"，对人有恩惠之心，才能有力量使用别人呀！恭和宽是做人的修养；信和敏是做事的原则；惠是做官的心态。那么恭宽信敏惠，做人、做事、做官，我们走在这个世界上，不就这几件事吗？这么一想，经典离我们还远吗？

是的，这就不远了。经于丹这么一讲，经典便是我们身边的事。人间的事情，本来十分简单；人间的道理，本来也是十分朴素的。不知为何越弄越烦琐了。

偶得之书

我不是藏书家,我藏的书,有两三千册吧,但都是一些乱七八糟的书,以新近出版的为主,没有旧本老书。孤本善本,更是枉论。但我有一本《分类成语手册》,倒是几十年前的旧东西,版权页上注的是“中华民国三十五年初版”,也就是1946年出版的,距今也有60个年头了。

这本成语手册是上海新鲁书店出版发行的,书店在上海山东中路中保坊201号,编著者柯槐青,校订者何公超。出版之后再版了两次,印数达到5万册。这真是一本不坏的工具书,它的分类颇为有趣,将收录之成语分成五大类:人事类、人物类、人伦类、自然类和书信成语。人事类里又分许多种,比如有关政治的,有关经济的,待人接物的,文章书画的;人物类、人伦类等也都有许多子目,比如人物类里的仪容表情条目下的成语有一团和气、天真烂漫、正襟危坐等,读之甚是有趣。

得到这本小的字典也颇为偶然。我没有淘书的习惯,也不可能像黄裳、姜德民这样的藏书家有那么深的学问。我倒是爱读书的，每到一地出差，只要有时间，还是愿意少喝酒多逛逛书摊，可惜这样的机会并不多。我上面说过，我的藏书都是乱七八糟的，哎。你别说，就是因为“脏乱差”，我才得机会捡到这本小书。我这人喜欢闲逛，有时在城市的小巷里走着走着，见到那些收纸盒的、收报纸的在整理自己一天的收获。内中有那么几本书散落在那里，这时我便会凑上去看看，其实绝大多数时候是一些破烂的东西，但有时也有一些有意思的书报杂志，我便与之协商，可否卖给我。卖主当然乐意。于是三文不值两文便给拎了回家。这册成语手册就是在一次下班的路上，在一个小胡同里遇见的。当时是几毛钱买的，虽有些破旧，但60年的岁月，如若我真去交易的话，我想，也该值个百十块吧。

前不久下班，从一菜市场过，见一堆零乱的旧书堆在一辆三轮车上。我便又好奇地停下来，一本一本去翻。那些书很杂，有医药、生活、课本等，当然最多的还是文学书。多是没有什么价值的，可我在这一堆书中，却找出一本1965年出版的《艳阳天》，《艳阳天》我们在20世纪70年代读过，而这本1965年出版的《艳阳天》，距今也整整41年了。这套《艳阳天》分上、下册，可这里只有上册了。版权页是没有的，只是写着“农村版图书编辑委员会，1965年北京”字样，也没有定价。在“编选说明”中说道：“为了把好书真正送到农村去，让它们更有效地为农村阶级斗争、生产斗争和科学实验三大革命运动服务，我们从全国出版的适合农村读者广泛需要的图书中，挑选一部分，分期分批印行农村版……”从这些文字中不难看出当时人们工作生活的情形。今天的孩子们又如何能理解当时时代和社会。我看到这样的书，便毫不犹豫买下了。其实只要5块钱,可我回来翻了又翻,却不胜感慨。

我还有一本有意思的书。是一本儿童文学,书名叫《羊舍的夜晚》,是汪曾祺先生1963年出版的。这本书出版时我才1岁。而我后来却同汪先生相识,真是有意思得很。这本书的插图还是黄永玉先生画的。这本仅38000字的薄薄的小书,却印了2万册。那时的书印得真多啊,让现在的作家眼馋不已。

我原来听一位老作家说过,有些旧式的藏书家是靠收书卖书吃饭的。他给我说过,还在世的藏书家某某,就以卖书谋生。我们不算是读书人,更不是一位藏书家。家里有些闲书,随便翻翻,也是个休息过程。我对收藏并无特别的爱好。有一两本旧书,偶然得之,也甚喜也。

2006年1月17日

二流的《兄弟》

我同意李敬泽对余华的评价：他从来不是个善于处理复杂的人类经验的作家。看完《兄弟》，我一直还有些犹豫，该怎样界定余华这部10年后的作品？我的朋友Z给我发短信说，这是一部可以获诺贝尔文学奖的作品。那时我还没有看到书，待我看完这本书，我犹豫了。面对这样一部作品，我的阅读出了问题？当我读到陈村和李敬泽的两篇书评（《文汇报》2005年8月20日）后，我释然了。我坚定了我的经验，《兄弟》不可能是一部伟大的作品。

我一直在思考这样一个问题：那些伟大的作家是如何诞生的？我的答案是这样的：要么见到了上帝，要么混入了世俗。我一直认为"作家的童年经验"对一个作家的成就起着决定性的作用。这里的经验不是完美的经验，而是童年的缺陷的经验。那些成为大师的，要么孤僻自闭，几乎接近精神病，他终生都在阅读，终生活在自己的内心。他穷其一生思考人生。他的文字是佶聱难懂的，可他的思考是终极的。这样的作家是超现实的，或者是先验的。要么就如《红楼梦》一样，混入世俗。王蒙说，他读《红楼梦》从来不是把它当文学来读,而是读生活。我同意王蒙的说法。张爱玲之所以这么热,我想读张爱玲的,也是读她的生活啊。我忽然有这么一个经验:那些大家庭出生的作家,三姑六舅,七婆八嫂,他们从小就混在其中,得到了许多人生的经验——要知道作家的体验大多来自童年。他们自身又是残缺的,因此那些经验更是刻骨铭心。——曹雪芹、张爱玲、巴金无不是从小生活在几十人甚至上百人的大家族中。那些“复杂的人类经验”不是能通过作家的写作技巧来“处理”的,而是作家的经验中固有的,是深埋在作家童年的心中的。(一位诗人说过,伟大的作家不是随便“培养”和“造就”得出来的,它是文化传统和时代潮流适逢其会推出来的。)

而余华们(不仅仅是余华,而是这一代的作家),他们的童年和家庭就要简单得多。即使童年有强烈的缺陷体验,但也不具备这种人情的练达,他们没有这样复杂的人际的“童年课”。而余华又不是那种沉湎于自己内心进行终极思考的先验型的作家,这就决定了他们不是产生伟大作品的作家。——我这又陷入先验主义的泥潭里去了。可管不了那么多了,姑且是一家之言吧。

李敬泽说,余华对人在复杂境遇下的复杂的动机并不敏感,他无法细致有力地论证人物为何这样而不是那样,他只好像个通俗影视编剧那样粗暴地驱使人物,没有道理,也无须讲道理。李敬泽又说:“余华在写《兄弟》时不在人物的里面,他站在外面。”我完全同意这个观点。我在阅读这部作品时,一个强烈的感受是,不是人物的命运推动着作品,而是作者在决定着人物的命运。这就注定了作品的品质。

我一直不认为余华是个最优秀的作家。他没有苏童细腻的质地,也没有莫言的天马行空,他有的只是坚硬和冷酷。可是我一直纳闷:余华的影响力却是如此出人意料。余华作为一个优秀作家的坚硬和冷酷,大概应是他作品最为鲜明的特点。

所以我说,《兄弟》是当下一部优秀的作品,但它肯定不是一部伟大的作品。

附:最后附带说一句,感谢上海文艺出版社出版这本编辑水平很高的书。全书几乎没有错字。书中只出现三处错误,一并指出,以便再版时改过:1. P132 页第八行“浅”字排成了繁体;2. P218 页第 19 行多了一个“地”字;3. P229 页第 20 行,是“李兰七年没有洗头发”,而不是“李兰八年没有洗头发”。以此我也想证明,我是认真读过这部作品的,而不是想当然地说了上面一番白话。

2005 年 8 月 24 日

《色·戒》一个壳

一

我是电影的外行,但我以为电影的调子很重要。《色·戒》的调子很好。电影的开头乱糟糟的,对话也不是很清楚。我老婆说,什么玩意?这么乱!我说,这就好,不能让你看清楚。生活本来就是乱的。像一层层打开的茧子,看下去,慢慢便清晰了起来。人(观众)也进去了,戏也慢慢深入,有点意思了。

电影做到这样很不简单。丝要一层层去抽,关键是抽丝的人要稳得住。梁朝伟和汤唯俩人都演得好。我老婆说,梁朝伟怎么没有什么话呀?!是的,他从头到尾没有多少台词。老易是个老奸巨猾的特务。他的心思很重。他不能多说话。你看看生活中,哪个位高权重的人话多?!更何况这么一个人格是分裂中的特殊职业的角色。汤唯的王佳芝同样令人尊敬。她拿捏得很好!有女学生的味道,也有女人身上固有的天性——美和风情。

有说张爱玲在文字里写出了杀气,而李安的把握是恐惧。从头到尾，梁朝伟的眼睛里充满着恐惧。这也不错的。恐惧，是因为杀气所致。

我倒是觉得，王佳芝最后的举动，在整个电影中铺垫得还是不够。不过怎么说呢？铺垫多了，被人看出破绽，也是不好办的一件事情。倒是梁朝伟的最后一个箭步射进轿车，真是让人过瘾。这个小子，身体还是好啊！——有一种夸张之美。艺术，说穿了，是需要夸张的；这样的夸张，倒让我们回到了电影。幽默感出来了。——噢，哥们，你是在看电影。不是你的生活。

二

被朋友拉去看《满城尽带黄金甲》，看电影之前这个名字早已撞在我心口。打开电视，主持人在说《满城尽带黄金甲》；坐上出租车，耳朵里也是《满城尽带黄金甲》；走上街头，眼睛里也满是《满城尽带黄金甲》。街头大幅的广告，也会无意撞入你的心坎。

电影不能说不好。一场看下来是不会错一下眼的。说明可看。真是奢华啊，满目的金黄，满目的珠光，满目的红、粉、黛。人多，场面大，宏伟；局部精细；夸张，一惊一乍，让你错不了眼。现在的人忙啊，信息在每个人的怀里乱撞，浮躁啊。因此不可有半点松懈。电视是每节要有冲突，电影必须环环紧扣，否则人就稀松了去。

这是一个复仇的故事。一个乱伦的故事。在宫廷里，乱伦不足为奇。权力的至高无上，荒诞就出现了。荒淫也在所难免。故事当然是好的。看完我在思考，这究竟是一部怎样的电影？经典乎？精品乎？凭我个人的一点经验，经典是算不上的，在阅读

（看）的过程中，它抓住我的仅仅是眼睛，它没有抓住我的心，更没有抓住我的灵魂。它不让我叹息，不让我忧伤，不让我暗自沉默，不让我手心出汗，不让我泪花飞溅、老树乱颤。我应该算是一个情感细腻的人，我应该算是一个心怀柔肠的人。它既不能进入我的内心，难道它还能进入百毒不侵的强盗的心？进入心怀百结少女的心？

进不了人心的东西，它只是个壳。

走出影院我就对朋友说，这是一场形式主义的盛宴。老谋子尽力了，可还是找不着北。他现在是必须静下来。10 年不拍，20 年不拍，之后看能不能拍一部走进历史的东西。——《魂断蓝桥》的胶片已经发白发黄了，可它仍然揪住我们的心。可是话说回来，老谋子算是优秀的了。不仅仅是老谋子，我们所有的电影人，不同样是找不着北吗？其他的艺术不也是吗？那个德国人顾斌，说我们的当代文学是泡沫。一群人起来反对。反对是可以的，一个人有自尊，一个民族也有自尊。可是你回过头来再向着你的内心，扪心自问，当代文学不也存在一样的问题吗？问题究竟出在哪里呢？出在我们的时代？出在我们的内心？真叫人糊涂。

张艺谋这个乡下娃，凭着一点倔，一点慧，一点机遇，走到今天，已不是过去那个黄土高坡上的啃着大馍咬着大葱的陕西娃了。他是个理想主义者。他渴望经典，他渴望奢华。他走了太多的红地毯，他已无暇眷顾那过去的黄土地。他的皮鞋锃亮。他并没有到达最高峰，他不甘心。可是他终日在忙，他已经是个壳了。他总是在飞机上，在聚光灯下。他走不进自己的内心，他得不到片刻安宁。

这样的东西，当然是不会走进人们的内心的。充其量是，一场梦，是一顿饕餮；给我们的，就是一场形式主义的盛宴。

2006 年 12 月 20 日匆就

自序《像鱼一样游弋的文字》

这本小书适合在简陋的阳台上，午后的沙发上，随意翻翻。缓下来的阳光暖暖地印在你的身后，将不太强烈的影子投在地下。

因为这些文字都是我散散淡淡地写下来的。我的写作没有规矩，太多的规矩我也不懂。我懒得构思，也懒得结构。我想起一团生活，模模糊糊的，觉得有趣，心时时动，我走进去把它记录下来，就形成了这些文字。

本书最适合的读者是：菜贩子、街头下棋的、电器修理工作者、小学教员、弹棉花的、剃头的、劁猪的、修手表的技师、小公务员、街头艺人、护士、会计、技工学历的电焊工、水电工、门卫、午后打瞌睡的报摊女孩、桑拿中心修脚工、司机、下水道清理工、蜘蛛人和我的女友 Z、男友 D。最不适宜阅读的人群：所谓的醋不溜秋、眼高手低、自以为是、玩花的专业人士及其他。

因此我也希望，你尽可以随便翻到哪一页去读，这样的阅读也是没有规矩的。我相信你会读得身心舒泰，甚至会说这个苏北。这一点自信,我还是有的。

谢谢你。

2005 年 12 月 27 日

《蚁民》后记

前不久在茶楼喝茶,朋友点了一份香榧子。这种紫褐色椭圆形的坚果,我还是第一次见到,我咬开吃了几枚。初吃,觉得并不好吃,那黄白色果肉,紧贴果壳,干硬无肉。不像我们常吃的开心果之类的坚果,剥开果壳,里面睡着一个小宝宝似的果仁,香脆可口。因此并不多吃,临了还剩下一些,于是倒在纸袋带了回来。第二天坐于书房,一人清静,于是静下心来细嚼,还真吃出一种奇异的香味。一枚吃完,口中余香缭绕,别有一种滋味。

这让我想起我这个集子里的一些小说。这种滋味,倒有点像我的小说,初看没有什么惊心动魄,然你若静心细品,也许能品出一些滋味,就像是一枚香榧子,初品无味,静心细嚼,倒自有一种滋味。这或许有点王婆卖瓜,可是自己的孩子,怎么说呢?也只有这样说得了!

这个集子里的30多篇小说,几乎是我全部的小说作品了。算了算,也只有20多万字,真是写得太少了!我1986年在《丑小鸭》发表处女作《老人与小东西》,迄今已过去25个年头。我的写作,是一点基础也没有的,1983 年在滁州上电大,开始学习小说创作,到 1986 年发表处女作,用了 3 年时间。之后的 80 年代到 90 年代初期,基本上是专心小说创作的。1989 年3 月到鲁迅文学院进修。1990 年9 月孤身一人到湖北黄冈编一本叫《金潮》的杂志,过了一段凄苦而烦闷的日子。1993 年重新回到北京,来到一个叫《中国城乡金融报》的报社,做了经济类报纸的编辑。从这个时期到 2005 年,几乎十多年没有写过小说。2006 至 2008 年写了几个中短篇,就是这个集里的《洗澡》《恋爱》《专案》和《秋雨一场接一场》等,分别发表在《芳草》和《上海文学》上,《小说月报》也都转载了,反映还好。特别是《洗澡》《恋爱》两个短篇,还被读者投票,入围了当年的《小说月报》"百花奖"。按说应该再接再厉,写它几年,或许就写出来了。可是不知怎的,又撂下了。近几年主要写散文。是什么原因呢?

我倒是真心爱文学的。近 30 年了,不离不弃。何立伟曾说过:"苏北爱文学,是爱在心里,不是爱在口上。苏北是真爱文学的。"我同意立伟的说法。我想这里面的原因大约有两个。一个是不能保持一种良好的小说状态。我的一个写小说的朋友说,保持一个良好的小说状态非常重要。要保持不断的阅读,在自己的内心营造一个小说的环境。不写就要去读,不读就要去想。可我在经济部门工作,不可能保持这样一个良好的状态。有时一丢就丢下了,状态没了,要找回来,得有一个时间。有时根本找不回来了,因为有些微妙的感觉,是稍纵即逝的。这不是客观理由,是真实状态。第二个是我的写作受沈从文、汪曾祺的影响较大。大家知道,我是汪曾祺的学生。因此我的小说,重感觉、重氛围、重情绪,故事不足,写不出有分量、有气魄、大题材的作品。因此,想有多大的产量,是不大可能的。

汪先生曾说:“我的初期小说,只是相当客观地记录对一些人的印象,对我所未见到的,不了解的,不去以意为之做过多的补充。”这个集子里的作品,有一部分,也是这样的情形,“客观地记录对一些人的印象”。当然,也不可能完全是真实的。我的方法大致有这么两条。一是“移花接木”,或者叫作“张冠李戴”,把张三身上发生的事,挪到李四身上;二是“添油加醋”,生活中有那么一点事,或只是一点事的影子,将之放大、夸张、变形。几个事件或故事,糅合到一个人的身上,进行嫁接和整合,假戏真做,到后来真假难辨,弄得仿佛真有其事,假的倒成了真的了!

当然,我的小说,还谈不上风格。要说特点,大约还是有一些的。我的语言还有一些特点,文字大约也还简约,所写的故事或人物,还有些特别,不是“大路货”,关注得更多的是“人”而不是“事”。时代在发展,而人性总是相通的。我想,这些小说,50 年或 100 年后的人们去看,也还是那么一回事。因为,里面活着的,是人。

是为后记。

2011 年 1 月 3 日

语言的衣裳

——散文集《那年秋夜》后记

我单位的两个女同事聊天，一个说，你的皮肤真好，肤如凝脂。这话正好被一位说话糙的男上司听到，插上话就说："什么肤如凝脂？不就是皮肤像猪油一样？"这个煞风景的男人，把一段很唯美的对话给搅黄了。

语言真的是非常之诡谲。一句话把人说笑起来，一句话把人说跳起来。会说的三分巧，不会说的讨人嫌。其实有的意思是差不多的，或者说的就是真理。正如有富翁问鲁迅，这孩子长大会怎样？鲁迅说，会死的。这真是实话，可实在是乌鸦嘴，讨人嫌。中国的语言丰富多彩，语言字面的意思和内含着的东西博大精深。因此才有作家说"写小说就是写语言"。这在别的国家的作家中是难以想象的。我的母亲是一个文盲，但是她天生聪慧，对民间的语言稔熟无比，她说话真是三分巧，会打比方。我们家过去穷，被邻里讥笑。我的母亲说，我们家虽穷，可是我们家人嘴里也没有长青草啊！嘴里"没长青草"，真形象！前不久母亲来，说到我的一位邻居，风流了半辈子，打老婆，却被一个新相好的降住了。母亲说，一物降一物，他就服她呢！

“蛇服花子舞，马服相公骑”，真是！

是人都喜欢听好听的。明明是假话，可听着舒服，就是受用。领导喜欢听好话，报告做得一塌糊涂。下属说，讲得很好，很透彻，既高屋建瓴、入木三分，又通俗易懂、深入浅出。领导依然高兴，比“我给领导提个建议……”要受用得多。女人尤喜听好话。我的一个很通俗的女性朋友自嘲说，我知道是假话，可我爱听。在街上你见到一个女性朋友，上去你就说，今天你看上去很年轻呀！她保管给你青眼。你若如实去说，你气色今天不太好，昨晚没休息好？她虽不会迁怒于你，但你破坏了气氛，她也不会去感激你！在茶楼饭局，尤其要对女性尊重。我曾看过一篇文章，说对待女性，你对她好她便对你好。你若不给她面子，她当即给你难堪。

语言是有画皮的，在生活中她有时穿着花衣裳。有些语言纯粹是为了装饰。昨晚看美国电影《撞车》，里面有一句台词甚入我心：“女人有些东西，不是用来使用的，而是用来炫耀的。”看来全世界女人是同理的。曾有一个聪明的女人给我发了一个短信：“我正像皇后般进早餐。”我知道她吃的无非是豆浆、面包。我调侃说：“我正像皇帝一样进食。”这也是男人和女人的区别。

我们有一个博士朋友，他嘲笑一些从事理论研究的工作者，总是把简单问题复杂化。就像有人说的，论文就是“引号＋术语”。他举例说，比如吃肉吧，搞理论的就不叫吃肉，它是“审美主体对有机客体的规定性解构”；再比如看花吧，也不叫看花，而是“有机主体对植物的生殖过程的审美意象”。这样的嘲笑，也只有圈内人能说得出来，够刻薄的，颇有钱锺书《围城》中的方鸿渐的风范。

一个作家，不热爱语言是不行的。在生活中，要注意语言的学习。作家写作的语言，最好能浅显明白，又要能生动准确。这就要向民间语言学习。

有人说，我的文字很雅呀！光雅不行，掉书袋，不足取。雅，应从俗中来。

这个集子里的一些文字，我是向这个方面努力的，可是并不一定能够达到。感谢安徽人民出版社，让这些文字能有机会与读者见面；是你们的辛勤劳动，才使得这些文字较为完美地呈现出来，在此一并感谢。

是为后记。

《植点青绿在心田》自序

这个集子里的67篇散文都发表在香港、澳门、台湾地区的刊物上。

说来有趣,我给港澳台的报刊写稿,纯属偶然。

第一篇10年前发在香港《文汇报》上。由于工作原因,我认识不少媒体的朋友。有一年组织记者采访黄山旅游的活动中,有幸结识了香港《文汇报》安徽记者站的魏华小姐。魏华人长得小巧玲珑,可性格干脆,作风干练,文笔好,喜运动。尤其羽毛球,打得不让须眉。因此,我们很快成了朋友,经常一起聚会和打球。一次她对我说,你喜欢写作,也给我们报纸副刊写点吧?于是我便找了几篇给她,给了也就给了,也没有往心上去。没想过了一阵,好像是那年的春节过后,魏华对我说,你的2篇散文都在我们报的副刊发表了,并且给了我好几份报纸。我非常高兴,写作二十多年,还第一次在香港的刊物上发表作品。于是便将这两张报纸珍藏了起来,作为纪念。后来听魏华说,我给她的稿件,她要先发到上海,由香港《文汇报》驻上海办事处再转到香港去,并且听说,上海办事处负责转稿的同志就是上海作家陈村的夫人。巧合的是，前两年我在上海参加一个活动，又有幸与陈村相识了。

这样的投稿，只是偶然，稿件发了之后，也就失去了联系。

可是机缘凑巧，也是我跟那边有缘，又一次机会来临了。2008年，天津《散文海外版》邀请我出席澳门笔会。在笔会上，我认识了好几位港台作家，其中有香港的舒非女士和台湾地区的陈义芝教授。通过他们的推荐，我联系上了台湾地区的《联合报》和香港的《大公报》，当然，澳门当地的《澳门日报》就更不用说了。从此，我和这三家报纸建立了长期的联系。

感谢互联网时代，使投稿方便快捷了起来。于是我便不断给他们写稿，承蒙他们不弃，投去的稿件，刊用的多，退稿的少。这更加鼓励了我的信心，很快我便成了这三家报纸相对稳定的作者，而一发不可收了。几年下来，竟发表了有近十万字作品，数数有六七十篇之多。

这几年的写稿经验，使我有一个强烈的感受，就是港台地区报刊编辑的敬业、认真和公正负责的精神。这从一个侧面反映出港澳台地区的政治、社会面貌。说实在的，给我发稿的这些编辑，除《澳门日报》的汤梅笑（林中英）有过短暂接触外，其余的都未曾谋过面。可这么些年下来，我仿佛与他们已非常熟悉，就像是身边老朋友一样。我对他们心存感激。感谢他们的敬业、热情和负责精神。我这里还是要说一下，感谢舒非、陈义芝、汤梅笑、孙嘉萍和宇文正等诸位朋友，谢谢你们！

这本集子在编排上，我想依照编年的方法，主要是为了保留发表之初的原貌，按照香港《文汇报》《大公报》和台湾地区《联合报》，《澳门日报》的顺序，以稿件发表的前后时间依次编排，这在内容上就不能归类了，只好请读者朋友包涵。

关于书名，我借用了内文的一篇篇名：《植点青绿在心田》。用这个书名，我是有所考虑的，我们社会的物质越来越丰富，人们的生活水平越来越高，可是社会良心、社会道德大大地滑坡，不断有这样那样的新闻，让人心痛、震惊。我想，要使我们的内心变得更加柔软和敏感，更加善良和有爱心，这就需要我们每个人"植点青绿在心田"。如此使我们的社会更加诗化、更加和谐，人心向善，世道清明。当然，这也许只是我的一点妄想。

我的书出得很少，印得也不多。前几年出过一本散文集，也只印了三千册，有些读者想买我的书，网上或书店都缺货。这册小书，虽然也不会印得太多，但聊胜于无吧，也正好是个弥补。

拉拉杂杂写了这么多，也只是个交代，就此打住。

是为序。

2012年3月29日

速写吕士民

一

一次饭局，我喝了两杯酒，竟揎袖狂言："吕士民，我要给你写点东西。"话一出口，我酒醒了一半，我能写出吕士民吗？

果然是该掌嘴，半年过去了，竟一字不能得。由此我也悟得，酒后误事啊！酒后开车是危险的，酒后说话同样也是危险的。吕士民给我寄来的几幅作品，也在我的书橱上，蒙尘了。老吕，请多多包涵！

不是说不能凑出这几百个字，心中没有，笔下胡言，觉得有点对不住这位古稀老者。我的文字并非字字珠玑，但也非狗苟蝇营。说出几句话，虽水分甚多，但也要出自内心。

某日早晨，我端详晚报副刊，见吕士民和何立伟的两幅漫画同在一个版面，一个笔法简单似儿童，一个色彩可爱似顽童。我心中忽一动：吕士民，我要对你说两句。

熟悉吕士民的名字是他曾和一位作家联袂画专栏。这种联袂颇为别致，亦甚有趣，那时报纸是黑白的，看不出色彩，凭着自己的一点胆量,觉得这位吕先生,画得好是好,只是有些“板”,不灵动。这样的臧否,现在看来是有风险的。一错眼,报纸彩色了。老吕的色彩呈现在了我们面前。这种色彩的“趣”,还是让我心中感动。色彩不是在笔下,而是在心中。吕先生人生多舛,可童心灿烂,这不得不让我心生感念。我眼前的这幅,一老一少在看晚报,表情模样,煞是稚拙,颇有味道,头顶上一串葫芦,竟有绿、黄、赭红三色,垂垂有生机。越琢磨越有味道,画的标题叫《真好看》。我看着吕先生的这幅画,嘴里也嘟嘟哝哝:“真好看!”看来以后我得剪一剪老吕的漫画了!

由这一幅指引,我又看到了另一幅《幽会》,在山涧间,两只小鸟卿卿我我,幽兰伴着墨焦的山石,意境极佳,仿佛墨色生香。这使我又不得不取出书橱里的几幅,一幅《算命博士》,一幅《孩子的影集》,《算命博士》趣在墨色,焦淡有致,人物滑稽而冷峻;而《孩子的影集》则是两只青蛙,影集中只是一些逗号的标点,是孩子的天真,还是青蛙的天真?这种臆想是有益的,也是奇特的。吕先生的漫画谓之水墨漫画,这是我过去闻所未闻。我看吕先生的漫画,融会了国画大写意和文人画的线条色彩。我喜欢的,更趋色彩。吕先生的色彩有乡野之趣。它是民间,不是馆阁,也不是学府的。它是吕先生自己的。色彩里有拙,有趣,有韵,有稚嫩,有滑稽,有老辣,有生意,读之悦目、悦心。

但是我是有些话想对吕先生说。吕先生,我说了。你已古稀了,中规中矩了大半辈子,你能不能“老夫聊发”一下?我是说艺术上,你能不能再大胆一点?手法上,能不能再夸张一些?你现在还要什么结构和比例?比例和结构,已是你的镣铐。你现在需要的是“非结构”,大头小身子,小头大身子,胖就要胖得惊天,瘦就要瘦得吓鬼,一张脸上只有一个鼻子，长着一只眼睛，嘴或奇大，或奇小。艺术，说穿了，就是度，就是夸张，就是留白，是攻其一点，不及其余。这个世界上什么怪事没有啊?！艺术永远没有生活夸张。反正尺寸已在你心中了。没有尺寸，读者也会为你补充尺寸。你现在不是要“像”，而是需要“不像”。近的黄永玉已不像了，远的徐青藤早就披发跛足了。前不久，我不知在哪看了一幅《钟馗醉酒》，满幅的色彩都醉了，那幅画使我感到艺术的力量无边无际。再是题材，我印象中吕先生是学过医的，是中医。你为何不集中画医药的题材？画一百个老中医治病图，画《本草纲目》中的各种植物，何首乌、杜仲、五味子、苍耳，形形色色的人在看，在琢磨，在品评，文字以药性为要，那才是“真好看”呢！我孤陋寡闻，不知有没有人涉足这个险途？不管有没有人，这样做下去，做个五年十年，这是贡献，这是了不起的贡献。

反正已佛头着粪，也管不了许多了。老吕，请多包涵。你已让我敬佩，但我更希望你让我匍匐，让我感到永远不可企及。

二

在几个朋友家里的墙上见到吕士民的画。装在镜框里，都裱得很好，让人见了眼睛一亮：嚯！这是吕士民！吕士民的作品是能一眼让人认出来的。它已经是吕士民式的了。就像丁聪式的，华君武式的，马得式的，贺友直式的。它们有各自的面孔，不用介绍，你一见到它，远远的：嚯！这是吕士民画的！一般情况下，都是仆人眼里无伟人。我们与吕士民混久了，混熟了。熟人嘛，吃五谷杂粮，有喜怒哀乐，更有七情六欲，抑或还夹杂那么一点花边新闻，一般情况下，对一个人就不觉得那么神奇了。比如像吕先生这样有名的大画家，也不那么神奇了。可是你在朋友家的新房子的几间屋子一转悠,再回过头来看吕先生的画,心里便有了那么一点暗暗的嘀咕:吕先生的画真不错!同时心里还起那么一点点贪念:唉!要是能多弄几幅也不赖!

我并不知道吕先生的身世,亦不可能给吕先生立传。我知道一些的,是吕先生一生坎坷。在那个特殊的年代,吕先生吃了不少的苦。这也许锻造了吕先生坚毅稳定的人格。我们平时聚会,不管人多人少,不管别人多么热闹,吕先生既不多言,又十分平静。可他并不平庸,坐在那里也有一种力量。比如你劝他喝酒,他或喝一杯,或一杯不喝,所言都十分坚定,体现了他遇事的原则,也告诉人们,这位古稀老人的自由之境和人情练达。如若小范围聚会,吕先生的话会多一点。他时不时地说些有趣的事情,言语中不失幽默,从中可以看出吕先生的童心未泯。正如丁聪,一生中受过那么大的灾难,也依然是那么乐观。一次我见丁聪,他对我这个生人说:本来该休息了,可是考虑自己快死了,再挤一点时间。他说这话时已 81 岁,可他依然一副乐观的样子。童心,这大约是艺术家的共性吧。

人情练达,童心未泯,还不失幽默。这不仅仅是吕先生的为人,在吕先生的作品中,也多有体现。我手头有一本《吕士民水墨漫画》,收入作品 44 幅。我一页一页翻过去,亦多有会心。我十分喜欢其中的《心不醉》《知音》《打婆婆》《情人节》《对火》《植竹图》《斗鸡图》《怕剃头》等作品。《怕剃头》是一个老人用一把剃刀正给一个孩子削发,孩子眼皮眉毛下耷,嘴角下撇,一副不情愿的样子,然表情十分可爱;老人不动声色,叼着旱烟,十分投入。一切都是俭朴生活的场景:条凳,木椅,老式的钢精锅,头顶上的丝瓜架,色彩饱满丰富。总之,很乡土,很中国,很对人的胃口。《斗鸡图》是一个胖娃娃,掀起自己的一只臭脚丫，努力露出小鸡鸡，引来两只毛茸茸的小鸡雏，似要争斗一番。娃娃的动作十分传神，小眼流波，小鸡雏黑黑的绒毛，红红的小嘴小爪，匆匆赶来，样子亦十分投入。这是一幅既有趣又有想象力的作品，充满童真。《植竹图》我在不同的地方都看过，这该是吕先生有代表性的作品之一，郑板桥以画竹名，吕先生让郑老先生直接用毛笔在大地上植竹，这个想象已十分奇特传神；可真正传神的，是吕先生自己画的两棵墨竹，亦十分了得；所绘郑老先生亦有趣，小辫子几乎立着，腰间挂着一串玉玩，弯腰植竹，表情平静，十分投入。就连画中郑板桥身后的陶瓷画筒，亦十分精致，体现了吕先生本人的功力，虽是漫画，恰乎“水墨”了得！

说到水墨，吕先生的漫画叫“水墨漫画”，是将中国画的大写意笔墨，融入漫画中。我看吕先生和柯文辉对谈，谈到思想保守，许多作品“漫不起来”；而我看吕先生的作品，则多是被他的色彩和趣味所感动。吕先生的作品，我以为，更多的还是笔墨本身的情趣，这是与一个人自身的生活有关的。我觉得吕先生的作品，除了艺术的结晶，更多的是生活的结晶。

他的作品民间的成分很多。吕先生的作品，都是“自己的”。在古人的画册、今人的画册中都找不到。看吕先生的作品，许多感受要到生活中去找，到记忆中去找。他的作品，呼唤了我们的记忆，呼唤了我们对美的认识和感受。吕先生的价值正在于此。吕先生的存在，之所以了不起，是他用自己的“笔”在画。他不在书斋，亦不在城市。他在城市和乡村的边缘。他不缺乏简朴的、乡村的生活，亦不失对新生活的发现，而他手中的一支笔，是灵活的；他的心是年轻的。这就是他作品的生命。这亦是他的作品给人眼睛一亮——“吕先生的画真不错”——的缘由所在。

叶浅予这样说张光宇：“矮胖个子，灵活脑子；漫画旗手，技通古今。”我说吕先生：“瘦高个子，练达人生；童心不失，艺术常新。”

吕先生1938年生人，今年已七十有二，可他精神矍铄，一点不给人老的感觉。这真是童心人不老，艺术之心人不老。

附录：

苏北：脚步不要停下，笔不要放下

——六〇后作家访谈录之三十

周新民：你是我访谈众多作家中唯一一位业余作家，你的文学创作之路定有许多特别之处。首先我想知道，是什么样的机缘让你对文学创作产生兴趣？

苏北：文学创作其实没有业余和专业之分。许多作家都是寄托在一定的工作岗位上的。至于我的文学创作，我学习写作，确实起步较晚。在高中之前吧，我就与文学没有缘，一点儿文学的爱好都没有。我小时候也没看过文学书，也没有受过什么外祖母的熏陶。我在高中一年级的时候数理化还是不错的。高考的时候我是报的理科班，我考上高中尖子班的时候是以第十七名考进去的，因为只有一个尖子班。因此相当于全校第十七名。后来在尖子班成绩就往下掉，掉到三十多名。第一次高考没考上，差二十几分吧，这个对自己是一个比较大的刺激。当时同班的小伙伴们都走掉了，他们有的考上西安交大、上海交大、安徽大学、合肥工业大学，还有考到武汉测绘学院

(现在和武汉大学并起来的)的,全国到处都有吧。我印象最深的,是他们第一次放暑假回来的时候,穿着各个学校的汗衫,在我们一个废弃的公园的草地上踢球。我呢,背着个书包补习。他们在踢球,而我在学校里面补习准备第二年高考。第一年我语文考得比较差,而物理考八十几分,语文考到五十几分,反正没有及格。在没有补习之前,我还到我父亲任职的那个公社里面去当了一个学期的代课老师。学校说你哪一门差就带哪一门,我觉得语文比较差,就带了语文。带初中一年级的语文。反正每个老师都有一个备课的教辅,我就照着那本教辅讲,反正一通乱讲,孩子们小,也好糊弄。记得还真有几个孩子喜欢我的。主要可能我比较平和,人也风趣些,孩子们好亲近。

一学期结束,我又回到县里补习,参加第二年的高考。高考的时候我语文还真考得不错,语文考了八十多分,相当于良好。但是,化学又没能考好,化学只考了三十几分。后来回来之后我就准备补习第三年再考,这个时候人就比较有压力了。正好这时银行在高考落榜生中招人,招那种高考差几分的。我便去报了名,后来就到银行系统工作了。经过一个短期的培训,我便被分配到一个小镇——来安县半塔镇营业所工作。

到这个半塔镇上工作的时候,我就开始爱好上文学了。准确地说,爱好上文学,是从高考复习的一本安徽教育出版社出版的《中国现代散文选》开始。这本散文选收录了刘白羽、冰心、朱自清、秦牧等作家的散文,我高考时,就将这些人的散文背诵,或者读熟。

周新民:一个和文学接触不多的人,突然接触到这么多你喜欢的文学作品,你有何阅读感受?

苏北:我主要的一个感觉是"美"。说明那时候我已经建立了较好的审美系统。冰心的《小橘灯》、朱自清的《绿》、刘白羽的《长江三日》等作品,意境、词汇都很美。阅读这些作品的时候,仿佛外面世界有一种东西在吸引着你。那种东西不是庸俗的生活。是一点儿梦想,一点儿朦朦胧胧的幻象,在吸引着你。现在看来,文学实际上给人这么一种力量。怎么说呢?打个比方:为什么一个作家,到老了,到八九十岁了还在那里写,一直写到死掉了。主要就是文学使人变得"心"年轻。比如,我50多岁了,而自己并不能感觉到,觉得自己还是30多的样子。"心"是30多的,只是身体变得50多了。——其实后来我也后悔过,文学就是一条不归路——永远写不完,要一直写到死去。这就是文学的力量。还有就是这么多年我在经济单位工作,但总体上来讲,我还很天真,也就是说我还很单纯,也很有正义感。这个估计都是文学的力量。文学的这种力量让我痴迷于文学。这么多年来的坚守,让我对文学倍怀感恩!

周新民:我想问的就是——20世纪80年代初期吧,应该是中国当代文学刚开始最繁荣的时刻,它也是一个大量向西方学习的过程,你能够回忆起当时你所接受到的外国文学的影响吗?

苏北:我进入银行系统工作之后,先在滁州接受了3个月的培训。当时,我一个中学同学在滁州师专中文系学习。我就到他宿舍去玩,他的床上有一本书:《外国文学名著选读》。同学把这本书送给我了,他还让我在他的书架上挑了《世界文学名著导读》。这两本书是我接受外国文学的发端。我还在滁州新华书店买了几十本外国文学名著。有的就在滁州看了,有的带回我后来工作的小镇半塔。我前后看了有四十几本18世纪的世界名著。但是当时有些什么问题呢,一个就是外国人的名字太长了,看着看着就看混了;第二个呢,那些翻译家虽然都很优秀，但是呢，他们那种翻译的句式和我们现在的这种写作的句式完全是不一样的（欧化的）。那时我们年轻有力气，平时还喜欢练功。在单位院子里的梧桐树上，吊上吊环，没事就在上面翻。同时还练功，还练习鲤鱼打挺。于是我就把一根练功的功带，钉在椅子把上。看书时往腰上一扎，必须看到50页才能站起来。因为一个晚上50页，十个晚上就是500页，一本世界名著大约也就500页的样子。这样十天就可以拿下一本。就这样用硬功夫去读，在年轻时硬啃了一些书。现在想来，读不读世界名著，还是有差异的。世界名著不是学习写作经验，而是培养一个人的情怀。一个人要有心向远方的理想。否则日子久了，就会流于“俗”，为小利益、小眼光所困扰、所束缚。一个只读文学杂志的人，他的创作，或者说，他的人生境界是不会太开阔的。这是我的一点个人经验。

我呢，就是读了一点世界名著，给了我那么一点儿幻象和梦想。读世界名著，你能想到西方上流社会那些贵妇、姑娘、小姐啊，或者那些英俊潇洒的公爵、伯爵啊，或者是那种外省青年希望挤进上流社会什么的。为什么路遥的《人生》和《平凡的世界》会给那么多青年带来那么大的影响？青年在里面不是找文学，是找自己，从一个乡下人怎么进入城里面来，个人奋斗吧或者是怎么改变自己的命运吧。我那时实际上也是这样，脑子里面充满了幻象，或者说有点儿梦想吧。

我记得有个同我一起招进银行的同学。他在培训班上同我住一个大宿舍，他是那种白面长身的青年，他身上有反骨，那种力量非常迷人。没有课或者是早晚，他就在走廊上或者阳台上，大声地说：圣母玛利亚！圣母玛利亚！我说，玛利亚是谁呀？后来他老跟我讲聂赫留朵夫，就是《复活》上面的主人公。我觉得他很神奇。后来实际上他并没有写作，但是他对我产生了影响。我就觉得他还能知道这么多陌生人的名字，而且这些人与他的生活没有什么相干吧？实际上我大约到1986年就不怎么读世界名著了。从1981年开始，大概就三四年的时间。但那是我青春年华最好的时候。我后来就转到读中国文学了。

周新民：那为什么呢？

苏北：先是我的一个作家朋友，那时他正风头强劲，有一天他到我这儿来玩，他对我说，中国没有文学，只有一部《红楼梦》。他的话吓我一跳。他走后，我就到书店买了一套《红楼梦》，可是真的看起来，也还是看不下去。但是我觉得他的话是有道理的，于是我又跑到街上，又买了一套，我将这一套拆成册页，那时我正上电大，于是我就在课堂上一页一页去抄。这样抄来抄去，我熟悉了，有感情了，就放不下了。一直到今天，我对《红楼梦》仍然喜欢得不得了，可以说是个“红迷”。

之后就是突然一下子发现了汪曾祺。发现汪曾祺的原因不是因为汪曾祺多么好，而是觉得汪曾祺这个人写得简单，好模仿。我见到他的语言，就觉得特别亲切，觉得这个人肯定是我们家乡附近的。那时并不知道他是高邮人。后来知道他和我们是一个语系的。他的家乡高邮，我的家乡天长，一个在高邮湖东岸，一个在高邮湖的西岸。我们共饮一个高邮湖的水——虽然他19岁就离开家乡了。

周新民：哦，这么说，你们算一个区域的？

苏北：是的。苏北地区，苏北里下河地区。我们县离扬州很近，也就三四十里路。什么语言啊，风俗啊，都很相近。去年在北戴河见到邓友梅先生，就与他聊天。他对我说，那个时候，他在想，怎么才能找到自己呢？王蒙写了《青春万岁》，刘绍棠写京郊什么……我也没有《青春万岁》这种经验，王蒙那种我写不来，刘绍棠那种也写不来。后来我想，我打小在天津和北京混，接触过许多社会下层的人，也接触不少满族包括皇族的后裔，所以他后来就写了《烟壶》《那五》等。

我们刚学习写作，也遇到这个问题，回忆那时的刊物，要么是写知青的，要么是写右派生活，要么是《乔厂长上任记》这种写改革的。我既没下过放，也没当过右派，也没有工厂的生活，你看那时的《小说月报》啊，就喜欢转这些作品。我们就没有题材可写，当时我们县里的几个作者，就写小镇人物，写小县城和小镇上的一些故事，写带有一点儿传奇色彩的小人物。汪曾祺恰恰是写小镇人物的，他写高邮的旧社会的那些人物。当然了，我们没有在旧社会生活过，但他描写人物的方式我们可以借鉴。他写的什么侉奶奶啊，我们家旁边就有一个侉奶奶。他还写过越塘，我家旁边就有一个越塘。我不知道我们那个地方的人为什么会取越塘这么一个称呼。那时的池塘，水都很清，里面长了很多的藕。在里面钓鱼，能钓到好多小鲫鱼。一钓上来就这么多，鱼鳞都是透明的、干净的，就说明水特别干净。还有一种有黑黑的鱼鳞，一看就是塘里面长着什么菱角啊，水草啊，水的颜色浸到鱼的身上去了。这又是一种鱼。特别干净的塘，鱼鳞是雪白泛亮的，天光的那种亮；水里面水草比较多的，水里面这个藕啊草啊菱啊比较多，鱼上面的鳞就黑黑的，就像我们看到的非洲姑娘一样的，它黑是黑，但是黑亮黑亮的，它就是健康的黑亮的。不像现在臭水沟的那个鱼，钓上来之后就是那种病态。

我小时候特别喜欢钓鱼，所以我对这个鱼是很有研究的，也是很有感情的。之后长大了就对山川啊大自然啊，比较有感情。我在小学一二年级时就开始钓鱼，一直钓到初中毕业。全县的四乡八镇我都跑遍了。后来等于讲，我就想写小镇人物，就觉得汪曾祺写的比较好学。其实现在经过30多年的写作，才真正发现汪曾祺并不好学，也学不了。著名学者孙郁老师讲，汪曾祺身上有一种“暗功夫”，就是语言里面藏了唐诗宋词，这种传统文化的浸润，我不具备，其实是我们这一代作家都不具备。我们就学了一点皮毛。记得当时我学着写了一篇《故乡人》，后来登在广西的《三月三》杂志上，人家一看就觉得很像。我还写过一个小说《蚂蚁巷逸事》，2006年《安徽文学》给发了，《中华文学选刊》还选了，当时编辑给我打电话讲，你肯定是高邮附近的人，要么不可能这么像汪先生的小说。

周新民：我明白你后来发现汪曾祺之后，就不怎么读外国文学作品，我觉得主要原因就是语言表达方式上的差异以及叙事描写这种烦琐性，而汪曾祺这种，是很简洁的写法。

苏北：后来也读过许多世界名著，只是不那么集中了。世界名著中也有较简洁的。比如海明威，比如西班牙有一个作家阿左林，他曾影响过汪曾祺，这是一个极其简洁的作家，他写过一本《塞万提斯的未婚妻》，那真是一本极好的小说，真诚，真实。塞林格的《麦田里的守望者》，俄罗斯伊萨克·巴别尔的《骑兵军》，还有卡佛的小说，等等，都比较简洁，这可能与翻译风格的变化也有一定的关系。但汪曾祺式的简洁，是中国的。记得黄裳先生曾说过汪曾祺，他说“汪曾祺是用写诗的方法写小说，他的一切都是诗”，这句话很有意思，又非常中肯。汪的小说、散文，都比较空灵，比较注重意境。这是外国文学所没有的。这完全是中国人的唐诗宋词式的情绪，而且有汉字的一种特别的美在里面。

这样的作家往往是以少胜多，是白描。这里还要提一个作家，就是钟阿城。他的《棋王》《树王》《孩子王》，当时一出来，就产生了很大的反响。这三篇小说是非常中国式的，但是里面的精神又是全新的。

周新民：汪曾祺的文学追求，他最大的贡献或者观念上的变化就是他一个观点——写小说就是写语言，他是这样的一种小说观念。

苏北：我学习他们的写作方法，主要在锤炼语言上。其实那时我最大的苦恼是没有生活，或者说不能发现生活中的小说的因子，就在语言上做文章。我的朋友钱玉亮就批评我语言上疙疙瘩瘩的。就是写前一句话，后一句话和前面的不连。“离间”得太远。“离间”本来是一种方式，用好了会有很好的效果。但是太离谱了，就显得太干巴了。其实我这是在训练。我记得我受汪曾祺和阿城的影响，曾写过一篇小说叫《老人与小东西》，我就写我小时候钓鱼的经历，写一个老头和一个小孩两个人钓鱼，在池塘边的一点儿冲突，写了只有3000字。当时就用复写纸复写了四份，就寄给南京的《青春》、四川的《青年文学》、上海的《萌芽》和北京的《丑小鸭》。反正那个时候人们称之为“四小名旦”吧。过了不久，这些稿子纷纷地又寄了回来，我见到这些刊物的信封，《萌芽》的，《青春》的，里面厚厚的，我就知道又寄回来了。里面夹一张退稿信，那个时候还退稿子。后来等了很久，就收到了《丑小鸭》的一个信封，一点点儿薄，好像什么东西也没有。我就知道有好事了。我撕开来一看，里面写着这篇小说留用，要我提供一张照片和简历，准备第十期给发。当时真的高兴得不得了。我就从滁州坐汽车跑回天长，向文友王明义、钱玉亮他们汇报。果然1986

年的第十期就发出来了,还有一个编辑评点。这就等于说我发了第一篇小说了。后来地区文联就开始注意我。请我参加活动,这样我就算挤进了地区文学青年的行列了。因为地区文联那个时候每年开一到两次会议,参加几次会就把全地区七个县的文学青年啊都认识了,互相有了交流,建立了通讯。这等于讲就有了个团队,不是一个人的战斗了,而是一个团队的战斗了。用现在的话说,可以互相取暖了。当然这个团队里人,现在绝大部分都不怎么写了。

周新民:最初还是以写小说开始?

苏北:是的。写小说。我小说不多,有几十万字。我的作品精品集里有一本小说集《秘密花园》,我将自己满意的小说基本上收进去了。

周新民:你觉得你的小说里面你最满意的是哪几篇?

苏北:我的小说都还满意。主要是真诚。要说几篇,大致有中篇《秋雨一场接一场》,发在《上海文学》上的,《小说月报》也转过。后来刘醒龙兄在《芳草》上给我发的两篇叫《恋爱》和《洗澡》等。

我从来就是讲以少胜多。对我的这些小说,我没有编过。你别看有的人写了几百万字,他的很多小说都是编的。他写的那些事情并没感动过自己,也不会感动读者。我虽然没有什么才华,写得也不多,但是我这个东西我相信它有生命力。我为什么相信它有生命力呢?我的这些细节是可靠的,是绝对可靠的。原来汪曾祺先生说过,他说,“我从来不写自己不了解的生活。对自己不知道的,从来不以意为之”。莫言原来还讲过,他说他刚开始创作时,写过一个以大海为题材的故事,他那时根本没见过大海。他就查字典,找关于海里生物,海螺啊鱼啊虾啊,把这些词用进去,他就想象大海的样子。当然,这是莫言早期的创作。

周新民:那你觉得你的小说的最大特点是什么?

苏北:我的小说肯定是有些特点的。怎么说呢?我肯定不是以故事取胜的。我多是以情绪和感觉为主。第二个呢,我想,我的小说主要是写人的,里面并没有什么重大事件,也没有什么重大的冲突,我就那种淡淡的让你感觉到好像有什么东西好像又没有什么东西。你看我的两个短篇《洗澡》《恋爱》,就写那个孩子的感觉,写孩子成长过程中的一种忧伤啊,心理上的一些小波动啊。我觉得文学不是通过一种多么大的力量来拨动人心的,而是通过那种虫子在草叶上轻轻一落、一起飞这种细小的颤动,来颤动人的内心。还有就是语言要干净。我以为小说要有细节的力量。一切的一切,在于细节的力量。

周新民:这说明你的小说还是重情绪、重细节,不重视那个故事。

苏北:不重视故事,我也没有那个故事,我有故事也把它虚化了,实际上我是受到汪曾祺、沈从文和废名的影响。

周新民:那你觉得……你刚才说的话让我产生了一些想法,你和汪曾祺其实从地域上来讲,是一个共同性的地域,高邮湖地区的这样一些生活、情绪的表达。那我就突然产生一个问题,就是你也好,汪曾祺也好,作品里面肯定是带有高邮地区的很多的文化上的一种共性东西在里面。

苏北:那是。前不久与作家刘仁前先生联系上了。仁前兄现在是泰州文联主席,他们搞了一个"里下河文学流派"。这个流派有很多作家,包括汪曾祺和毕飞宇等。他希望我能加入,并参加一年一度的研讨会,说明他们已经把我纳入里下河作家群里去了。想想也是,我为什么起苏北这个笔名？沿着大运河、里下河这一带就是淮阴啊、宝应啊、高邮啊、扬州啊、泰州啊、淮安啊，就是与这片土地的文化更近一点，就是他们的口音啊、说土话的方式啦、饮食啊、河流啦、风俗习惯啦，都比较接近。

周新民：你觉得这个里下河，我们可以叫作“里下河文学流派”吧，有一个什么样的共性特点？

苏北：里下河作家群的每个作家，他们当然风格各异。归纳他们的共性，我想，一个是他们写作带有很大的地域性，地域特点明显。第二是里下河作家群的作家的艺术感觉都比较好。他们的小说、散文，包括其他文学种类，多不是以故事取胜，绝大部分是以文学感觉方面取胜。当然这个不是绝对的。因为这一群人，都或多或少、有意无意地受到过汪曾祺的影响。

说到汪曾祺的影响，可以讲是广泛而持久的。因为他20世纪80年代写了《受戒》和《大淖记事》之后，确实让大家感到十分奇怪，让人眼前一亮。小说还可以这样写？我现在手头还有20世纪80年代初的《人民文学》和《小说月报》。我前不久翻了翻，当时在头条发的都是何士光、古华，有的时候《人民文学》一年有两个头条是何士光的，除了《乡场上》，还有什么《种苞谷的老人》等。但是呢，我在里面也翻到了几篇汪曾祺的小说，都是摆在三四条的位置，都是在后面。文学就是这么残酷，三十年过去了，汪曾祺原来的这个《受戒》《大淖记事》，在书店里汪曾祺的作品的各种选本中都在，许多80后、90后，甚至00后，都知道汪曾祺的名字，知道他的小说《受戒》和《大淖记事》。汪曾祺就等于走进了现代文学史中去了。文学就是这么一个奇怪的东西，但受过汪曾祺影响的这些人，其影响再往上追，这些人其实也受到过沈从文的影响。沈从文的作品量比汪曾祺要大得多。到1988年沈从文有一个文集,是四川文艺出版的。我们可以看到他的《湘行散记》《湘西》,小说《边城》《柏子》《三三》《萧萧》,这些都能看得到。沈从文的小说让人着迷。他所写那些少男少女的纯洁,很迷人。汪曾祺后来在创作谈中说过,为什么写了《受戒》和《大淖记事》?《受戒》里面的小英子,《大淖记事》里面的巧云,这两个人物是怎么来的。他说在写的时候是没有感觉到的。但回头一想,是受到沈从文的三三、萧萧和翠翠的推动。为什么受到她们的推动呢?因为沈从文那时要编文集,汪先生就把沈先生所有作品都读了一遍,他是为沈从文做事,为他的老师做事。读完之后实际上他并没有想到这个"读"会对他写《受戒》和《大淖记事》产生推动。中间放了有年把,实际上是沉淀到心里去了,后来这个《受戒》和《大淖记事》就在他心里活了,他写的时候两个少女在他心中,但是他并没有觉得是受沈先生的影响。过后想想,大致是受了沈先生的这些少女形象的推动。这个心里面孕育的过程它就是这么一个神奇的力量,所以我的一些小说,里面也写到很多少女,虽然着墨不多,有点恍恍惚惚的,但是这些形象是活的。有的时候一个形象着墨很少,篇幅并不多的,读者反容易记住。

记得汪先生曾在《人民日报·大地副刊》写过一篇散文《吴大和尚和七拳半》,写到一个卖草炉烧饼的吴大和尚,娶了一个年轻的老婆,这个吴大和尚经常深夜打老婆,原因是他的小媳妇"偷人",终于有一天这个小媳妇跟人跑了。曹禺看到后非常感动,就给汪曾祺写信讲:我久久不能忘记这个小媳妇的形象。这也是着墨不多,让人印象深刻的一个事例。其实善于写少女的还有孙犁。

周新民：孙犁也特别善于写女性，他的荷花淀系列小说中有许多女性的形象。

苏北：是的。孙犁不仅小说中女性形象写得好，就是散文，寥寥几笔，也能让人难以忘怀。孙犁是从延安过来的，算是革命队伍里的作家，中华人民共和国成立后他曾得了较严重的神经衰弱症，组织上就安排他到青岛疗养。孙犁曾写过一篇散文，记到疗养院的一个小姑娘，小护士吧，经常陪他说话，到海边散步。他就对这个活泼的小姑娘产生了好的印象。疗养院的院子里有几棵很大的无花果，结了许多，一天小姑娘就摘了好多，洗干净给孙犁吃。小姑娘往他嘴放了半边，又将另一半放到自己嘴里。孙先生写道：他见到小姑娘张嘴的瞬间，就见她"皓齿红唇，嫣然一笑"。

看到这个细节，我深深地感动了。实际上，那个时候的孙犁也只有四五十岁的样子。实际上，他已经爱上这个小姑娘了。因为他在那里住不是一两天，一住就是几个月。他虽是个作家，也是一个活人，她陪他到海边散步，黄昏的海风吹过来，在海边捡海螺、拾石子什么的。那个小姑娘心里已经有点爱他的感觉。但是呢，他们那一代人受传统文化教育的影响比较深，不敢越过这个界。但他在这篇散文里面就这么一句话，就把那个唇红齿白的少女给塑造起来了。通过这些文字，你觉得孙犁也不是多么死板的、迂腐的一个人。他也是有情感的，我们身上血液里所流动的这些东西他都有。

周新民：孙犁晚年的情感生活并不幸福。

苏北：是的。他曾给一个比他小一点的女性写过几十封信，应该是恋爱。这些信现在还没有拿出来。他对那个女子在感情上是下了功夫的，但这段感情后来对他的打击还是很大的。他后来过的是一种比较孤僻的生活。

周新民:通过以上的交流,我发现你也是一个比较善于塑造女性形象的作家。

苏北:我也比较喜欢写女孩子,在散文里写得也比较多。我的经验是,如果你在写作中写到一个女孩子,你对她心里面真正有感情,其实她就活了。你写到纸里面的时候,不需要很多的笔墨。有时一两笔,就能让人难以忘掉。我们读过很多书,读到过很多女性形象,为什么记得孙犁笔下那个很简单的举动呢?他其实写得很淡很淡。这个小护士很活泼,而孙犁是很有名的作家了。那个时候的人都很单纯。她愿意跟他接近,但是都没有表白开来,就是这种复杂的情绪。

周新民:其实你后来是停止了小说创作,专攻散文写作了?

苏北:小说创作停了好多年。主要是感到没什么东西可写。还有一个可能与我到北京工作几年有关。在北京当记者,主要跑经济、金融,文学便越来越远了。刘醒龙原来对我说过大致的话:他更愿意写听来的故事,因为听来的更好发挥想象;而看到的,反局限了自己的想象力。而我却相反,我写的东西都是有根据的,我没有看到、感受到的,我无法下笔。在北京工作五年,主要做编辑和经济采访,那个时候离文学稍微远了点。但心中并没有丢掉文学。偶尔还在我们报纸的副刊上写一点,再后来我调到副刊部当主任,又开始写。

北京五年的主要收获,是与汪曾祺先生接触的机会多了。原来我和汪先生在1989年认识。之后只通过两封信。他寄点书给我,到北京出差,偶尔到他的家里坐坐。那个时候,亲密程度还是不够的。后来这五年,我也没有充分利用,前三四年跑经济报道。一年有时也只去三五回,有时还是带人去的。编副刊之后,去的次数就多了,有时一个星期去两趟,有时一个月去很多趟。正好我最好的朋友龙冬,他原来在中国青年出版社,他和我的关系相当好,原来我在县里的时候,就与他建立了通信关系,我们有共同的理想,他特别喜欢沈从文,我们经常相约去汪先生家。后来我查笔记,大部分写的是今天和龙冬或者龙冬夫妇一起到汪先生家里去。想去了,两个人打电话一讲,汪先生说:"你们来吧!"就跑去了,汪先生在家会准备点菜。那个时候我们对汪先生并不能深入了解,受自己的知识所限,对他并没有作很多的研究,就是读读他的小说。也不知道西南联大为何物,也不知道吴宓、朱德熙,根本不知道这些人的名字,知道他们的名字,是多少年后的事了。

周新民:散文写作大概是从什么时候开始的?

苏北:散文写作我一直没丢,刚开始学习创作时就写散文,上电大时作文曾被老师在课堂上大声念过。集中精力写散文是2000年左右,一个是我在报纸上开了专栏,必须写。刚开始多给省里的《新安晚报》《安徽商报》写,写了有几百篇,也给上海的《新民晚报》写。但是呢,我的散文不是专门给报纸写的。我的朋友许春樵说过,苏北虽然给报纸写散文,但他不是报纸散文。我自己知道的,我不是报纸散文,我是有风格追求的散文作家。这一点我自己非常清楚。再后来,写得多了,《文汇报》《羊城晚报》《今晚报》,全国许多著名报纸都写。同时,刊物也写得多了,《散文》《美文》《大家》也写得多了。原来以为《散文》这样的杂志是专门给孙犁、刘白羽啊这样的人开设的,没想到后来我也能写。这是过去做梦都梦不到的。人的胆子就是慢慢变大的。《散文海外版》和《散文选刊》也开始选我的散文,这样在全国算是撒开了，时间长了，你再说你不是散文家就有点矫情了。《散文海外版》还给我做过几次小辑，一次都是好几篇，影响很大的。它过去的主编甘以雯对我非常好，有一次还叫我到澳门参加澳门笔会，去了很多名家，张守仁、王充闾、韩小蕙、郭文斌、徐怀谦，还有港澳台地区的作家们，等等。这样散文算是写出来了，好像人家都知道有一个叫苏北的写散文。小说没有写出来，反而把散文写出来了。

周新民：你觉得为什么会是这样？

苏北：一个方面，我觉得写小说，靠编故事，我没有这个能力。写那种感觉、情绪是一阵一阵的，我给《芳草》写过两个短篇《洗澡》《恋爱》。刚开始我只写一个《恋爱》，醒龙讲，《芳草》刚创刊，一个一万字的短篇力量不够。你再写一个，我为你发个小辑。后来我又写了一个《洗澡》，醒龙看了，说这个也不错，就发个小辑吧。大约是2006年第三期。年底的《小说月报》就将两篇全都转了。这两个小说后来还获了《小说月报》第十三届"百花奖入围作品"。

周新民：你的小说也写得好啊！

苏北：这两篇小说好像有点神来之笔，是被鬼催出来的。让我现在写也写不出来了。

周新民：这种小说，介于小说和散文这两个文体之间，您觉得这两者之间的差别在哪里？

苏北：别人说我的散文写得很怪，我鲁院有个同学，他看了我的散文，他说："苏北，我一看您的散文，就感觉跟别人的不一样，您写得好怪。"我说："第一，我是以写小说的方法写散文；第二，写的是一个小说家的散文，当然这里面我很少抒情。"当然，还有一个将镜头推得远远的方式。这是一种文学的方式。文学的方式不是将镜头拉近，就是将镜头推远。反正眼跟前的是不行的,这样才能更具文学性。打个不恰当的比喻,这样才有一种隔岸观火的感觉。

我的散文似乎还有一个特点,就是通俗明白。有人以为通俗明白简单,其实它并不简单,这是一种训练过的简单。上海有评论家包括杨扬、王宏图,他们认为我是低姿态写作。是的,我同意这个说法。作为一个写作者,态度要诚恳,文字要诚实。这是基本的。你不要耍花腔,你一浅薄,读者就会揪住你的尾巴,别以为读者是傻瓜。

周新民:专业书里讲就是陌生化。

苏北:对,陌生化,变形、夸张,抓其一点不及其余。不要面面俱到,局部夸张放大。这些都是基本方法。特别是你要看过加西亚·马尔克斯的小说,就会更有感受。我比较喜欢马尔克斯的两本书,一本是《百年孤独》,一本是《霍乱时期的爱情》,这两本书我都比较熟悉。他能把生活弄得那么神奇,你说在现实生活中找一块材料专门来写小说,那太巧合了。不大可能有。真的写起来,你要把生活中的那么多的碎片组合起来。你读完之后,好像真感觉到有这样的生活,其实不大可能有,为什么我们相信?因为生活的可能性太多了。

周新民:生活的可能性?

苏北:对,你能把零碎的生活连接起来,成了一个整块的东西。就好像一棵树,这棵树不是地上长的树,完全是你虚构的。但你种下去之后,它们血脉流通,它就活了。你嫁接了生活,它活了,结果子。结桃子、结李子。所以在生活中,你能把这种神奇的,有文学意蕴的东西,把它们糅结在一起变成活的,这是非常了不起的。

周新民:你的散文意韵较强,语言也比较有特色,你是怎么锤炼语言的?

苏北：我是比较注重语言的。我语言的特色，主要包括几个方面，第一个是学习沈从文和汪曾祺的语言；第二个在语言上注重白描，短句，就是语言的质感，语言的力量。其实语言有多种表现方法。莫言的语言让你感觉很有冲击力，而贾平凹的语言和莫言的语言完全是风马牛不相及的两套语言，你能说莫言的语言比贾平凹的高，贾平凹的比莫言的高？贾平凹的语言有点文白相夹，有一点陕西的、秦砖汉瓦的味道。他的散文写得好，他的散文早期受到过孙犁的夸奖。他最早的一本散文集《月迹》，我当时一下就买了三本。我对贾平凹的散文还是比较熟悉的，他曾写过一个巷子，里面有很多垂柳，他的散文有笔记的感觉。当年孙犁夸奖过两个青年，一个是铁凝，一个是贾平凹。孙犁这个人非常倔强，他看好就是好，不好就是不好。这一点汪曾祺也是，他看不上的，绝对不会跟你说好。

周新民：我觉得你作为一个散文家和汪曾祺的研究者，对孙犁的观察你是带有一种情感的色彩走进去的。学者的研究有一种理性的思维，你在写汪曾祺的时候，或在研究汪曾祺的时候把握的是一种怎样的尺度和分寸。

苏北：哎呀，这个事情说来真是好玩，因为写汪曾祺的文章，最早汪曾祺在世的时候，我写过《关于汪曾祺的几个片断》，发在我们自己的《中国城乡金融报》上，我就拿着报纸给先生看了。现在报上经常用的我和汪先生的一张合影，汪拿着一张报纸在看，我站在边上，就是写他的这张报纸。他在世的时候，我就在报纸上写过一点点。后来他去世了。他去世得比较突然，我在湘西采访，龙冬给我打电话，说“汪先生走了”。我当时就感到很吃惊，因为我们觉得他不会死掉，他没有让我感觉到他的身体不好，怎么可能死掉呢？我突然就感觉到没有靠山了,真的觉得没有地方可去了。

他去世后,报道也很多,回忆文章也很多。我就将《有关汪曾祺的几个片断》接着写,写了一万多字,给云南《大家》杂志,配了几张照片,就发出来了。这个刊物给苗振亚老师看到,他说:"这个写得很好啊,有地方转载了吗?"我说:"没有。"他觉得这个写得好,因为他这个人非常耿直,非常正派,他不会糊弄别人的。

我对汪先生的这种感情,人走了之后,你才会发现,这个人对年轻人太好了。你想,我们与他非亲非故,一打电话就去,一敲门就去,我们又没有文学成就,只是汪先生觉得这两个小青年,人还比较干净,也比较纯粹。反正就是热爱文学的青年吧。

人是一旦失去了某种东西,才倍感珍惜。所以,汪先生走了,对他的感情就慢慢升温。后来我就又写了一点。写了之后,我就给一些比较好的报纸去发,这样越发越多。后来实际上汪先生产生这么大的社会力量,他的影响力肯定和许多现代作家是齐名的,像朱自清啊,郁达夫啊,张爱玲啊。所以他去世后,这种推动力量,姑且称之"汪迷"的推动力量吧,我是其中之一吧。因为我可能把全国的重要报纸都发遍了,就是关于汪曾祺的。

这样写了有近十年吧,陆陆续续的,写了有七八万字。有一次在北京,与我的好友顾建平聊天,我说,建平,我散文写了这么多年,也有点影响吧,你给出一本散文集。建平说,散文不好卖,你写了那么多汪曾祺的文章,都是东一篇西一篇的,你得有计划去写,人家出的是专著,你把它归归类,好好编辑一下,说着,他就找出一张纸,给我列提纲、编目录。建平的建议给了我很大的启发,回来我就把自己所写的文章进行梳理,梳理之后一看,发现自己写了六七万字,后来我又接着写,包括写《读〈受戒〉》《读〈大淖记事〉》。这些都是我有计划地去写了。这样写了有十万字。一次聚会,赵焰建议我给上海的一家出版社,发过去,很快就定下来了。这样就出版了写汪曾祺的第一本书,叫《一汪情深——回忆汪曾祺先生》。呵呵,这个书名,也是顾建平兄给起的。

这个书出来之后,影响就很好,许多人都知道有一个汪曾祺的粉丝叫苏北,有许多书评之类的东西,反正是弄得风生水起的。

又过了几年,在汪先生逝世十五周年之际,安徽文艺出版社决定重印,我又写了有四万字,将书名定为《忆·读汪曾祺》。这个书的影响是相当大的,还专门在北京中国现代文学馆开了一个"纪念汪曾祺先生逝世十五周年暨苏北新著《忆·读汪曾祺》研讨会",许多学者、专家,包括高洪波、聂震宁、何镇邦、张守仁、孙郁、白烨、潘凯雄、吴义勤、王必胜、彭程、韩小蕙、王干、李建军、顾建平、徐坤、朱寒冬、杨早、凸凹、蒋泥等参加了会议,这个研讨会十分成功,大家畅所欲言,非常尽兴,媒体报道充分,《深圳特区报》和新浪网,还专门进行了采访。

周新民:在《忆·读汪曾祺》一书中,忆的部分主要是你与他的交往,就是我们常说的记人散文;读的部分,就是读文本。你觉得你读汪曾祺和其他人读汪曾祺,主要差别在哪里?你是怎么读的?读的什么?

苏北:这个我特别受汪先生的影响,他曾说:评论家为什么总是写那种死板的文章?看看李健吾他们的评论写得多么好,当代评论家怎么就写不出来了呢?他就写信给朱德熙(他的西南联大同学、语言学家)讲:"你们写的那些文章我看不下去,为什么李健吾他们写的那些文章那么有趣呢?!"我的这些文字,既不是评论家的文字,因为我不搞评论,我写不出那样的文字,又不是理论研究。我只是一个作家的阅读笔记,或者是阅读感受。我自己总结为“一个作家对另一个作家的深情注视”。汪先生原来也说过,“我宁愿看一个作家写另一个作家,也不想看一个评论家写一个作家”。因为一个评论家写一个作家,他往往将其条分缕析地进行分析,一分析就弄得很干;而作家写作家,往往是写细节,写感觉,写阅读的这种感受,总体上一句话就是感性的,更容易读,更美,更容易让人接受。

周新民:那么,你写的读汪曾祺的一系列散文,它是属于文艺批评,还是散文随笔?

苏北:不属于文艺批评,应该归为散文随笔。我刚才讲了,是“一个作家对另一个作家的深情注视”,这里面的文字,更像是一种注视,文本里面带有更多的个性阅读的成分。这种分析往往对小说家很有用。实际上,一个文学青年,想要写小说,看这种东西,更有效。它是个通道,它比理论更有用,它是纯感性的。我对这本《忆·读汪曾祺》,还是有点信心的。也许哪一天,我离开了这个世界,也许过了若干年之后,人家翻看了这本书会重印,这是什么原因呢?因为这里面的文字是个性化的,不是随随便便要做就能做出来的。

周新民:它纯粹是一个作家对另一个作家情绪上的一种感受。

苏北:对。是情绪上的感受。这样一本书,它完全是无心插柳的结果。它是我创作的副产品。如今副产品成主产品了。人家都知道苏北是写汪曾祺的,原来我是汪曾祺的痴迷者、追求者,现在我又似乎成了汪曾祺的研究者。当然我这个研究,完全是私人化的,不带学术性的。

周新民:我看到消息说,你准备写一本《汪曾祺传》?

苏北：这个现在还不敢说，因为没有把握，而且还没有动笔。《汪曾祺传略》，是我给中国作协报的一个选题，我是想通过一个巧办法，串写汪曾祺的一生，因为还没有写，不敢多说。倒是另一本书，也是感受性的，叫《汪曾祺闲话》，已由安徽文艺出版社出版。这本书是在《忆·读汪曾祺》之后，发现许多新材料后，有感而发。比如书里有一部分日记摘抄，《上海文学》近期会先发表一部分。比如我还可以写《汪曾祺的七十七个镜头》，因为汪先生活了77岁，一个镜头可以一千字，也可以两千字。这样就把汪曾祺一生用七十七个经典画面组合起来。我选择那些比较经典的画面，比如童年，他第一天上幼儿园的时候戴着个孝，老师就可怜他，这么一点小孩子，妈妈就没了。这可以是一个镜头。那个老师叫王文英，后来老师讲"小兔子乖乖，把门儿开开"什么的，这首儿歌汪曾祺始终不能忘。后来汪曾祺在还乡的时候，见到王文英跪下来给老师磕头，对老师讲：你在我的心中，就像母亲一样，并且给老师写下了"小兔子乖乖，把门儿开开；快点儿开开，我要进来"。

为什么说这是典型镜头呢？因为在童年的心灵上留下了印迹。他为什么记得那么深？说明他小时候心灵上是有过创伤的。虽然自己不一定承认。后来他在昆明，再到上海，又到北京。几十年，高邮都没有回去过。母亲不在了，父亲在他下放张家口的时候又去世了。如果母亲还在世？父亲也还在，他会不回乡吗？母亲和儿子是心连心的。这都不用去说的，是吧？

周新民：从写小说到写散文，又到写《忆·读汪曾祺》，刚才你又谈到了《汪曾祺的七十七个镜头》等创作计划。在此之外，你还有其他的创作计划吗？

苏北：这个嘛。小说肯定还会写的嘛。比如生活中的一件事很好玩，对我产生了触动，或者说是刺激，我一定会仔细想一想，看能不能把它写成小说。反正也不用太着急。人的生命长度有长有短，比如有的人活到80多岁，有的人活到90多岁，有的人80多岁还能够工作，有的人60多岁就走掉了，这个是不能把握的。但是你的工作，是要按照自己的想法，一步一步去做的。也许有可能写十几个中短篇，出个集子什么的。

周新民：看你在今年的《人民文学》第三期发了个散文？

苏北：对，对。

周新民：我发现你这个散文与以往的散文还是有不小的差别，你觉得在这里面是不是有你创作上新的想法，或者新的追求？

苏北：这是一个长篇叙事散文，写得比较长。因为父亲过生日，中间有些事情很有趣，有的也无奈。我们觉得不大的事情，父亲觉得很大。中间有的细节也很好玩，我就把它写出来。一写就写了一万三千字，用三四天时间。当时写出来我不知道是个什么意思。但是我就觉得怪怪的。这个事情怪怪的。后来今年春节，在微信圈里有一篇博文转疯了，叫《有一种奇怪的东西叫亲情》。大概就是这个意思吧。在生活中，往往有的时候是以亲情的名义对我们的一种绑架，形成一种压迫感、无奈感。这种中国式的亲情看不见、摸不着、捅不破，却总能感觉到这个东西存在。这种亲情和血缘的绑架是粗暴和蛮横的，但你又是无奈的。

周新民：写出一种被亲情和血缘困住的无奈感和厌恶感？

苏北：后来我想父亲的生日就是这样一种。老头儿兴冲冲地要搞。而我呢，又没什么兴趣。但是我又不能讲。如果父亲换一种思路，比如说，想过日生，究竟怎么办？你们子女定。我们老了，一切听你们的。现在呢，你们就是家长。这样压力就传导到我们的身上，我们就变被动为主动。可是呢，老头儿一切按照他的想法，别人的意见他也听不进去。

周新民：老人家还是兴趣盎然，就是说自己还非常自信？

苏北：对，他完全按照自己的一套。他也会说，你看这样行不行？实际上他已经考虑好了，只是说一下而已。完全是强制我们做事。但是呢，我们作为他的子女，也没有办法，只有去跟着他做这些事情。他做这些事情相当兴奋。那天日生结束回来，他还说，某某生日搞砸了，自己血压高，还不自量力，上台讲话，结果血压上升，讲不下去，几乎被抬了下来。之后他就说：跟我比？他怎么能跟我比呢？我就觉得很奇怪，人家没有跟你在一个单位工作过，“文革”的时候也没有什么恩怨。人家跟你比什么比？怎么跟你比了？

周新民：他这是一种自信？

苏北：对。实际上我们人都是非常无奈的。在生活中，我们往往是没有自知之明的，人要想有自知之明是很困难的。伟人都做不到，更何况我们凡人？比如讲，我们会把50岁的生命带到80岁中去。许多人把自己50岁的生命，或者40岁的生命，带到80岁里面去了。他的这种想法并没有随着他年龄的衰老而有所减少、有所改变，只是他的躯体跟不上了。记得吴冠中先生原来讲过一句话，“人最大的悲哀是心灵不能随着肉体一起衰老”。就是说我们的心灵是活泼的，但是我们的躯体完全是苍老的。我们见到一个少女，我们还那么爱她，我自己觉得自己还是个少年，并不比她大多少。但是实际呢，你的躯体、你的头发、你脸上的皱纹，包括身上的肉啊，完全是个老年人的。

你是自己感觉不到，心有余而力不足。你的心还是少男少女的心。但是，话要反过来说，人类为什么有希望？人为什么有希望？就是这种生命不息、战斗不止的精神。否则，就是作为一个写作者，他老是想：我都老了，快都死了，我还写什么？写这些东西有什么用？人的心若老了，人就真什么也不想干了。

人只有在健康出现问题时，在医院里面，在病床上，才老老实实地考虑生死问题。一旦恢复了健康，一切又忘到脑后去了。我常记得韩东的一句诗："人，非病即愁，念头纷飞。"有病了就开始讲我早点好就好了，我什么都不要，只要健康就好。可一旦好了，各种欲望就冒出来了，就开始想这想那，有权力的时候和权力斗争，没有权力的时候回来跟子女斗争。子女这个不好，子女那个不好。我为你们操碎了心。因为人的精神，总是要有所寄托的。没有寄托了，他就完了。所以有个小说叫《悬空的人》。人一悬空，他就完了。

周新民：你还有什么想表达的？

苏北：我想对爱好文学的朋友说，我这大半生都是业余写作。我白天上班，就在晚上和节假日里写。一个人如果长期形成了一种阅读和写作的习惯，那么亲近文字的状态就会无时无刻不在。我记得有人说，一个人能不能做出成绩，关键看能不能利用好业余时间。我则是把所有碎片化的时间用来阅读。我车上有报纸有书，口袋里随时也可以掏出摘抄的字条。有感而发的时候，就随手用笔记下，把自己一直融入写作的状态中。我要对那些热爱文学，特别是热爱写作的朋友说，脚步不要停下，笔不要放下。坚持，文学贵在坚持。

谢谢您的访问。谢谢。

2016 年 3 月 11 日

（周新民，湖北大学教授，博士生导师。）